保定狂欢

高斯洋 著

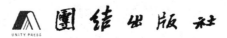

图书在版编目（CIP）数据

保定狂欢 / 高斯洋著 . —北京 : 团结出版社，
2019.9
ISBN 978-7-5126-7133-1

Ⅰ.①保… Ⅱ.①高… Ⅲ.①中篇小说—中国—当代
Ⅳ.① I247.5
中国版本图书馆 CIP 数据核字 (2019) 第 117221 号

出　版：团结出版社
　　　　（北京市东城区东皇城根南街 84 号　邮编：100006）
电　话：（010）65228880　65244790
网　址：http://www.tjpress.com
E-mail: 65244790@163.com
经　销：全国新华书店
印　刷：廊坊市华昌印务有限公司印刷

开　本：170×240 毫米　　16 开
印　张：13.25
字　数：130 千字
版　次：2019 年 9 月　　第 1 版
印　次：2019 年 9 月　　第 1 次印刷

书　号：978-7-5126-7133-1
定　价：55.00 元

目 录

1. 温柔刻下的一道疤

疾病是生命的阴面。———苏珊·桑塔格

　　"没有阴面便没有立体感。"老李在美术专业课上给我们这么讲。我想生活大概也是这样。在保定生活的年轻人不相信诗和远方，他们更在意活在当下，如同青春需要彻夜狂欢。我叫耿楠，是个辍学的艺术生，我想接受更好的教育，甚至将来成为艺术大师。不过现在离的太远了，不仅生活成问题，还要照顾目前处在"阴面"的我妈。

　　我曾试着在阴面寻找温暖，比如遇见冯丽。

　　那年得病的是我爸，所以说起来我还特别感谢我爸，要不是他得病，我也认识不了冯丽。

　　现在老爷子已经康复出院了，一直侍候在我妈身边儿，有时候我看着病床前相互扶持的爹娘，心里就像看韩剧的小姑娘一样直泛酸水儿，眼泪真在眼眶里打转儿。

　　我今年二十多的人了，按我姥姥的说法，在她以前生活的农村里孩子都能去打酱油了。我是学业一无所成，事业事业没有，更不好意思说女朋友都没有了，成家立业更是没影儿的事。我早就对自己没信心了，不过我还得装作信心百倍地去面对生活，虽然理想离我渐行渐远，但我还没失去对生活的热情。

　　我妈的病医生还不敢确诊。保定市的大医院全都转了个遍，该做检查的什么 B 超之类的高科技也都做了，钱花的就像跟给死人上坟似的烧了一大把，病因还是查不出来。最后又回到最初信赖的解放军二五二医院住院观察病情。

给我妈输液的护士们仍然又是一批实习生，一个个年轻窈窕，有的也不乏看上去很美，可是我一点儿也不动心，可能是又长大了一岁，学会多愁善感了。其实我知道，我心里压根儿就没忘了冯丽，她就像我心里用温柔刻下的一道疤，别人看不见，我却永远放不下。

这话听着好像特假，别着急，后边的更假，您就听我给您说吧。

2. 怦然心动

我认识冯丽是在三年前的冬天。我们就是在现在我妈住的这个医院认识的，那年我姥姥和我爸接二连三地闹病住进来，甚至这个医院的每层楼梯有多少台阶我都能记得差不多。要不现在陪侍我妈的时候心里就不舒服，尤其是夜里，睁眼闭眼脑袋里都是她，睡觉？根本就睡不着。

不过我还总抱有那么一丝侥幸心理，说不定在街头某个不经意的瞬间，就真能像电影里演的那样再次碰见冯丽。

说老实话，我从第一次见到冯丽就急切地盼望着与她发生点什么，肯定包括上床，或许我一开始就是这么想的。那种心情比朱自清盼望着春天来临可急多了，因为我知道，第一眼我就喜欢上她了，这以前的时光都是为了等她，她是我的阳光，她是我的雨露，她是我冬眠过后第一缕绚烂的春光。

冯丽是个小护士，我爸是她工作所在的科的病人，她每天需要照顾很多像我爸这样的病人，耐心地给他们换药、扎针、输液、消毒，面对很多像我这样的病人家属的询问，要细致地一一回答。人民赋予她们的职业一个好听的名号：白衣天使。

可是我不大喜欢这个称谓，原因有二：其一，这些"白衣天使"近年来黑心敛财的事件呈上升趋势，在新闻报道中且有愈演愈烈之势。这让她们的社会名誉如股市跳水般在人民群众的心目中地位狂跌。其二则是"天使"向来是《圣经》之类的西方神话中的人物称呼，我是东方人，正宗的中国人，我更喜欢神话中的仙女，所以在我心目中，冯丽就如仙女一般。

冯丽服务的众多病人中凡是我爸这岁数的应该都有孩子，这么多病人的孩子里有多少是儿子我不知道，然而这些病人儿子里喜欢冯丽的或冯丽喜欢的有多少我也不知道，我知道的是冯丽既能看上的而又喜欢冯丽的只有我一个。我应该庆幸，应该感到光荣，应该好好对冯丽一心一意。

可不幸的是，以上这些话是我们认识后冯丽对我说的。

更不幸的是，我们在一起之后这些话她每天至少要求我说一遍，高兴的时候会让我加说一遍，生气的时候直到把她哄睡着之前要我不断地说，更可悲的是她睡意浓浓时还要让我再重复一遍，直至她进入梦乡。

对此，我感到十分麻烦，百分无奈，千分痛苦，万分快乐。

说起冯丽来，其实我在见到她之前就跟她说过话，但当时并不知道这是个像仙女一样的姑娘，况且又没见过。只是在电话里说的。听见电话响我摘下电话还没来得及"喂"一声，她就说"请问赵奶奶在吗？"

"在。"然后就把电话给我姥姥接了。

就说过这一句话——准确的说是一个字。

好像那一年赶上我们家不顺当，我爸住院的前几天我姥姥刚从医院出来，而且是同一个医院的同一个科。我跟我爸去办住院手续的时候，人家那个科的护士长还问呢"怎么回事啊？老太太哪儿又不舒服了？"

办完手续，我心说真是应了那句老话了：不是一家人，不进一家门。我爸这女婿当的，连病都跟他丈母娘前后脚得。我估计天底下找不到第二个我爸这么好的女婿了。

我姥姥病好了以后，家里人三番五次地动员她出院回家，结果老人家无动于衷，就连她的主治医师都纳闷儿，说当这么多年医生了，还没见过病好了不愿意出院的。

我爸出院回来给我说，怪不得你姥姥不愿意回家，回家没人给她说话，也没人就伴儿。在医院里又是医生又是护士的，你大姨她们也围着她转，热热闹闹的她呆着舒服啊。

我姥姥回家之后，见了我就给我唠叨医院里的医生怎么怎么好，护士怎么怎么棒，我说是好，您给人家交着钱呢，敢不好好伺候您么？

我陪着姥姥的那段时间里，在她的唠叨声中，我得知有一个护士对她照顾有加，一直到出院之后还时常来电话问候，这个护士就是冯丽。

开始我姥姥也不知道人家叫什么，就叫人家"俊丫头"。我姥姥从小没念过书，一个大字儿不识。不过幸好，我姥姥知道让人家给她写个电话号码什么的，尤其是对她有过好儿的人。我就是从她给姥姥写的电话号码上的小纸片上，知道了她的名字 ---- 冯丽。

　　每次冯丽来电话问候的时候，我姥姥总会这么说：丫头，工作忙吗？什么时候休息啊？来奶奶家玩。奶奶的病早好了！你来了我给你包饺子吃。姥姥也总拿这事教育我说以后人生路上不能忘了对自己有恩的人。

　　那时候我对冯丽的了解也就这些。直到我第一次见到她，心情豁然开朗，心里那片静谧已久的湖水开始有了微澜荡漾。当我知道了眼前令我怦然心动的女孩就是冯丽时，我心花怒放的像癞蛤蟆见到白天鹅一样。

　　得承认，我被这个小仙女迷住了。

3. 对我有点敌意

有趣的是，我第一次见到冯丽的时候并不知道那个让我试体温的小护士就是冯丽。

那是我爸住进医院的第三天，前两天把各项检查都做了一遍。上午，我爸在我妈和几个医生的陪同下被推进了手术室。我妈让我在病房候着，我就给我爸说了句坚持就是胜利，随后躺到了我爸的病床上。

也许是头天晚上没睡好，脑袋沾上枕头就昏昏欲睡，那病床既柔软又宽敞，没过多久我就舒服地睡着了。不知睡了多久，睁开眼时看一护士推着装有瓶瓶罐罐的小推车进来，走到我面前，递给我一支体温表，说："该测体温了，试试表吧。"

我使劲眨了眨眼，努力驱散残留的困意，我坐起来，摇晃了一下脑袋，接过护士手中的体温表，旁边另外两个病床上的老头窃笑地看着我，有一位还笑出声来了。护士被他们笑得很尴尬，迷惑不解地看看俩老头又看看我。我刚醒来，迷迷糊糊地也不知道怎么回事，拿着体温表我问："干什么呀？"这时候俩病老头儿其中一个说："他不是病人，他爸正做手术呢。"护士听了直盯着我，仿佛她也刚从梦中醒来，一把夺过我手中的体温表，又狠狠地撇了我一眼，嘴角动了几下，好像想说什么又没说出来，扭脸推着小车走出病房，还伴随着"乒乒乓乓"响的那些瓶瓶罐罐相互碰撞的声音。

我听得出，那是对我有点敌意。

护士轻视我的目光让我看到一张即将发怒的脸，记得清楚是因为那张小脸是那么精致的漂亮，五官分明，白皙秀气，特别是那双鄙视我的眼睛，显得犀利有神，看她的口型我都能猜到她没说出来的话，肯定是"缺德。"

我醒了之后就睡不着了，看了看挂在墙上的表，才过了半个多小时，我爸一定还在手术台上任医生庖丁解牛呢，我妈也没回病房，肯定在手术室门口忐忑不安呢，我跳下床，去洗手间洗了把脸之后，去了八楼的手术室门口。

我妈正站在那儿等，我也不知道该说点什么，此时我想起了电视剧上那些镜头：手术室门口等着的人万分焦急，出来个医生就扑上去恨不得把人吃了似的，使劲儿摇晃着人家问："怎么样了？怎么样了？？"医生这时候则会蔫不拉叽像做错事的孩子一样耷拉着脑袋，脸扭向一边，深沉地缓缓摇头，等候的人先是愣住，一脸茫然，然后要么使劲儿捶打走廊的墙，要么疯了似的继续摇晃医生，还大声喊着"怎么会这样！怎么会这样！"眼里的眼泪无论怎么使劲也挤不出来，心里直个劲儿地着急：怎么还流不出来呀？

我不得不说，这样的电视剧实在是拍得太傻了。

我现在见到的手术室门口的情景是这样：大夫和护士们依然来来回回地进出，行色匆匆却井然有序，手里都端着那种不锈钢托盘，托盘里放着各种医疗器具和药品，还会有一些纱布和药液。等候的病人家属有的站着面向窗外，有的盘腿坐在地上愣神儿，有的在楼道口埋头依着栏杆抽烟，你看看我，我望望你，相视无语。眼神都是一样空洞而无助，但似乎都透露着淡定和坚毅。

我妈给我整了下衣领，像是没话找话似的对我说了句："你饿吗？"我说不饿。我妈说话的声音很小，我听得出她的疲惫和无助。

片刻，有医生从手术室推着一辆接送病人用的病车出来，车上铺着一条丝绸面儿的蓝色绣花被，上面已经被血迹浸透，中间部分的被折凹陷处血还漂浮着一大片血，像雨后道路低洼处的积水般新鲜，看起来那血还很粘稠，直叫人触目惊心，我感觉自己的小腿肚子一动一动地在颤抖，胸口一阵憋闷，好像不能呼吸又好像要吐似的。

站在我身旁的我妈当然也看到这一幕。我闭上眼，做了个深呼吸，镇定了一下，转过身去站到我妈面前，挡住她的视线，我说，妈，别看了，多恶心啊。那一幕让我对"血淋淋"这个词有了深刻的理解。

大概过了不到十分钟，电梯门开了，有一位西装革履的中年男子，腋下夹着皮包，一边打着电话一边急匆匆地和几个护士从电梯里走出来，把那辆铺有鲜血淋漓的棉被的病车推到电梯上走了。我心里一阵余悸，惊魂未定，又大口喘了几口气，手心里全是汗。

我估计我和我妈在手术室门口站了得有两个多小时，我累了就来回溜达溜达或者蹲墙跟儿里歇会儿，我妈则一直双手交叉在胸前站着，就那么站着。我转头看看周围一圈，所有的塑料座位上都有人，有的还张嘴歪着脑袋迷糊着了，于是我跑着上楼回病房，想给我妈搬把凳子下来。

我爸住的病房在十一楼，手术室在八楼。我等了半天电梯，不是人太多就是医生护士的推车病车接送病人，反正三层楼也不高，我便去爬楼梯，这样顺便还能在楼道里抽根烟。

我刚上了半层楼，手中的烟刚点上，有个护士凌波微步地往下冲一下撞到了我，烟头被挤到我手背上和我亲密接触了一下，烫得我甩手扔在地上。我正想发火说话，抬头一看，这护士是要给我测体温的那位，她也停住脚步，看样子是想给我道歉，可她回过头却瞪了我一眼："讨厌！"扔下这话就赶紧"噔噔噔"往下跑，手里还拿着好几袋血。
"哎！你——"还没轮着我说话，她就没影儿了。

待我从病房搬椅子下来，看到我妈正与一位戴着眼镜的医生说话，我妈看到我便伸手招呼我，大声说道："快把凳子放下，你爸手术马上结束了，帮着抬车！"
我把凳子放到墙角儿，手术室的门便开了，三五个医生推着我爸的病车出来，我和我妈三步并一步地迎上前，我问平躺在病车上的我爸感觉怎么样，这时候好多同时等在门口的陌生人也围上来，一看不是自己家亲人，忙着向医生询问，有的则继续在等待。我爸冲我们娘儿俩笑不叽地说："挺好挺好，感觉好极啦。"听了这话，我心里像夏天踢完球儿喝了瓶可乐似的——那么爽快！

我和我妈协助护士把我爸平稳地抬到病房的床上，我爸的主治医师跟我妈说手术相当成功，效果出奇的好。还说我爸的心态是真好，配合默契。剩下的就是好好调养了。还要继续观察几天。然后又跟我妈交待了一些养病期间的注意事项，然后说："行了，好好养着吧，有什么情况及时找我。"
医生走后，我下楼把刚搬下去的凳子又搬上来，我说妈你赶紧歇会儿吧。我妈正站在病床前一手放在我爸的脑门上和我爸说话，我把凳子移到我妈身后，拍着她两肩让她坐下，说"坐下再说。"我妈落座的同时，我相信她那颗悬着的心也踏实地落下了。
我看了看表，已经快两点了，我悄悄走出病房，准备给我妈点买东西吃。

4. 常回家看看

我走到住院部的门口，掏出烟来点上一根儿，抬头看着灰蒙蒙的天也蓝了，隔着雾气照射在身上的阳光也温暖了，穿行在医院大院里的各色行人在我看来也都是闲庭信步，忽然我有想自己喝一杯的冲动，于是便叼着烟晃晃悠悠地向医院外的小饭馆走去。

我回到病房的时候热闹了许多，我大姑大姨三叔二舅及他们的家属，也就是我姑父啊婶啊的都来了，阳台走廊上还有我姨父他们在抽烟聊天，屋里的地方都挤满了人，搞得跟家庭聚会似的热闹非凡。我看我爸的病床边上还有我妈坐的凳子底下，又是箱子又是果篮的，恐怕挤得他们连站着都不得劲。我把给我妈带的饭放到床头柜上，挨个儿叫了一遍这些亲戚，都问我吃了没有，我说吃了。接着又是一阵中国式的寒暄和问候……

我估计现在连过年的日子每家每户的亲戚都不一定聚得齐。家家有电话，人人有手机。回不去的直接往家拨个号码就摆平。而这年头儿过年的那股气氛也越来越淡。随着国家一步步地富强，人们的观念也逐渐改变，越变越现实。觉得回家吃个饭远不如加个班儿多挣点钱来得实惠。要不现在那首《常回家看看》着实的火，电视上的公益广告也总是播那些儿女过年过节不回家老人不高兴的镜头。其实现在的老人想得开的也有的是，都愿意让自己的孩子多挣钱，饭什么时候不能吃啊，挣了钱想吃什么买什么，孝敬说到底还是得落实到经济基础上。我倒有个好主意，如果您想让家人聚齐了，不妨撒个谎，就说您得病了。像我爸这样，亲戚都闻讯而来。善意的谎言谁也不好意思埋怨您，反过来还得让他们反省，看您是多么的用心良苦。

我妈看病房人太多，吩咐我回家扛钢丝床去。

因为晚上要陪床，现在刚过了年，病人多得很，就是普通日子，医院这个地方也是生意兴隆，不必求佛祈愿，也不必供奉财神，医院的财神爷永远是患各类疾病的人民群众。钢丝床其实医院就有，是对外出租的，专门为病人家属陪床准备的。一天十块钱。别小看这十块钱，在保定这个小城，外地人十块钱可以在小旅馆凑合睡一宿了。就陪我爸养病，少说得十天半个月吧？我们家可是消费不起，能省则省。

我爸早就退下来了，医保没有，全凭那点儿所谓的退休金养老。我妈早年供职于大学里的生活服务中心，后来停薪留职，下海经商。据我姥姥说是赔了个底儿掉，把家里早几年的积蓄都赔进去了，这我才明白也不是谁都能在改革开放的大潮中赚一把，估计我妈就属于被拍死在沙滩上的那批伤人残士。我姥姥还说我妈赔的那些钱里还有小时候那些年亲戚们给我的压岁钱。

我们家就是一介布衣，平民百姓。祖上八辈不说贫农也都是历朝历代的百姓人家，按我妈话说，就是再往前数八辈儿，我们家也没个当官的。要说吃不上饭，还没到那个地步；说富裕那是胡说八道。就现世社会来说，我家连普通都算不上，也就是能吃上口饭。现在社会竞争太激烈，我妈那"停薪留职"，后来连"职"也给她取消了。

我呢，也不争气，高中时候带着我的画家梦趾高气昂地退学了，可能是家里从小惯的，谁劝我也不听，父母给我生不起这气，只能随着我，老人更不好意思说我，尤其我姥姥，就是批评我也是平心静气拐弯抹角用鼓励的口吻说。之后我向我妈要了我家旧房的钥匙，收拾成我的画室，我就整天在家涂涂抹抹，追寻我的大师梦。

爹娘天天看新闻联播，眼瞅着全国人民一天天地奔小康，我妈也着急，于是动员我爸，老俩口干起体力活儿，每天蒸包子往外卖，以此来维持家里的日常开销。我爸开的那点儿可怜的下岗基金就存了起来，说是留着给我结婚用。我爸住院前，我妈也总催我找点事情干。

我把钢丝床取回来的时候，亲戚们都走了，我妈坐在我爸的床边，左手支着脑袋，胳膊肘垫在病床上，手掌托着半侧的脑袋闭着眼在小寐，我爸也正睡着。吊瓶导管里的液体像电视里提醒人们节约用水的广告一滴一滴地滴答着，我突然感到人这一辈子就是这么无声无息地过去的，接着又想到我荒废的学业和曾经读书的时光……

5. 她特有的美丽不期而至

　　我走到护理室问钢丝床存放在哪儿，一个年龄如我妈一样的护士从挂有许多钥匙的墙壁上取下一串，说："稍等。"随后她掀开护理室里面一间屋子的吊帘说："小冯，把放置室的门打开，有家属的床放进去。"

　　等里边的护士拿着钥匙出来，我们俩对视一眼——又是她，给我试体温那位，她也一惊，然后一扭脸，不乐意地说了句跟我来吧。

　　她看我的时候也没给我好眼色，她说完我就跟着她走。

　　放置室原来就是屁股大点儿地方，在这层楼的尽头拐弯处，呈一个四分之一圆柱体的空间，往多里说里边也就是勉强能站四个人——还得是人贴人。里面堆满了脸盆、床垫之类的杂物，恐怕我把这钢丝床塞里边门就打不开了。我说这怎么放啊？就这么点地方。她往前迈了一步，把一大卷堆在几个钢丝床上的海绵垫拿下来，往更高处的立柜上使劲一扔，又把那几个排着的钢丝床往里踢了两脚，侧过身帮我扶着门说："你往里塞吧。"

　　"这还能塞进去啊？"我问。

　　"塞不进去你就扛回去！你放不放啊？"

　　无奈之下，我只能愣往里搬，排到那几个钢丝床旁边，可里边的一个破纸箱子还挡着一点，关不上门。我便也用脚使劲把钢丝床往里一踢，用力可能猛了点儿，钢丝床倒是踢进去了，碰到了里边的立柜，致使刚扔上去的海绵垫子轱辘下来，不偏不倚地正好砸在她头上。

　　"啊！"的一声，她头上的白色小帽和发卡随着那卷脏海绵都掉在了地上，扑起了一团灰尘迷雾，我看到她的长发飘逸地散落开来，像是在拍摄洗发水广告的女主角，不过广告里的女主角头发是柔顺亮泽，而她的此时却是灰尘满布。

　　"没事吧？"我轻声问。

　　她捂着头，躬着身子，我赶忙把她掉在地上的发卡捡起来，递给她："给你。"她不理我。

　　她站直，歪着头使长发都顺下来，一边用手拍打着头发上的尘土，一边瞪着我叹气，我又把她的白色护士帽捡起来掸掸土，这时她一把从我手上抢去，恶狠狠地怒视我，我再次说："没事吧？不好意思啊。"

　　"没事！"她大喊一声。

　　接下来她带着愤怒的情绪把掉在地上的海绵垫使劲往里踢，仿佛踢的是我。然后哄我出去，她一把把门带上，"哐啷"的一声，门上贴着"放置室"字样的那块玻璃差点儿被震碎。出来后我使劲儿给她道歉。她把门锁上后，回过头来仇视我，又丢下一句"讨厌！"转身走了。

　　我看着她的背影，憋了半天的笑声终于换做脸上开怀的笑容，怕她听见我用手捂着嘴乐了半天。

　　在她头发散开的时候，确实有一种她特有的美丽不期而至，给我留下鲜明而深刻的印象。

　　当我再次踏入病房时，看到我妈正给我爸揉腿，两只手来回搓动，从大腿到膝盖，从膝盖再揉到脚，到脚的每一根脚趾头。还慢慢地帮我爸把小腿蜷起来，再舒展开的来回活动。两只脚轮流着做。看起来我妈完全是一个职业的护理师。耐心周到，无微不至。这情景令我感动得热泪盈眶。我想这是不是就是每个人苦苦追求的爱情？我认为是，肯定是！

　　别说什么天荒地老，海枯石烂，也别冲着谁喊爱你一万年，在他或者她患病的时候，你能否守候在他（她）的病榻前？是否能为他（她）寝食难安？是否可以不离不弃，牵手百年？

　　我稍微坐了一会儿，我妈说该去打热水了，我起身拎着暖壶去水房，回来后看我妈正和给我爸换液的护士聊得火热，脸上也露出疲惫过后的笑容，看样子聊得挺投机。我进门后把盛满热水的暖壶放在床前，回头一看那护士居然还是递我体温计的那位！

　　"阿姨，受累了。听我们主任说叔叔的手术做得挺成功的，不用担心。"

　　"叔叔现在感觉怎么样啊？"说着给我爸掖了下被角。

　　"感觉挺好，还没感觉哪不舒服呢。谢谢啦。"

　　"那就好，您好好养着，液换好了，今天的最后一瓶，有什么事随时叫我。"

　　"好嘞好嘞，你忙着吧。"

　　"谢谢你拉，看人家这姑娘真懂事。"

　　"应该的，阿姨有事就叫我。"

她带着微笑出了病房，虽然戴着口罩，我仍然能看出她那股高兴的劲头儿。

要不是我亲眼看见亲耳听见我才不相信她会这么彬彬有礼地说话，我问我妈："你认识人家么，就夸？"

"怎么不认识呢，这就是你姥姥住院的时候，伺候你姥姥伺候得她不愿意回家的那个护士。"

"你忘了？就是她老给你姥姥打电话问好儿。"我妈接着说。

要是我妈不跟我说这些，我怎么也不会想到这一天骂了我三遍，脾气大得要死的姑娘就是把我姥姥服侍得舒舒坦坦哄得高高兴兴整天挂在嘴边唠叨的那个护士——冯丽。

更没有想到的是，过了没多久，这个叫冯丽的姑娘便和我睡到了一张床上。

我想起老海企鹅里的个性签名：我不是一个随随便便的人，但是我随便起来就不是人。

我觉得前半句倒挺符合我的秉性，后半句就不太符合了，我还没随便到不是人的程度。我说这些的意思是时至今日，我仍然顽固地认为冯丽离开我不是因为我的随便。

那天晚上，我妈让我回姥姥那儿陪着我姥姥去，我爸这儿她守着，我姥姥出院的时间也不是太长，一直在家调养。我在医院的食堂给我妈买了饭，我妈吃完饭后："回去吧！也不早了，你爸今天这液也输完了，没事！"

我走到电梯门口点上根烟，往常等电梯的时间足够抽完一根烟。他妈的这时候电梯来得倒快，刚抽了一口，电梯门就开了，里面一人没有，挺好。我又嗫了两口，把烟扔地下踩灭，进了电梯门刚要关上，"哎，等一下，等一下。"我按住电梯里的开门电钮，一看是冯丽。

这时的冯丽衣服也换了，湿漉漉的头发显然刚刚洗过，左手腕上挎着一个米黄色的小包，上身穿着一件紫色荧光布的风衣，下身是浅蓝色的紧身牛仔裤，脚上穿着一双齐到小腿的牛皮黄的靴子。和工作时的她截然不同，从一个小护士摇身一变成了时尚女青年，让我眼前一亮，看呆住了。

"看什么看，关门。"我才反应过来，冯丽已进了电梯，站在我身旁，还带进一股沁人心脾的清香。

"谁愿意看你啊，我是看你头上起没起包。"

"不好意思，没起！让你失望了。"

"又没砸我头上，我失望什么。"

"你——"

"我？我怎么了？谁让你站得那么准呢？你知道那卷海绵要往你那儿砸吗？"

"你！你故意的你！"冯丽气得小脸儿都绿了。

"我不是故意的，真的。对不起啊！我其实是有意的。"我冲她面带微笑着说。

电梯到了一楼，冯丽"唰"一扭头夺步而出，一只手捂着鼻子和嘴。从她的动作表情来看，我断定她一定被我气哭了，心情舒畅得飘飘然。高兴的同时又觉得做得有点过了，可又一想起她说我讨厌，我又平衡了。

天色已经暗了下来，昏黄的路灯已经亮了，风也比白天更凉了，我拿出手机看看时间已经六点多了，又该去集合了。

6. 庆祝又可以开始胡混的酒局

自打不上学之后，我与老海他们更加形影不离，每天在一起除了打牌就是喝酒，这一天就好像没别的事干了，这一点尤其在我身上表现得突出。其实早在上学的时候就这样。等不上了之后就更加肆无忌惮，无拘无束。老海现在给许冰家卖手机，许冰家的门脸儿便成了我们集合的聚点儿。白天忙的时候就在那儿帮忙，把顾客想要的每款手机捧到天上去。老海胸前还挂着个"销售经理"的小胸牌，每每有顾客站在柜台前挑选手机的时候，老海就像模像样地装一把："陈琢去给倒杯水去；耿楠别坐着了，给顾客把手机拿出来看看。"我们只能乖乖地任其摆布，许冰这时候就会给顾客耐心地介绍，而许姨则坐在柜台里看着我们哏儿哏儿笑。

头过年，老海提出来一句口号：我们要从三十儿喝到十五。过了十五才算过了年。中国的民族传统让我们如此地继承和发扬，这远比当初上学时的学校教育强。

话说回来，不过年的时候就是平常日子我们也没少喝，没在一块儿喝的时候只有一种情况出现：谁兜里都没钱了。你不在，我不在或者他不在这都不能构成不喝的理由。只要有钱，无论谁，都得喝到肚子里才算完。

上学那会儿跑出来喝酒就怕老师检查呀，记过给处分什么的，就是学校抓得那么紧，我们还是见缝插针地有空子就钻，冲破种种艰难险阻聚到一起，把家长给的零花钱凑凑，找个小饭馆换了酒喝。逃课出来之后，开喝之前常常是先讨论一番：老师要是查出来怎么办？然后喝着喝着就会越来越想得开：查出来就查出来吧，大不了就是叫到办公室训一顿；而喝到最后往往就彻底想开了：记过就记过吧，不管它。反正就是喝！随后就是"砰砰"地碰杯声。

那情怀大有一股革命战士就义前的英勇气概，气壮河山，又或是酒壮怂人胆。

想起这些我就会感激我国的人道主义精神，小孩儿喝点酒既没人说又没人管，小卖部和饭馆更是你喝的越多，他们越高兴，而且那几年国家也没有明令禁止向未成年人出售烟酒，在那"吱儿喽一口酒，吧嗒一口菜"的生活中，我真想大喊社会主义好，我爱你祖国之类的口号。

我到许冰家门脸儿的时候老海正收摊儿，许冰站在茶几前正笑呵呵地点着手里的钱，安冬和陈琢蹲在门口抽烟。

"又长辈儿咧，唉——。"安冬一声长叹。

"白忙活一下午。"陈琢也跟着。

"冰爷又卷了你们了吧？"我不嫌腰疼地打听："你俩又送了多少啊？"

"我没输多少，他输得多点，得有二百七八。"陈琢指着安冬说。

"得——今儿你们哥俩报销饭钱了。"我笑道。

"饭钱？连来回的费都有了！"安冬把烟屁弹出去说。

待许冰锁了门，和老海把两箱子手机拎到楼上他们家，下来后，我们打车去了位于儿童医院附近的绿叶火锅城。

一路上老海唠叨不停："又去绿叶啊？就不能换个别的地儿？"

"不愿意去没人硬拉你。"安冬说。

"要不你下车回家吃去吧，省得你妈再说你。"许冰坐在前排回头说，"行了你，蹭吃蹭喝你还有怨言了。"陈琢挤了老海一下。

"不是，我是说去那还得等半天。"

的确，那家火锅城的生意红火，天天爆满，座无虚席。冬天人们好像都喜欢吃火锅，再有一点就是那儿的啤酒饮料免费，虽然饮料都是兑过水的，但也就是消费档次比较让我们这号穷鬼能接受。

这次赶得挺巧，正好还有一张大圆桌，刚坐定，老海放桌上的电话响了，许冰拿起来接听。安冬伸着脖子才问呢："谁呀谁呀？"

挂线后，许冰说是大飞打来的，问我们在哪儿，他说刚从村里进城，找我们聚聚。

打去年十月一别，就没看见过大飞，陈琢说他去村里蒙人了。据老海介绍，在城里低价收购二手手机，到农村去卖能比在城里多卖几十块钱。大飞就跑到县城农村里开辟战场去了。我早就说过这厮有商业头脑，果不其然现在走"农村包围城市"的路线，也开始玩套路了。

"先给我来箱啤酒！"老海拿着筷子冲服务员喊道。

这店有一规定：在大厅用餐的顾客不准自带白酒，这很让我们讨厌，所以我们每次来只能狂喝啤的。夏天还能喝个四五箱。冬天就是不如夏天喝得多，每次都喝不到第三箱，当然，痛快依旧。

点好东西，许冰转着圆桌上的玻璃转盘说："没个姑娘真没意思。陈琢，给你媳妇儿打个电话吧。"

"滚吧，你媳妇儿多，随便叫一个。"众人乐。

许冰翻着自己手机上的通讯录，少顷。说："要不把吴昕叫过来？"

吴昕是许冰原来的女朋友，后来许冰当兵入伍后，就跟她分手了，吴昕当时闹得死去活来，整天给老海打电话声称要自杀，老海麻烦得不行，只能舍着电话费长途规劝许冰，后来许冰探家的时候和她见了几次面，之后也就不了了之了。许冰复员回来后，她还给许冰打过几次电话，有点藕断丝连的意思。

"喂，我许冰。"

"干嘛呢，吃了吗？"

"过来一起呆会儿吧。"

"那叫你朋友也一起过来呗，男的女的？"

"过来吧，都是你认识的。"

"……"

"啪"，许冰把手机盖一合，"怎么样？搞定。让她来她就得来。"

"又甩摊儿呢。"老海道。

"嘴不疼啊！"众人一顿喷。

"嘘——别嚷嚷，吴昕一会儿带来一个，你们谁有本事归谁。"

"都别抢昂！就我还没对象呢。"许冰话音一落，安冬举手说。

"我也没有啊。"老海第二个发言。

"长什么样还不知道呢，要不你们俩先打一架。"我说。

"带来个猩猩你们就老实了。"陈琢总结道。

过了不久，在大家的期待中，却等来了大飞。虎背熊腰的飞哥穿着一件看上去很劣质的黑色皮衣，那双扇风耳冻得跟猴屁股似的通红，双手来回揉搓着，一脸奸笑地坐到我们中间，俨然一副农村暴发户的派头儿。

"听说飞哥下乡去了？"我问。

"生活逼的，我也没办法啊。"大飞叹口气说。

"你这身皮行啊，买卖也是越做越大。"我笑道。

"一般吧，凑合过呗。"

"再过两天你还不成了地主老财啊！这皮衣西裤的，也是皮尔卡丹吧？"

"卡鸡巴蛋吧，那帮老帽比王八还精呢！"

"那是，都改革开放多少年了，你当我们农民兄弟还那么好骗呢，不行赶紧转战城里吧。"

"比我他们还差点儿！白干这么多年啊。要虾了吗？先给我来十盘大虾。"

"你往这开荤来了？"陈琢问。

"是不是你去的那村连耗子都没了，让人把你踢回来了。"我想起电影《甲方乙方》里的大老板。

"操，别提了。村里那菜真没法吃，鱼香肉丝这么普通的菜，愣给我端上一盘炒葱头来。"

"不至于吧，我看现在那村干部的肚子比市领导的还圆呢。"

"不信那？等哪天我带你去尝尝，让你体验体验。"

"别扇了，接着！"许冰递过一盘羊肉说。

第一箱啤酒消灭完。许冰刚放下杯，嘴里的啤酒还没全咽下去就站起来，向着楼梯的方向招呼："这呢嘿—美女！"我们也随着他招呼的方向看去，吴昕和一个女孩站在楼梯口四处张望着，安冬"蹭"一下像根儿忽然勃起的阴茎儿似的站起来，说："我去我去，你坐下。"

"老海，叫服务员添两套餐具。"许冰说。

吴昕和那个女孩带着满面的笑容在安冬鸭式服务的带领下走过来，坐定。

"呦，昕姐呀，好久不见啊！"老海先开口。

"你又不请我吃饭，怎么见你啊。"吴昕回道。

"别搭理他，来，今儿怎么也得喝点啊。"安冬给吴昕倒酒。

"许冰，你管不管啊！刚来他们就灌我。"吴昕撒娇似的碰了一下她旁边的许冰。

"谁灌你了，你看我们都一人三瓶了。"大飞拎起个空瓶子说。

"要不你们俩先喝点饮料。"许冰说。

"服务员——来两杯芬达！"安冬高喊。

吴昕和那个显得有些拘束的女孩有一口没一口地吃着，吴昕和我们聊着，时不时地照顾着坐在她和我中间的这个女孩："多吃点啊，跟他们用不着客气！"

许冰跟吴昕说这女孩他好像见过，安冬接过话说："我看着也眼熟。"陈琢马上说："你看谁都眼熟。"吴昕说就是一个学校的她们，她在许冰他们班对面儿，原来老一起玩呢。许冰似懂非懂地说："哦，我说呢，那更别客气了，你们看爱吃什么，再要点儿。"

"不用了。"女孩说。

后来许冰他们仨又说了一堆你认识谁谁谁吗之类的，女孩也渐渐放松开来，时不时地跟我们喝一口。安冬一直跟个公公似的献殷勤，拿起杯来敬人家酒。老海就跟他起哄："来来，冬子咱俩喝。"

我正用餐巾纸擦嘴，女孩对我说："有火儿吗？"见她手指间夹着根细长的女士烟，我掏出火机给她点上。

"谢谢。"她把她的烟也递给我一根。

"昕姐，听你聊半天了也不给我们介绍介绍，我们可都单身呢。"安冬主动开口。

吴昕放下筷子，嘴里边吃东西边说："哎呀都忘了介绍了。"接着比划出"请"的手势："这大美女是我和许冰的校友，现在是我认的妹妹，叫秦雯雯。"

"哎，看看我们刚照的大头贴好看吗？"吴昕说着从包里拿出个小袋。

"这张好看。""我看我看。"我们传着轮圈看，看完后安冬又抢回去，说："都好看，送我一张不行啊？"

吴昕笑笑，筷子含在嘴里，冲着秦雯雯翘翘下巴说："那你得问人家。"

安冬挑出一张，探头问秦雯雯："这张最漂亮，送我吧？"

秦雯雯只是一笑，什么也没说。

"不说话就算默认了。"安冬说完，把剩下的大头贴装回小袋，递给吴昕。

"哎，陈琢，小颖怎么没来啊？"吴昕吐出一团烟雾问。

"她回家了，她妈不让她出来。"陈琢答道。

"好长时间看不见你们了，有时间让她给我打电话。你们现在在哪儿呢？"

"江西南昌。"

我们这拨儿人里就陈琢和她对象还在教育的阴影里受苦受难，其他人早已看破学海，投身社会了。虽然没给社会奉献什么，但是这种以身试法，勇于冲破牢笼，挣脱束缚的精神还是值得赞扬的。在我看来，这种精神在当代应试教育为主体的教育制度下，更应该发扬和宣传，也算是为推进我国的教育水平做点贡献。

吃完饭临行前，安冬看着秦雯雯说："美女给我留个电话吧，以后好找你玩啊。"

许冰站起来拿着杯说："干了这杯咱们开路。"

大飞喝完酒，抹着嘴说："唱歌去怎么样？你们着急回家吗？"

听得出来，前一句是问我们，后一句是问吴昕和秦雯雯。

"狼多肉少，去也是当电灯泡去。"老海往外走时，搂着我和陈琢小声嘀咕了一句。安冬一直跟在秦雯雯后边，秦雯雯给没给他留电话我们就不知道了。

我们几个人中间已经没有童男童女了，爱情是怎么回事也一直没弄明白。一个个岁数不大却都是一副过来人的样子，稀里糊涂地在青春岁月里痛快地到达了高潮，没人注意过程中的点点滴滴，更没人留意悄悄溜走的时光，谁也不知道将来的生活会是什么样，未来听起来似乎遥远的像个梦，或许是因为我们还年轻，当往事悄然走远，青春落下帷幕，我们还会不知不觉地往前走，不倦不恋，义无反顾。

那天晚上又在 KTV 里吼到半夜，到最后唱的歌完全是自由发挥，K 的一个调，TV 里又是一个调，我怎么听怎么不像人在唱歌，自然而然地想起半夜鸡叫的周扒皮。

科罗纳和百威的酒瓶在每个人手里挥舞着，在幽暗的包间里就像群魔乱舞，瓜子皮和开心果的硬壳在脚下踩得吱吱作响，麦克风的线绊了我好几次，还挂倒了一瓶哈啤。我清楚地记得那是那个酒吧里最后一瓶哈尔滨啤酒，浪费了大半瓶。

从 KTV 出来，老海提议再找地方吃点夜宵，刚才吃的那些喝的那些都给 KTV 对面的一排小树当肥料了。

在大慈阁附近，我们找到一家二十四小时营业的烧烤店，他们还要喝，我说我先告一段落，我就着羊肉串喝了碗疙瘩汤。他们又要了三瓶啤酒。我喝了一杯。吃完后，吴昕说想去深度，我说我得先走了，明天还得去医院，我得回去睡会儿。

"你爸手术做了吗？"许冰问。

"做完了，要不我哪有心思出来跟你们喝啊。"我答。

"做得怎么样？"

"还不错，就靠以后养着恢复了。"

"明天我们过去看看去。"

"不用，没事了已经。"

"你就别管了。"

我说去就去吧，别买东西，拎两只王八得了，别太破费。

"玩蛋去吧。"

到家后，进屋先泡了杯酽茶，洗澡水放上，电视也打开。手机刚打算关机充电，响了，来电号码我一看也不认识，于是接起来："喂，哪位？"

7. 姑娘自己送上门了

"没睡呢吧？"女孩的声音。

"准备睡呢，你是？"

"这么快就忘了？"

"对不起，今天喝多了。要没事明天再打吧。"说完，我挂了。

"从来就没有什么救世主，也不靠神仙皇帝……"电话又响了，还是刚才的号。

"你谁啊，有事没事？"

"我秦雯雯。"

"秦雯雯？"我愣了一下，"噢，你啊，还没回家呢？"

"回了，在楼下呢，安冬送我回来的。"

"那赶紧回去睡吧。"

"你打火机在我这呢，我给你送去吧。"

"你先拿着吧，明天我找你拿，快回家休息吧。"

"我不想回家。"

"不回家你干吗呀？"

"想去你那儿！"

"我这儿？"我心里一惊，带喜。

"怎么啦？不方便呀？"

"那倒不是，我这儿太脏。"

"我不嫌脏。"

"而且又乱又小。"

"那也没事。我就是想去，行不行吧？"

"有什么不行的！我今儿可喝多了，出什么事我可不负责。"

"哈哈，谁用你负责啊。"

秦雯雯长得还算可以，不过像她们这种女孩儿酷爱打扮自己，扎个耳钉画个眼影什么的，有时候在大街上碰到这类女孩儿，我们都会管她们叫浪女，有的化妆化的浓得跟妖精似的，骚态毕露，穿着时髦前卫，冬天的衣服紧得把身体曲线全部显现出来，夏天更是能不穿就不穿，大腿露得恨不得把裙子撕破，让人欲火焚身，容易心生邪念。当然我说的这是长相还说得过去的，那种歪瓜裂枣和水桶腰均不在此列。

有人说我们这种心态叫"吃不着葡萄说葡萄酸"，我得告诉你的是有的葡萄就是你吃了它也是酸的。当然如我所述的这种葡萄不管多么酸，我想愿意吃的人还是很多。也不是所有爱漂亮的女孩都如我所说的那样，比如秦雯雯就是个例外。

我家是老式的筒子楼，楼道里的灯早都坏了，住户没人主动按上，房管局也没人管，我拉着秦雯雯，摸着黑深一步浅一步地往上走，上楼的时我们便开始亲唇擦齿，耳鬓厮磨，直至进了门双双倒在床上。

醒来后，窗外还是一片漆黑，我喝了口茶，想去小便，我看卫生间的灯亮着，里面哗哗的流水声，我敲敲门，"马上好了。"里边的秦雯雯说了一句。少时，秦雯雯赤裸着身子出来了。"好冷。"我从衣橱的最底下抽出毛巾毯，给打哆嗦的秦雯雯披上。"快躺下去，别冻着。"

小解回来后，看秦雯雯躺在床上擦着头发，在电暖器发出的昏黄的光亮下，显得迷人而娇媚。她看我愣在床前看她，对我微笑着说："看什么呀？"

"看你真漂亮。"我也冲她笑笑。

"切，才看出来啊。"她探回头重新躺好，又说"你这儿真冷。"

"那你还来，我说不让你来吧。"我往上给她抻抻被子说。

"早知道不如跟安冬回去呢。"

"那你不跟他去，弄得我也睡不好。"

"你找打是么？"她猛地窜起来骑在我身上。

"干吗？强奸啊？"我嬉笑。

"就是要强奸你，怎么着啊？"

忘了是哪次喝酒的时候，陈琢说了句话让我记忆犹新：生活就像被强奸，既然无力反抗，那就尽情享受吧。我说我已经享受得麻木了，应该换换花样了。陈琢说换不换你说了不算，生活说了才算。我觉得这话不像他说的，后来他才承认是从网上看到的。

说得真是那么回事，在生活面前，谁都无法保住自己的贞洁。

我再次醒来时，天已大亮，电暖器还开着，亮光刺得我睁不开眼，我揉揉眼，发现秦雯雯已经不在了。尿憋得我来不及穿拖鞋就直奔厕所，回来的时候我发现屋里整洁了许多：以前散在地下的画框和画完的油画都整齐地排列在电视柜的旁边；地上散落的我勾过的小稿和擦过笔的废纸也没了；颜料箱也被归置到墙根儿；烟灰缸也好像刚倒过，一个烟头都没有；写字台上的书也码成一摞，只放着一本画册，画册下压着张纸条：你属猪的吧，画儿画得不错，回头送我一幅吧。

我刷牙洗脸，穿上衣服，又看看这打扫过的屋子，觉得很是舒服，再拿起秦雯雯写的字条看看，两行小字写得小巧顽皮，一如她自己。

我这儿之前除了我妈有时候过来帮我收拾一下，别的时候一直就是乱七八糟的。我妈收拾完了总爱说："干干净净的屋子看着心里都宽敞。"我也总是劝我妈说，收拾干净了还是得弄乱了。

我穿好衣服，看手机上的时间已经快十一点了，给我姥姥打电话说了一声之后，锁上门去了医院。

到医院门口，我看到一个男子正和冯丽拉扯，冯丽想进医院又让那男的拉住，来回几次，冯丽看样子急于摆脱，我想装作没看见往医院里边走，走了两步又停住，回头看看又心有不甘，我觉得不该犹豫了便大步跑过去，这时我看到男子挥手扇了冯丽一巴掌，我跑到男子面前，看他相貌大概和我相差不多，"放开她！我看你再动她一下？"我很有礼貌地说。

"还真有管闲事儿的？你谁呀？"

"我是你爹。"我依然语气温柔。

说完，我拉过冯丽的胳膊往医院里走，还没迈出第一步，我腰上挨了一脚，还有一句脏话，好像是他这一脚的招式名称，我迅速把冯丽拉倒我身后，转身拽住那小子衣领快速给了他眼睛一拳，然后紧接着扣着他脑袋，抬腿用膝盖咯他脸，又还给他一脚。他往后退了两步，他和我同时向对方冲过去的时候，医院的两个门卫把我们拦住："别打了！你们哪儿的？"

我见这俩门卫手里都有警棍，便没在动武，那个男子一手捂着眼睛嘴里还不停地骂骂咧咧，一副欲打还休的样子。门卫制止我们后，门卫甲问我和冯丽："你们是干什么的？"门卫乙在一旁问那个男子。我说我是病人家属，这是我女朋友，你们医院的护士。

"带证件了吗？"

冯丽打开挂在胳膊上的包，拿出一个类似毕业证的红皮小本，拿给门卫看。"这是我的实习证。"

门卫甲接过去看了看还给冯丽，又问："那人是谁？"

"抢劫的吧。"我说。

"是神经病！"冯丽气愤地说。

门卫甲又转过去跟门卫乙说了两句话，把那男子叫过来，问我们："你们俩到底谁是她对象？"

冯丽伸手挎住我胳膊，果断地说："他是！"

"那他呢？"门卫乙指着那男子问。

"我不认识他！他是神经病！"

门卫甲乙对看，似乎不太相信又不知道怎么办。冯丽见状毫不犹豫地亲了我脸一口，俩门卫一愣，扭脸去打发那个被我打的男子。

冯丽连推带挎地把我拽着往医院大院里走，我不时回头张望，看到那男子被门卫推到医院外边嘴里还破口大骂，我冲他微微一笑，"呸"地吐了口痰，潇洒地回头走去。

走进住院部大楼，等电梯时，冯丽松开挎在我胳膊上的手，我说就挎着吧，我不嫌弃你。

冯丽鄙视的眼光瞄了我一下，我说："那人谁呀？"

"别管了。"

"这么晚才上班，倒是能赶上中午饭。"

"快走吧你。"电梯门开了。

电梯门又开的时候到了十一楼，我问她晚上几点下班，她说八点，我说了句我送你之后，径自去了我爸病房。

我妈正和我大姨等亲戚说话，我自然又叫了一个遍，我爸在合着眼输液，我走到床边，把脚下的东西搬了搬，轻声问："怎么样？有什么感觉了吗？"

我爸睁开眼，动着有些发干起皮的嘴唇说："哎呀，他妈的开始有点疼了。"

"麻药劲儿过了吧？"

我爸脸耷拉着点点头。

我大姨问我说："你吃饭了不？我回去给你姥姥做饭去，你跟我回去不？"

"我刚吃了个大煎饼，我不回去。"

"那我就先走，你看着点儿你爸，别吓跑去了。"大姨说。

"嗯，知道了。您赶紧回去做饭吧。"

我妈一边送我大姨一边跟我叔他们说，你们也回去吧，没事了，这么多人往这儿干嘛。

"我们又没事，你先送大姐去吧。"

大姨走后，我问我妈吃了没有，我妈说没呢，你叔他们也没吃呢，你们下去一起吃。

"不着急。"叔们说。

我妈从窗台拿起饭盒递给我说："你先给妈去食堂打点粥上来，把饭盒先刷刷。"

那几天我爸慢慢感觉到了疼痛，我妈说怎么也得疼几天，那都开膛破肚的能不疼么，手术的时候是有麻醉药顶着，慢慢儿药劲儿就没了。术后第三天我爸疼得眉头紧锁，翻身想动弹的时候都龇牙咧嘴，我得抱着他身子动，看我爸疼得那样我心口发憋，真想替我爸受这份罪，又怕自己疼得更受不了。我想要真是我的话我也必须挺着，而且挺得要更坚强。

人是逼出来的。这话一点不假。

生命的轻重能不能承受只有到考验的时候才清楚，轻的也重，重的也轻，谁不能承受谁就得先玩完。我爸就这么疼了得有一个多礼拜，之后才慢慢一天比一天好起来，最疼的那天晚上还让医生给打了半支杜冷丁。

冯丽探病房时丝毫看不出脸上有一点儿坏情绪，在问候每位病人时依旧绽放着温暖的笑容，偶尔跟我一对眼，看得我倒有那么点儿不自在。

太阳落山后，冯丽推着一小车进来，说："打热水了，我拎下壶。"小车上装的都是各病房病人的暖壶。我妈对我说："快点，你去打水去，别麻烦人家了。"冯丽一边拎着旁边病人的暖壶一边说："没事，阿姨给我吧，这是我们份内的工作。"我也拎起壶来，我说我去吧，然后跟冯丽一起去水房。

接水的时候我站的离水管老远，把暖壶对准水管放下面，慢慢打开水管，赶紧闪到一边。暖壶口要是对得不准，我就先关上水管，把暖壶挪一下，再打开水管，再闪到一边，生怕热水溅到我手上烫着我。如果暖壶口对得不是很准，一边往外溅一边流进暖壶的话，我就任其自然流，虽然是速度慢点儿，但是不能烫着自己。

冯丽见我这样接水，说："你这样打水得等到什么时候？"

"什么时候满了就到什么时候呗。"

"那得浪费多少水啊？"说着，她把水管关上，把壶拎起来，对到水管嘴儿那块儿，悬空拎着，把水管开到最大。我说："哎，你就放地下接吧，小心一会儿烫着你！"

"不用。满了，你帮我递下空壶。"

我把小车上的空暖瓶一个个拿下来，摆在地上，打开盖，像等待阅兵的战士排了一行，冯丽接水的动作迅速而利索，一个暖瓶不到半分钟就接满，我在负责把暖瓶盖儿盖好，一个个放回小车。

"你在家不干活儿吧？"冯丽问。

"嗯…也干，就是不经常。"说这话时我有点磕巴。

"一看你就是那种什么都不会干的人。"

"怎么不会啊？我会吃，会喝会玩。这两天还刚学会打麻将呢。"

"你—唉，不跟你说了，气人！"

"你怎么说话跟我妈一样，唠唠叨叨。"

"阿姨怎么会生你这么个儿子啊？唉……"

"这你得问我爸，我还真不知道。"

和冯丽打完水我们边往回走边说。

回到病房，我把暖瓶放下，又把旁边两位病人的暖瓶从小车取下来放到他们各自的床边，两个老头儿一个睡着了另一个没睡的和睡着的老头家属对我表示感谢，我笑着说不客气。冯丽推着小车挨个儿把水瓶送完后，在走廊里对我说了声谢谢。这让我感到惊讶和高兴。

"你刚才说什么？我没听清楚。"我故意问。

"我说谢谢。"

"谢谢？谢谁？"

冯丽这时猜出我是故意的，眼球一转，说："自己猜去吧。"然后戴上口罩飘然而去。

我分明从她脸上看到一丝可爱的微笑却没笑出来的踪影，以为我没看见呢，我是谁啊。

后来冯丽对我说，就是从我帮她打水那会儿，她对我开始有好感的。我说我知道，她问你怎么知道，我说感觉到的，这就是心有灵犀。她说："呸！"

我爸还是闭着眼躺着，我妈坐在床边，给我爸捏着脚。有那么一段时间，谁都不说话，病房里静悄悄的，像是太平间。包括我爸在内的三个病人都打着吊瓶，输液管里的液体还是静谧地滴嗒着，能听到只有亮着的白炽灯管发出的"嗡"的声音，我在这种环境里极不适应，甚至有些反胃，想吐。

在这种静得无声无息的环境里，我犹如置身在一口棺材里，平躺，一动不动，周围一片漆黑，内心烦躁压抑不安，却感觉不到恐惧，所有的恐惧已经变成无数令我焦虑的原子，波涛汹涌地在我体内翻滚着挣扎着，我仿佛感受到了未知的死亡。

我想尽快打破这种静如死寂的气氛，我站起来，去床头柜拿本书看，打开抽屉，里边有一本史铁生的《往事》。这本书是我以前买的，我爸手术之前要我给他拿本书看，我从书柜里挑了史铁生，我觉得这位中国最严肃的作家正适合在医院里看，他不平凡的经历使他对生命有着睿智的思考。

我拿出书，把抽屉关上，我妈说："去，叫护士吧，这瓶输完了。"护士换吊瓶的时候我说刚才都输完了，回不了血吧？护士说没事，管里还嘀嗒呢。

换好，护士出去了，我问我妈："这是今天第几个？"
"最后一个了，今天输完这个就没了。"
"这还得输几天啊？"
"且得个几天呢，少说也得一个礼拜。"
"这一天得不少钱吧？"
"唉，今天又交了五千，你大姨大姑他们拿来的。"
"这点钱能顶几天啊？"
"顶不了几天呗，什么时候人家通知没钱了什么时候再交呗。"
"唉……"
"你还不找个工作去，可少花点钱吧。"
我被我妈说的惭愧无语。

现在大街上找个工作比找个处女还难，我又何尝不想找，要学历没有，要钱更没有，拿钱买个工作得不偿失。工作倒是有，蹬三轮、去工地搬砖、扫大街、掏大粪。并不是看不起这些工种，而是我这样的根本干不了，前边我说过人是逼出来的，可我还没被逼到那个份儿上。

我觉得报纸上网上那些关注民生的论坛里说得挺好，他们管我们这样的人叫："社会寄生虫。"好像是泛指我们这类社会上的三无闲人，无学历，无工作，无收入。虽然我对这说法这词儿有些反感，但是人形容得确实是那么回事。

"天生我材必有用"虽然是安慰自己的话，不可否认的是这话确实有道理，谁也不想一天闲得蛋疼在大街上晃悠，社会也不是用不着人，而是都有一些貌似有用实则无关紧要的东西来束缚你，使你深陷泥潭。这些东西是什么？文凭。没错，一点儿没错。

"天生我才"到底有没有用往往需要时间来验证。

历史最缺德的一招就是马后炮。然而这招太绝，谁都无能为力。

就在我内心愧疚的时候，接到一个老李打来电话，之后我振奋不已，高兴的同时让我信心大增，备受鼓舞，起码能说明我还不是那帮始作俑者所谓的社会寄生虫。

8. 碰上黑社会了

老李是我们高中美术专业课老师，对我理解有加乃至偏爱，有些对教育的观点不谋而合，对画画的看法则不尽相同，他常常给我们看那些大师作品，上课教得也活泛，我估计我们侃的时间比我跟他画画的时间还长，上课那点儿功夫差不多有一半时间是在胡侃。他对我们也相当纵容，那时候学校里抓抽烟的抓得特别严，抓住了罚五十块钱不说，还给你档案里记上处分，多他妈损！我被抓过一次，说半天好听的没给我记过，后来李老师在厕所与我相遇，我便给他发了一通牢骚，他说这也改不了了，少抽最好，以后要抽，你就把画室窗户打开，在窗户边上抽。这已经令我大为感动，这往后又有一回我没烟了，李老师居然偷着给我让了一根，从这以后，我们便彻底成了忘年交。

我退学之前，也跟老李聊过，他也一再开导劝解我，等我退学后，他说照形势看，不上了也好，现在看起来都是为了考学，没他妈几个是真正愿意画的。

老李自己有间画廊，过年前两个月又买了辆车，小生活过得是有滋有味。我的画他看了以后，答应试着帮我卖卖。

电话我是出了病房在走廊里接的：

"李老师好！"

"你小子大过年的也不说给我拜年？"

"我给你打电话您关机啊，家里也没人。大过年的您还不老实在家休息，办班儿挣外块去了吧。"

"臭小子，你是越来越贫了啊？"

"得，别夸我了老师，您过年到底干嘛去了？"

"去北京了，有个展览，过去送了幅画，又见了几个朋友，在那边多呆了几天。"

"家里也没人接电话啊？"

29

"她们回娘家了。"

"那您手机还关什么机啊？"

"没电了，又没拿充电器。"

"都让您赶上了。现在没出十五呢，我给您拜个晚年。"

"行了，有这份心就够了。说正事，你有时间来画廊一趟。"

"什么事？"

"好事儿。"

"您就别逗我了？"

"哈哈，着急啊？"

"您就别掉我胃口了，告诉我吧您就。"

"行，不逗了。你头年里拿过来的那五幅画，昨儿我刚回来开张就卖了三幅，我这买卖也沾上你小子的光了。"

"真的假的？有人买我的画儿了？"

"怎么着？不敢相信那？"

"信，信！那是沾您的光。"

"你哪天过来拿钱来吧。"

"行，卖了多少啊？我得好好请请您啊！"

"小幅的卖了两张，一张是两千五，大幅的那张卖了八千，一共一万三。"

"呵，太牛了您！等我过去咱爷俩好好喝点儿。"

"哈哈，你小子啊…接着好好画吧，你什么时候过来？"

"一两天吧，去之前给您电话。"

"好，等你电话。"

"哎——好嘞！您忙着吧。"

不是我吹牛说大话，我的画能卖出去真的是我意料之中的事。现在是商品社会，没什么不能卖。不过能卖出去的这么快，是我没有想到的。我画的画上学的时候除了我爸妈看着说挺好，别人一概没说过好，不过我估计家长也是为了鼓励我。老李那时候只是说我的画挺有意思，经常给我指导，说我的画非理性的因素很多，有些刻意追求和过多对大师的模仿，并提醒我考试这么画肯定哪儿都考不上，个人色彩倾向太重。我心想考不上就拉倒，那些学院派也没什么意思。这也为我日后的退学奠定了一些思想基础。

我把画放在老李的画廊之后就把它当做一支股票，放长线，具体有多长我心里也没底，但我对它的前景还是持乐观态度。

结果还真卖出去了，前后不到三个月。

我曾经在学校放言说我的画肯定有人喜欢，有人喜欢就会有人买，现在我这是离开了学校，要是没离开我非得在那帮势利眼面前炫耀炫耀！

挂了电话，我笑了笑，那是打七窍里溢出来的高兴。

回病房的时候看到我四叔来了，和我一同回到病房，跟我妈打了招呼后，问我爸："怎么样了？能吃点东西了吗？"

我爸睁睁眼，慢慢地转动一下身体，说："喷，还是疼啊，不让吃呢，得过了明天，差不多能喝口水。"

我妈对四叔说："怎么又来了，紧说没事了，你们都挺忙的。"

"我在家也没事，想上午过来着，来了个熟人，喝了点儿一觉睡到现在。你们吃了吗？"

"呆会让楠楠给我买点去，你吃了吗？"

"我吃了，睡醒了我煮的挂面。你跟楠楠下去吃吧，我盯这。"

"呆会他就回去了，不用管。"

给我妈买了饭，我和四叔聊了一会儿，我妈看天黑了，就打发我走。

我去护士值班室找冯丽，看里面没人，我看看手机上的表才六点半，去楼道抽了根烟，又去值班室看，还是没人。

"看什么那？"

我一回头，是冯丽。她让我从一楼门口等她。

冯丽下来后，对我说："你怎么在那儿等我啊！幸亏没人。"

"有人怎么啦？"我问。

"影响不好。"冯丽头一低，羞涩地用教导的口吻对我说。

我"哼"一声笑出来，说："怎么进门儿的时候不嫌影响不好啊？"

"那是特殊情况。"

"唉，我这竹篮子打水一场空啊。白让我美了半天，那我先走了，你自己路上小心点。"

说完，我快步往前走。

"哎，你说话不算数！"

"怎么不算数啊？"我停住回头说。

"你说送我的。"

"是啊，我去门口打车去。"

冯丽笑着跟上来。

走出医院，天已黑透了，在医院门口停着的出租车都亮着"空车"的牌子，我和冯丽走向其中一辆，我向两边张望着刚要过马路，冯丽停下脚步使劲儿拉了我一把，我说怎么了？冯丽闪到我身后，惊恐地指着马路对过，我一看，是中午在医院门口拉扯冯丽的男子，轻蔑又挑衅地和我对了下眼神，冲着我们走来。这回不是他一个人，后边还跟着四个，大概是他的小哥们儿一类的跟班儿，五个人过马路是威风凛凛，我心说：可坏了，这回是碰上黑社会了。

来者不善，看来我挨顿打是在所难免了。

我双手背抱着躲在我身后的冯丽，我侧脸小声说："你先回医院，他们进不去。"

冯丽则一把抱住我，有些带哭腔儿地说："我不走！"冯丽的语气坚定，说完后，她抱我抱得更紧了。我使劲拉住冯丽的双手，抬起头闭上眼深深地吸了一口气，空气凉的让我舒畅，定了定神，我想到他们针对的是我，应该不会碰冯丽。我也没在说什么，只为挨打做好准备。

这时，五个男子已经站在我面前。我感到冯丽呼吸紧张，浑身瑟瑟发抖。

不知怎的，忽然我想起张国立做的一个广告里的广告词：吃亏是福。张国立扇子一收，脸一变，又说：肾亏可是祸！想到这儿我禁不住哈哈大笑起来，越笑越开怀，还越想越忍不住。

"行啊你，死到临头还能笑出来！"中午被我打的那个男子说。
我当时家装镇定，可还是一个劲儿笑个不停。
"好，厉害，我看你能笑到什么时候！干他！"

9. 来个吻别

我一向认为挨打不是什么坏事，它说明攻击者对你有某方面的嫉妒或是要求没被满足，而被打者往往是一种看起来很无辜的姿态展示在人前，事后会得到广泛的同情甚至帮助。而在精神上被打者总是胜利者，攻击者则常常越打越生气，结局总是逼迫被打者说出屈服的话，说到底攻击者还是以暴力手段来得到精神上的满足。这样即便是被打者出于被逼无奈说出屈服的话，攻击者还是没有得到真正的精神胜利。这无异于自欺欺人。我之所以能总结出这点经验是因为曾经参与过多起这种叫做打架的暴力活动，胜败均有。

俗话说胜者为王败者为寇。可是谁又能想明白胜者不安，败者不服呢。

我还知道在现在社会形势一片大好，祖国发展蒸蒸日上的情形下，打架的实质就是比人多。眼下的情况很明显，对方人多。虽然挨打不是坏事，可是当下一顿如暴风骤雨般的拳打脚踢谁挨着也疼。

看来我得借鉴一下阿Q同志的精神。原来学的一篇古文上说："天将降大任于斯人也，必先磨其筋骨，饿其体肤，空乏其身。"刚好我还没吃饭呢，体内空空如也，明摆着就差"磨其筋骨"了，这意思就是我挨完这顿打就能干出一番大事业来。虽然我没什么想干大事业的野心，既然老天爷这么够意思，我就只好吃点儿亏了。

男子一声令下，我双臂再次抱紧冯丽。
我下意识躲过一拳，"啪"我给了对方一耳光，回过头来，忽然看到半个西瓜不偏不倚的砸在打我的男子头上，我还没回过神儿来呢，又见冲上去几个人，接着又有两个菠萝接二连三地从我眼前飞过去，我正看着一边跑一边打的几个哥们儿纳闷儿呢，"你没事吧？"一句话把我从疑惑中拉出来，我一看是许冰。

我赶紧推开冯丽，让她先回医院里等我，我和许冰心照不宣地一块儿追赶了上去，我看陈琢和安冬正一人揪着一个，相隔不远见大飞、老海和另外三个人战在一处，我跟许冰冲上去踹倒一个，我见局势还好，想尽快地解决战斗，只有一个办法——见血。于是便跑到一个最近的胡同口，捡了块板儿砖奔回来，这会儿我见被打的几个人整齐地站在墙根儿，大飞他们围在前面，用脏话训斥着。

"边儿靠边儿靠，快点儿！"我回头一看，陈琢跟安冬，一人揪着一个走过来，"啪！"陈琢又给人一嘴巴。"还他妈看！看什么看！"安冬揪着那小子头发，我看着跟警官押罪犯似的，只是俩"警官"对"罪犯"过于苛刻，还不时地问候着"罪犯"的母亲。

许冰让他们一一靠着墙根儿，站好，也用脏话教育着他们，五个人手抱头老实地靠在墙根儿，身上的衣服也脏得七扭八歪，都一副任人宰割不服气的表情，还有一位的鼻涕舒服地黏在人中上，借着路灯的照射反光强烈惹眼，像天上离得很远的星星。

大飞走到谁面前骂到激情豪迈时就顺手扇一耳光，老海也跟着凑热闹占便宜。我看着他们落魄的样子，不禁想起我们原来挨打的时候，真是忆苦思甜。

见此情此景，看来是我自作多情了，老天爷是把"大任"交给他们了。
我把手里砖头扔掉，跟许冰他们说："行了，别骂了。"大飞说："你说怎么着吧兄弟？"
我说你先歇会儿好呗？

我走到为首的男子面前，说："都多大了还玩黑社会，有意思吗。你不就是要找我呀，你也算个七八尺的汉子，一个人做事又担不起，还连累了你这帮小兄弟。"我又指指另外几个人。
这时冯丽也喘着气跑到我面前了，我接着说："你不是找我吗？冯丽也在这，咱仨把事说清楚了，你要觉得你吃亏了咱俩再单练怎么样？"

男子灰头土脸地瞥我一眼，又扭头看别的地方，身上的衣服也皱着，裤子上都是刚才被打的时候蹭的尘土和脚印儿，像大义凛然要就义前的战士，冯丽喘着气低着头，用手捋着被风吹乱的头发，显得有些无措。
"来来，过来。"我拉着冯丽对那男子说。

　　我们三人往前走了两步，我对男子说："你是不是先让你那几个兄弟走，我不难为他们。"

　　男子往后转头喊了一句："你们先走吧！"

　　"不行！"大飞回了一句。

　　我也转回头，"你行了，让他们走吧。"

　　"不行！谁特么也不能走！"大飞又嚷嚷。

　　我对男子和冯丽说，你们俩先把你们的事谈明白了。

　　"算了。"我过去拍拍大飞肩膀，"都不容易，让他们走吧。"

　　大飞摇头晃脑地指着墙根儿那几位，连踢带比划地喊："别他妈让我再看见你们，滚！"

　　四个人悻悻地走后，老海说："就让他们这么走了？"

　　我说那怎么着？要不你再把他们叫回来？

　　"应该让他们唱段《东方红》。"

　　"你不早说。"

　　我说你们怎么过来了？

　　"这不看你爹来了。"许冰说。

　　"你们再晚来会儿我也就直接躺医院里了。"

　　陈琢说好长时间没动过手了，这一跑还挺累。

　　大飞问我："那男的谁呀？"

　　"我也不知道。"

　　"真盖咧，谁打你你都不知道啊？"老海插了一句。"你真有个意思。"

　　"这还看不出来呀？肯定为那女的呗！"陈琢解释道。

　　"长的还不赖昂。"安冬翘着兜齿嘴儿说。

　　"别扯淡了，你们先去吧，一会儿看完我爸打电话，今儿我安排，谢哥几个了。"

　　"西瓜真他妈贵，白糟蹋了。"许冰说。

　　"你们赶紧去吧。"我推着他们。

　　"哎，几楼啊？"陈琢回头问。

　　"十一楼，五床。"

　　我又走回冯丽和男子面前，两人各观向一方，刚才应该都没说话，我说要不咱们找个地方坐下谈？

　　"今天算我栽了！"男子开口。

"既然这样了，我钱不能打了水漂儿！"男子愤恨着继续说。

"我没欠你钱！"冯丽激动地大喊。

"她欠你多少？"我示意冯丽先别说话，然后问道。

"五千。"

"这样，你后天中午过来拿钱，我明天给你准备，怎么样？"

"行，你说几点？"

"十一点吧，还在这门口。"

得，我心说：头回卖画儿的钱算是有归宿了，我都怀疑这钱都不该是我的。

男子走后，冯丽看着我，眼眶里别来半天的眼泪慢慢流出来，我搂过她的肩膀，说"怎么了？"

冯丽只是缀泣，咬着自己的嘴唇不说话，我用手轻轻擦拭她泪水滑过的脸庞，热乎乎的，我说别哭了，冻了脸该不好看了。她"哇"的一声，终于爆发，扑到我的怀里，死死地抱着我。

夜色初朦，路灯轻启，寒风微吹，街上人来人往渐渐喧哗，车辆穿梭如织车灯忽明忽暗，我紧紧拥着冯丽，心里温暖得仿佛抱着春天。

把冯丽哄得差不多了，我说我送你回家吧，这时电话响了。是许冰他们。

"我们出来了，你在哪儿呢？"

"马上到医院门口。"

挂了电话，我问冯丽，跟我吃饭去吧，然后再送你回去。

"不用了，我不去了。她们在家都做好了，肯定等着我呢。"

"他们？谁们啊？"我提高了一声调问。

"我同事。"

"你跟你同事一起住？"

"嗯，怎么了？"

"有多少男同事？"

"都是女的！讨厌。"

"哦，我这不是关心你啊，咱们刚从虎口脱险，不能再把你送进狼窝去啊。"

冯丽让我逗乐，看她情绪也好了起来，我再次邀请，她不肯，说跟我去才是进狼窝呢，我只好把她送回家。

上了出租车，我给许冰回电话，让他们找地儿先去，我随后就到。我问冯丽住哪儿，安全吗？她说就在医院后身的华联超市旁边，是老干部的干休所，24 小时有警卫，挺安全的小区。我说是吗？哪个足球队都有守门员，没听说过不丢球的。

"你就不能说句好话啊？"冯丽说。

我说这叫忠言逆耳。

到干休所门口，我们一起下了车，冯丽说谢谢你，我笑笑，冲她招招手说："快回去吧。"

我给她电话响了一声，让她有情况就赶紧给我打电话，她记好后说："再见。"

我说等会儿！冯丽停下回过头说："怎么了？"

"有件事忘了告诉你。"

"什么事？"冯丽走过来问。

我做出左顾右盼的样子，像做贼似的把手放在嘴边儿，示意她在近点儿，冯丽认真地把头探过来，侧耳倾听，我趁机贴到冯丽耳边，以迅雷不及掩耳之势亲了她一口，说："来个吻别。"

自从我和高中时候的第一个女朋友分手以后，就在也没单独送过女孩儿回家。已经很久没有这么让我心甘如饴的感觉了，就是那时送我女朋友，也没有过这种感觉。可能因为当时已经坠入甜蜜之中了，或者是没怎么当回事，已经习惯了。老朽们会说那是一份应尽的责任，甭管是什么，在那时看来我都乐意去做，并且不知疲倦，最初会从中得到一种前所未有的高兴，慢慢便沉溺其中，就像是在蜜罐里生长的虫子，日子长了便感觉不出什么是甜，有一天蜜罐在各种不为所知的各种因素汇集下打翻在地，支离破碎，我将自行寻觅维持生存的食物，再吃到蜜之后的食物的那一刻，终于想起蜜是甜的。而后自然而然地便深深陷入一段好似历久弥新的回忆。

我目送着冯丽进了干休所的大门，渐渐消失在楼与楼之间的拐弯处。我想我找到新的蜜罐了。我又乐了，打了个喷嚏，双手冻得冰凉，我哈了一口气搓搓双手，向马路上过来的出租车招手。

司机问我"到哪儿啊老弟？"这我才想起来许冰他们还没给我打电

话呢，我说您就先往前开慢点，我打个电话。话音刚落，我电话就唱起了《国际歌》，我拿出电话，按接听键。

"在哪呢你，我们到地儿半天了。"

"我在华联这边，你们在哪呢？"

"奇芳阁，二楼六号雅间。"

"可是你们不掏钱啊，真会找地方。"

"你快点吧，菜都点好了。"

"算你们狠。"

"韩村路这边这个店。"

"爹知道！"我不耐烦地说。

10. 吐出来的青春

我怕兜里的钱不够，在路过的一个自动提款机里又取了八百块钱，去完后顺便看了一下余额，还有四十三块钱。我心里的愤怒带点愧疚化为一个最能代表心情的字儿痛快地脱口而出。

饭店门口的保安礼貌地帮我拉开车门，问候了我一句先生好，我笑笑真想说先生不好。服务员带我还未走到包间门口，我便听到里面的喧哗吵闹声，故意地使劲敲敲门，里边一下静下来，"进来"不知道谁喊了一声，我推门而入，烟气和香味及众人的目光扑面而来，呛得我咳嗽了两声，气氛再次沸腾开来。

我用手扇了扇呛人的烟气，又蹭了下被烟熏的要流出眼泪的眼眶，然后听见有人说了句你还来呀？我一看说话的是坐在陈琢旁边的何颖，听着那小尖嗓儿就知道是她，我说你哥不来谁给你们算账。环顾一周，发现来的人多了好几个：大飞旁边是老海，另一边坐着个姑娘，打扮得很媚，看起来倒是挺漂亮，那种成熟的劲头儿一看就知道能比我们大个三四岁。许冰左边是陈琢两口子，右边是吴昕，吴昕挨着安冬。安冬的旁边是秦雯雯，显然秦雯雯与老海之间的空座是给我留的位置，让我没想到的是老海的旁边也坐着个妞儿，正和他说笑甚欢，脸蛋胖乎乎的，笑起来还挺可爱。我说行啊哥儿几个，今天看样儿都是奔听来的啊。

许冰让我快坐下，大飞把菜单递过来，一脸坏笑地伸出手还冲我恭敬地点下头说："东家请点菜。"他这个样子就像一群正在公款消费的领导头子，再加上他那个腐败肚子，旁边的女孩正好就当是作陪小姐。想想真是挺恶心的，当然我们和他们是有本质区别的，恶心的也是那些腐败的官员。

我接过菜单说你们先点吧，老海这时扭头对我无耻一咧嘴，"楠哥，不好意思。我们都点过了，就差您了。嘿嘿。"我翻着菜单，拿起桌上不知道谁的一盒小熊猫，点上一根说："你们今儿是真把我当冤大头宰了。"此话一出，众人叫嚣：

"都给你卖命了，宰你一顿不应该啊？"陈琢说。

"你让我们挑的地方，怪谁啊？"许冰说。

"这么多美女给你陪酒来了还不行啊？"大飞说。

"楠爷，什么也别说了，认栽吧！哈哈。"老海继续一脸贱相。

"哥，你钱带的够不够啊，不够先取点去吧。"何颖道。

"不够大不了往这儿干上一年，正愁没工作呢。"我说。

"那我们就成全你了。服务员，你们这最贵的鲍鱼，给我按人头儿上。"陈琢吐口烟说。

站我旁边的服务员随着大家一起笑了起来，我冲她说："吃了这顿饭，咱俩就是同事了，以后老板那儿还请您多帮我照应着。今儿也没外人，一起坐下吃点吧。"服务员拿着记菜谱的小手机捂着嘴扭头儿又一阵不好意思地笑，脸上憋得通红，大飞说别闹了，你快先点菜。

我要了一个清蒸桂鱼，一个蛋黄南瓜，我问大飞凉菜要的什么，大飞说还没要，你定吧。

"炸花生米、碗菜、上品驴肉、水果沙拉，再拍个黄瓜。"

服务员问"酒水喝点什么？"

老海伸伸脖子一抬头，二郎腿一跷，把嘴上叼着的烟夹在手上，说："先给我来一箱蓝星，再拿个瓶启子，谢谢。"

"这么热闹不喝点白的？"我说。

大飞一边比划着一边说不喝不喝，我又看看许冰陈琢，一圈人都跟商量好似的同一个动作，我只好对服务员说："先这样儿吧，菜上快点。"

服务员像相声演员练功似的报了一遍，然后喘着气出去了，我把手里的烟掐灭，疑惑地说："怎么了今儿，太阳从西边出来了，没人喝白的了。"话音刚落，老海冲我鬼魅一笑，低头跟变魔术似的从桌子底下拎出个装的满满的大塑料袋，冲我嘿嘿："这不这儿呢。"

众人又哄笑起来，我也加入其中："高，实在是高。"

笑谈中，我得知这酒是从超市买的，刚进来的时候，老海他们知道这儿酒便宜不了，提前准备好，老海把酒揣在羽绒服里带进来的。还得知大飞旁边的女孩据说是他以前同学，现在也是整天没事打麻将，闲着，最近在一家网吧做前台，给大飞打电话叫他过去玩的时候让大飞勾来的，老海旁边的姑娘我看着眼熟，经安冬叙说，才想起来是老海家楼下发廊的，当然是那种正经发廊，老海一年四季在那儿剪头，俩人混一起也就不奇怪了，奇怪的是，我记得大飞说他一年级都没念完，哪来的同学呢。

吴昕和秦雯雯不用说，肯定是许冰招来的。

我喜欢这种喧闹的时刻，在任何时候，尤其是和这些狐朋狗友混在一起的时候，吃饭喝酒，谈天侃地，胡说八道，开着各种不着四六的玩笑，说着各色在一瞬间灵感闪出的贫话，讲着语言各异、实质统一的黄段子，露骨得不能再露骨，流氓得不能再流氓，无所顾忌，无忧无虑。我喜欢那种酒前聚在一起的激动，热爱那种喝大了乱造一气的兴奋，酷爱那种酒后走在街上歪七扭八，无所畏惧，飘飘然的空虚。喝吧，喝吧，尽情地喝吧，不怕大，不怕吐，吐出来的青春，有点苦。醉眼看世界，越看越朦胧。这肆意的狂欢简直让我们着魔，它让我们感到空前的解脱和淋漓尽致的快乐，让无聊的生活顿时情趣盎然，生机无限。

在我们的吵吵闹闹声中，菜一盘接一盘时快时慢地上着，那几个我不认识大家也不怎么熟悉的女孩随着一杯一杯的酒的下肚，也都越喝越放得开，跟我碰了几杯后也像老朋友似的说笑，陈琢借着酒兴跟她们把我吹捧了一番，介绍我是画家，中国未来的大师，吓死毕加索，气死达芬奇，拳打大英博物馆，脚踢故宫博物院。这一痛儿牛掰吹得我甚是高兴，赶紧举起杯来，对陈琢说："知我者，莫过于陈大师。"杯中酒一饮而尽，辣得直吐舌头，跟狗似的。

秦雯雯一边笑着一边扯我衣服让我坐下，还用勺给我崴了一小盘松仁玉米，说："快吃了，押押酒。"

陈琢放下杯，许冰紧接着拿起来不怀好意地笑着说："来来来，楠哥还没跟我喝呢！"我比划着说："歇一下都不让啊，怎么个意思啊？"许冰一个劲儿指老海："快给你楠爷满上啊。"我和许冰相视一笑，老海拿起酒瓶给我倒酒，倒完后反应过来好像哪儿不对。等我跟许冰干完，老海没用别人说又给我满上，同时举起自己的杯："楠爷这就是你不对了昂，凭什么到我这儿我老是孙子啊！"

"你看，这是你自己说的，我可没说。"我说。

老海一口干了，说："行，我喝一个，你得干俩。"

我说："行！你这孙子是有预谋的！"

老海看着我喝了两杯后，满意地冲我嘿嘿。

就这么着我连着干了一圈。

我们这帮人里老海是最能喝的，每次他都吐得最少，有时候还能不吐。而且酒后脑子还不糊涂。有一回我们在 KTV 喝完出来，走了没多远老海一摸兜儿："擦，电话落下了。"调头就往回跑，还真就找到了。

其实吐的次数少也不是最有说服力的，次数少可吐出来的东西多，就跟他上厕所的次数少，而每泡尿都尿得很多是一个道理，有一次我们在皇华馆小学旁边的一个小饭馆喝酒，老海在我们都去了两三次厕所后，终于憋不住了，他回来后一边拿餐巾纸擦着鞋上的秽物一边说："真太恶心了！也不知道谁吐得，看着没冲下去的尿和吐出来的东西我一恶心，把刚吃的那点儿全吐干净了。"听他说完，谁都没了继续喝的兴致，一打嗝我差点儿也吐出来。

结完帐我向陈琢要烟，陈琢说没了，又问安冬，安冬指指桌上的空盒，问了一圈下来全抽没了，当即我又甩了个摊儿："叫服务员，要！"

出门后，按大家的意思，都要去蹦达会儿，于是便分批打车，集体奔向位于时代商厦附近的深度 CLUB。

下了车，我接到冯丽打来的电话。

"这么晚了还没睡？"
"你回家了么？"
"没呢，陪哥几个喝呢。"
"少喝点，明天该难受了。"听了这话，我心里忽然倍感温馨。
"放心吧没事。你怎么还没睡呢？"
"不是等你的电话呢嘛。"
"哎呦，我给忘了。全怪我，一会儿就回去了。"
"那你一定快点回去。"
"没问题，谢谢关心。来，啵儿一个。"
"讨厌！"
"又不是没亲过，呵呵。"
"行了，你别喝多了啊。"
"知道啦，你快睡吧。"

我送冯丽回去的时候，她怕我晚上喝多了，让我到家后给她电话。没接到她电话之前，我已经把这事忘得一干二净了。

这又让我想起了以前的女朋友。

我是最不愿意想这事儿的，那个曾经把一切都给我的女孩让我想起来就会不安，心有惭愧。我对此又无能为力，只能慢慢地不刻意地让她淡出我的记忆，或者偷偷藏起来，藏在心里。

深深的。

现在，冯丽又在使我慢慢滑向这种不能自拔的沼泽里。

原来我每天晚上送女朋友回家之后，她都要让我到家后给她电话。也不知道为什么，恋人之间总是有说不完的话，我们当然也不例外。白天在一起说一天，晚上送她回家的路上也不停地互诉衷肠，虽然没有花前，也总有月下。马路上我一手推着我那辆无铃铛且哪儿都响的山地式自行车，一手牵着她的手。有时候她会坐在前梁上，让我带着她骑。慢慢悠悠地，车子不停地"吱扭嘎扭"地乱响，听起来也是如此的浪漫。偶有微风滑过她的脸庞，她的几丝秀发会拂到我的脸上，就像她的手在轻抚，这时她会扭头冲我笑笑，捏捏我的鼻子，轻轻地吻我一下，我也亲她额头一下。她再亲我一下，我再亲她一下，俨然忘记了我在骑车。

当然偶尔也出事儿，要么摔在路边要么卡了裤裆之类。

那也美，互相搀扶起来笑笑，很有那么点儿"执子之手与子偕老"的意思。

落座之后，大飞要了清一色的科罗纳，我喝了一瓶后觉得没什么味。我看他们一对一对的就我东一句西一句地掺合着瞎聊，我也觉得自己挺碍事儿的就独自坐到大吧台上，要了一个百威，服务生说二十，我掏出五十块钱给他："那就拿两个吧，不用找了。"我本来以后服务生会说句"谢谢先生"什么的，满足一下我的虚荣心。没想到人家什么都没说，收了钱给我打开啤酒后就服务别的客人去了。让我挺郁闷。估计这儿的客人付给他们的小费多了去了，多给十块钱没准儿人家还笑话我寒碜呢。想到这儿我更郁闷了，怎么付钱之前没这么想呢？擦！

我喝着酒，醉眼迷离地看着我周围的男男女女，主要是物色一下漂亮的美女，搜索一圈后倒是发现几个，不是有男人的就是调戏服务生的，使我兴致大跌。

"看什么呢？"秦雯雯这时坐到我旁边。

"找美女呗。"

"找到了吗？"

"没有，都没你好看。"

"呵呵，是么？那刚才怎么不和我说话？"

"那不是有人陪你嘛。"

"我就喜欢你陪！"

"我又不是三陪。"

秦雯雯拿出根儿烟，衔在嘴上，我喝口酒，给她点上。

她娴熟的吸烟动作，一只耳垂上吊着大的夸张的耳环，在各色霓虹灯的闪烁下，泛出比霓虹灯还亮的光芒，一晃一晃地显着秦雯雯非常有味道，她喝酒从容的表情，手指间优雅的夹烟姿势，坐在高脚椅跟着音乐节奏小范围地晃动身体，看起来是那么舒服。如果这里所有准备猎艳的男人都是蛤蟆的话，秦雯雯就是那只看似雍容的天鹅。

有那么一瞬间，我甚至产生了秦雯雯好像变成了这儿的小姐的幻觉，转瞬即逝后，我觉得很可笑。

为了掩饰我的笑我拿起酒瓶猛喝了一大口，下咽的时候呛了一下，"咳咳"地咳嗽，还直劲儿笑，秦雯雯拍着我后背说："怎么啦？笑什么呢？"

"笑你呢，呵呵。"

"笑我什么啊，神经了你。"她从包里拿出纸巾递给我。

我把我刚才的感觉说给她听，她也哈哈笑了。用手还使劲捶我几下，说："那我以后就在这儿做兼职来。"

"出台吗？"我问。

"我又不是鸡。"

"你也是陪酒不陪睡，卖艺不卖身呗？"

"要碰上我看着好的，就例外。"

"什么样儿的算好的？"

秦雯雯晃动着手里的酒杯，冲我眨眼一笑："你这样的。"

11. 荷尔蒙张狂地飞了起来

　　我的小心脏颤抖了一下，脸上却装作若无其事的样子笑笑，拿起酒瓶碰了秦雯雯手里的杯说："谢谢。"一口干掉后，我说我下去蹦会儿。拿起搭在吧台上的棉服往楼下走。

　　还没下到一楼，突然有人拉起我就跑，在忽明忽暗的灯光下我也看不清楚，跌跌撞撞的跟着进了卫生间，我一看是秦雯雯，她迅速地踢上门，反锁。我们俩面对面挤在狭小的空间里，她两手使劲拽着我的领口，目光专注地看着我的双眼，无比霸道地说："你喜欢我吗？"

　　我不敢看秦雯雯，只好抬起头，大口喘气，闭上眼，什么也不说。

　　我不知道说什么，也不知道该怎么去说，在我看来秦雯雯情场上的老练与纯粹的内心是如此的矛盾，让我猜不透也看不穿。她现在在我面前要一个答案，这种境遇让我尴尬甚至惊慌，我从没遇到过也不想遇到。这好比上学时候的数学考试的选择题，面对着不同的答案，明知道选项里肯定有一个正确答案，然而对数学一窍不通的我丝毫没有办法，于是只能像大多数学生一样——蒙。

　　试题可以蒙，感情可以蒙吗？
　　我不知道。就像我不知道怎么回答秦雯雯一样。

　　我感到胸口一阵炽热，我睁开眼，看到秦雯雯和我已经赤裸了上半身，我心跳加速，感到全身在酒精挥发的带动下越来越热，根本控制不了，秦雯雯的嘴已经毫不犹豫地黏上了我的嘴唇，我身上抑制不住的的荷尔蒙张狂地飞了起来……
　　到家的时候已经半夜了，我插上手机充电器，上楼的时候我和秦雯雯东倒西歪地把她的包丢在楼道，我又下去捡回来。头重脚轻地蹭了一身灰，秦雯雯下车后吐了一次，不那么难受了，她接过我的棉服说："看你滚的。"

我坐下歇歇，让秦雯雯帮我沏了杯茶，喝了一口太烫，放下茶杯，掏出烟来点上。

抽了一口，感觉好多了。

秦雯雯洗了澡出来后让我也去洗，我已经躺在床上又晕又累，我说我不洗了，太麻烦还冷。她说我一身酒气，我说明天再说吧，实在不愿动了。秦雯雯叹口气也钻进被窝。

我帮她把电暖器挪到床上来，她用它烘烤湿漉漉的头发。我说别给你烤焦了，"滚。"

我躺了一会儿，尿憋得我翻来覆去的睡不着，又下床跑到厕所解决了一下，冻得我没冲马桶就返回床上，秦雯雯把电暖器放到地下，也躺好。我盖好被子，秦雯雯说："我饿了。"

听秦雯雯这么一说，我肚子也跟起哄似的"咕儿—呱"的叫了一声，像肚子里有蛤蟆在叫一样。我和秦雯雯都听见了，"噗哧"一起大笑起来。我说："写字台左边的橱扇里有吃的，你自己拿去吧。"

"你帮我拿吧。"

"太冷，你拿去吧。"

"我也冷啊，你就帮我拿一下吧。"

"我刚从厕所回来，冻死我了都。你自己拿吧。"

"你就不会让着我点儿啊？"

"你怎么不让着我啊？"

"我是女的，你就一点儿不懂怜香惜玉啊？"

"所以女士优先嘛！"

秦雯雯气得不知道说什么了，瞪着我"哼"了一声转过头去，我那不争气的肚子又接连叫了两声，也不知道是饿的还是胃肠什么的正在消化呢，我倒是有一种饥肠辘辘的感觉。

过了一会儿我坚持不住了，硬挺着还不如下去一趟拿点吃的，早吃了早舒服，想到这儿我从床上蹦起来，趿拉着拖鞋走到写字台前蹲下，打开橱窗，我记得还有两袋饼干，没想到厨子里存的食物比我记住的丰富多了，有两包小袋装的奥利奥，四盒康师傅，两袋火腿肠，一个铁盒罐头的豆豉鲮鱼，一大桶冰红茶，还有好几桶纸筒的挂面，最里边还有几听可乐和啤酒，我拿了饼干和火腿肠，连那一桶冰红茶都捧回床上，我拱了拱秦雯雯说："起来吃吧"。

"不吃啦！"秦雯雯用胳膊肘往后捶我一下说。

从口气能听出来她还在生气中。"那我白拿了，不吃早说呀！我还得放回去。"我说着故意把那些食品的塑料包装袋用手抓得"吱吱作响"。

秦雯雯听到后"噌"一下转过身来，迅速地抓起一袋奥利奥打开，说："凭什么不吃啊！不吃白不吃。"说完拿出一块扔在嘴里"嘎吱嘎吱"地嚼起来，嚼得很解气，一边吃还一边看我，仿佛他吃的是我。

我妈每次过来给我收拾房间，都会买上一些吃的以备不时之需，我总是晚上画画儿，我妈买的是些面包之类的零食，让我半夜饿了垫巴垫巴。然而有了吃的东西以后我就懒得回家吃饭，往往在我妈来过的第二天，她带来的那些吃的东西就会作为我的正餐被我消灭一空。我对袋装的食品有种特别的偏爱，打开就吃，非常省事。相对来说，我觉得吃方便面都麻烦，还得煮。我妈说我懒得都快赶上猪了。但她说的不对，其实我比猪还懒。

我从一些小资杂志上看到，说现在的男女之间非常流行一种"速食爱情"，大概就跟我吃的这些食品一样，有的杂志上也叫"快餐爱情"。大意就是现在的男人女人见面就上床，从床上滚下来就赶紧去登记结婚，过好了就这么过下去，过不好的再以同样的速度离。不知道现在人们是找不到真正的爱了，还是没时间懒得找。我觉得这种所谓速食感情来得快，去得也快，挺符合公厕里贴的那条标语：来也匆匆，去也冲冲。厕所冲不干净有刷子刷，感情冲不干净就会落下伤疤。冲淡感情的不是水，而是像水一样一去不返的时间。

我忽然觉得我和秦雯雯是否也落入了这种"速食感情"的陷阱里。

我看着秦雯雯吃完饼干大口喝着冰红茶，我说要是饿还有泡面呢。秦雯雯把瓶盖儿拧上，摇摇头："够了够了。"秦雯雯把我们吃完的包装袋装进一个袋里扔在床下，我回手摸放在床头的烟，叼出一根，找不着打火机了，秦雯雯抖抖被子，说："找什么呢？"

"我打火机放哪儿了？"

秦雯雯重新盖好被子，从枕头底下拿出我的打火机给我点上，又用手蹭蹭我的嘴边说："还有渣儿呢。"

我把台灯关掉，枕头竖起来垫在背后，秦雯雯缩在我身边，摆弄着我的打火机，一会儿划着，一会儿又盖灭，我说："好玩吧？"她没说话，还是自顾自地摆弄，火机划着的时候我接着微弱的火光看到秦雯雯的表情，像卖火柴的小女孩儿天真无邪，想什么想得正出神。我伸出手，轻轻的用手指刮了一下她的脸，说："想什么呢？"

"想我的老师了。"我用手摸摸她的脑门，约莫一分钟后，又摸摸自己，我说："你没发烧啊，想屁的老师啊！"

"我的老师用的打火机和你的一样。"

我心里抽搐了一下，我这 zippo 还是我以前的女朋友送我的。

"你老师的是假的吧，zippo 每个钢印款式都不一样。"

"他的是古铜色的，和你的颜色不一样。"

"还挺有品位啊。"秦雯雯把打着的火机"啪"的一声盖上，说："那是。"

我说你抽烟还敢管老师借火儿？

"那怎么了？我和老师关系好。"在黑暗中，秦雯雯还挺自豪地说。

"是不是你老师对你有企图？"

秦雯雯从我嘴里拿走烟，使劲吸了一口，说："还真让你猜对了。"

"不是吧！"我半信半疑地说。

"爱信不信。"

"不是，我就觉得太浪漫了，听你说的跟电影似的。"

"呵，你真是会说。"秦雯雯还有些害羞地笑着说。

"真的，你别笑啊，你这事谁听了都得说你是编的。"

秦雯雯还是比较腼腆的笑着说："别说我了，说说你吧。"

那天晚上我们越聊越起劲儿，后来我干脆打开灯，把光线调的稍微暗那么一点，不刺眼睛，还能看得清楚。后来秦雯雯说渴了，我说这儿还有酒呢，要不咱们把它干了得了，"拿去吧，那就喝呗。"

后半夜我们边聊边喝，她想听我的故事，我就把我和以前的女朋友恋爱的事儿给她讲了讲，她听完说我女朋友挺好的，但是想不通为什么要和我分开，我给她又分析半天，她还是想不明白。其实我也不明白，也许我给秦雯雯解释半天就是在变着法儿的给自己找安慰。

有一点我肯定，就是我那时很喜欢她，她肯定也一样。

我对秦雯雯的不明白十分理解，就像我不明白跟她搭上的那个男老师为什么要去别的城市一样。

聊到许冰的时候，秦雯雯说那时候就听许冰提到过我，我说是么，那你怎么不早联系我？她说："那会儿我还跟我们老师好着呢。"

聊着聊着秦雯雯一阵傻笑，笑得都说不出话来了。我说你笑什么呢？她喘着气说："不对不对，在许冰提到你之前我就听说过你了。"

"那有什么可笑的呀？"我仍然疑惑地问。

"你…哈哈，你自己想想，是不是在我们班干过好事？哈哈。"

我更加摸不着头脑了，喝了口酒我说，你让我想想。

经过一番搜索似的回忆，果然我想到了秦雯雯说的我干的"好事"，我说知道了知道了，然后和秦雯雯一起大笑起来。

那时是我们刚上高中，许冰因为在育德中学的斑斑劣迹，再加上他那每科不到二十分的优秀成绩，以全校倒数第一的名次被迫转学至铁一中，就是吴昕和秦雯雯所在的班级重新读初三。老海初二就不上了，陈琢也是那会儿被开除，去了美术中学，后来把我也拉过去凑合着上，可惜我凑合得实在不愿意再凑合了，退了学到现在。

俗话说：狗改不吃屎，这再一次被许冰同学用实际行动证实，转到铁一中的第一天上课就骂了班主任，让他请家长。许冰听完班主任老套的废话后，依然横眉冷对，对班主任不卑不亢地来了句："请你姥姥个逼。"

据后来他找我们喝酒时说，当时班主任大惊失色，被他镇住了，楞了半天一句话没说出来，拿起讲桌上的书本教案就走了，在场的同学无不为之叫好，欢呼。那情景想着都觉得自己特英雄。

就是那天晚上，许冰为解心头之恨，纠集了陈琢，老海和我，待暮色降临之后，晚自习后放学之时，我们随着放学的人流混入学校，在操场和车棚转悠了几圈后，等许冰的所在班的同学都走了之后，我们在黑暗中摸索着破窗而入，以后当我读到"黑夜给了我黑色的眼睛，我却用它寻找光明"的诗句时倍感亲切，看来人在年轻时干的事情都是相似的，长大以后才各有各的不同。

许冰想要在黑板上写几句问候班主任的话，陈琢说写也白写，第二天也有早来做值日的就给你擦了。许冰想想也对，我恰巧当时憋得难受，要上厕所，老海陈琢也一样，因为我们刚喝完酒，许冰说随便尿吧，陈琢提议干脆尿黑板上吧，于是陈琢和老海在黑暗中踩着桌子上了讲台，小河流水哗啦啦地潇洒了一泡。我郁闷地说："不是！我想来大的。"

许冰灵机一动，说："正好！你就拉讲台上吧，看哪个二货明天收拾！"老海跟陈琢哈哈笑着，也说这招挺好。我也实在是憋不住了，也顾不了那么多了，黑咕隆咚的反正谁也看不见，许冰他们仨捂着鼻子"哏哏儿"笑着搜着每个书桌里的废纸，擦得我屁股眼儿生疼，跟拿削铅笔的小刀刮似的。

秦雯雯说第二天早晨早自习她迟到了，在门口看见她们班主任正在班里大喊大叫，大发雷霆，还不时飘出一股臭味儿，有几个同学正捂着鼻子用铁锨扒拉讲台上的一堆炉灰渣，后来上课传小纸条的时候从许冰那儿知道了那是我的杰作。

天快亮时，我和秦雯雯都困得不行了，便相拥着沉沉睡去。

12. 自我怀疑主义者

那天晚上我还答应秦雯雯，有时间她给我做模特，为她画一张人体油画。

因为曾经和她好的那个美术老师就答应过他，会为她画一张人体。可是那个男人最后选择离开了她。秦雯雯说上天对她挺好的，又让她认识了我。

我觉得这话太让我肉麻，但能听得出来秦雯雯是发自内心说的。

秦雯雯和她老师的故事是这样的：秦雯雯的老师是初一教她们美术的，秦雯雯说她第一次见那老师就被迷住了，首先是气质，其次才是长相，我问她那老师是不是也整天胡子拉碴的，再穿条破牛仔裤；秦雯雯说不是，他有胡子但很薄的一层，穿的也是牛仔裤但不破，旧而显得干净，身上还总有一种肥皂味，清新而和蔼，面貌成熟而精神，因此也显得年轻。第一次上课这个男人给她们介绍欣赏了一些著名的美术作品，和同学们很亲近地打成了一片，客观地说了一些自己搞艺术的心得，下课后还告诉同学们重要的是考试，他也无能为力，不过如果同学们有兴趣可以去他的画室玩。

于是秦雯雯就经常去找他聊天，可是她感兴趣的不是人家的画儿，而是老师本人。

一来二往，她就和人家混熟了，她看准机会向老师表白，就在画室里上演了激情的一幕。古往今来，能禁得起诱惑的男人五根手指头都数得过来，何况又是搞艺术的，艺术家据我所知好像除了搞艺术之外最大的爱好就是搞女人，老牛吃嫩草，赶上个洛丽塔，谁受得了这个，而且秦雯雯有是有那么几分姿色的。

她说那个男人的女儿才比她大一岁，可是和他在一起感觉还是特别好。

后来那老师还是离开了她，觉得在保定总是忘不了秦雯雯，而去了外地。秦雯雯说那是因为那男人爱上了她。我提出异议，秦雯雯说年前还收到了他的信，他所有的话都写在了信上。

听完我好像有那么一丝感动，大概是因为他们双方纯粹的感情，这种看上去毫无结果而言的爱情显得那么真挚，以至于我根本不敢相信。

冬日的早晨如果看到窗外的阳光灿烂，一定要多穿衣服，因为那是天气华丽的伪装，就像所有的真相都有一层漂亮的衣服。我醒来后看到的窗外就这样的，从窗帘中间缝隙钻进来的阳光刺得我睁不开眼，我眯着眼坐起来，伸手把两边的窗帘往中间拉，两边又出现了同样的数道阳光。只要照不到我，怎么都好。

我穿上衣服又在被子里窝了会儿，为的是捂点暖和气儿，我看着一旁睡得正香的秦雯雯，想起了昨晚做的那个结婚的怪梦，不由得笑了笑，之后刷牙洗脸。

我走在阳光灿烂的街上，空气甘冽，不时刮起的小风儿割在脸上像被凌迟，我戴上羽绒服后边带的帽子，双手缩在羽绒服里，再把袖子揣在兜里，争取做到最大限度的保暖。秦雯雯挎着她的小包，两手抄在牛仔裤兜里，我们说笑着溜达到时代商厦对过的"馄饨侯"。我要了两碗精肉馄饨，一碟咸酥饼。我吃的正酣，接到一个电话，是张胖子。这人是我在美术中学时的一个朋友，告诉我周六同学聚会，我说前两天咱们不是刚聚了吗，他说有好多同学都从外地上学回来了，聚聚就又开开学了。挂了电话我才想起，算起来我那届的同学们都已经上了半年大学，啤酒瓶一晃我都从学校出来两年了。

也不知道她怎么样了。

我看表快十二点了，我给我妈打包了一份馄饨，出来感觉吃完都吸身上暖和多了？，尤其是脚。走到图书大厦，我说我给我妈送饭去，我问秦雯雯去哪儿，她说她去华联帮她一姐们儿照看服装店，我招手打车，秦雯雯把我手拉下来："等公共吧。"

以我的性格有钱就打车，不够了就坐三轮，实在不行再等公交车，没钱的时候就走着，大冬天的等公交车，此时此地此种情况，我认为我们完全是吃饱了撑的。

虽然刚过了年，天气还是冷得不行，北方城市就是不如南方的环境好，四季如春，柳青湖绿的有山有水和皮肤如水的姑娘。大街上人还不少，可能是过年的喜气儿还没过，阳光强烈直射大地，可是一点也感觉不到温暖，我眯着眼歪着头看着来来往往的车流，张开手，抖抖腰板儿打个哈欠，秦雯雯拉下我张开的手，说："车来了，走吧。"

公共汽车上人挤人的倒是挺暖和，谁都捂得严严实实，挪一步就发出羽绒服之间的摩擦声，每到一站，司机就会向后边喊一句："往里走走！"似乎有限的车厢里像西游记中弥勒佛的宝贝布兜，有无限大的地方装人。车上的气味很不好，每个窗户都紧闭着，一上车就一股臭脚丫子味夹杂着汽油味，让我很难受，知道下了车以后，我的脑袋仁还被熏得直晕。

秦雯雯在华联下的车，下车前还轻轻吻了我一下，让我有空给她打电话。

我坐到了大西门。下了车看到对过的一溜摩托车专卖店摆出来的摩托车，一辆辆在阳光下闪亮无比，各色各式，崭新地排成一排，金属质感带来的霸气直逼人心。每个店面招牌上的明星代言人看起来就像摩托车的国王。

我沿着肮脏的护城河边的花园往医院的路上走着，花园里有唱戏的老头老太太，拉胡琴儿的一板一眼，站着唱的一招一式都挺专业，只是对于不好这口的我听起来比较刺耳，不知道那些一对对坐在亭子里谈情说爱的大龄男女是怎么忍受的。

走过东风桥，护城河另一侧的狗市仍然一片喧嚣，卖狗卖猫的，养花养鱼的，逗鸟逗虫的生意繁忙，丝毫没有因为冬天的寒冷而萧条。反而他们的忙碌和花鸟鱼虫的喧哗相得益彰，传递着春天即将来临的讯息。东风路每到中午必堵的路况照旧，汽车不同的喇叭声不绝于耳，我在堵塞的马路上同其他过往的行人一样，穿梭在生活的路上。

华联站和大西门隔得其实并不远，只有一站地，而且从华联下车的话可以从华联商城与东风桥市场间的小路转过去就直接到二五二医院，我只是觉得太冷，能多坐一站就多坐一站，不然就和秦雯雯一起下车了。

我走进医院的住院部大厅，等电梯的人在电梯口团团围住，有的拿着饭盒有的提着暖瓶，多大岁数的都有，还有带着小孩的，看样子像来看病人的，大人手里还捧着花，也不知道叫什么名字。空气中漂浮着菜味、鲜花的香味，还有医院特有的消毒水味，混合在一起真是别有一番风味。电梯侧面的出口，是通向食堂的走廊，来回打饭的人络绎不绝，挡在出口的厚重棉垫门帘时起时落，吹进来冷气的时候我赶紧多吸了两口新鲜空气。

我姥姥住院那会儿，在她的邻床有个三十多岁的妇女，是县里的好像，她男人每天在床前伺候她，天天打水打饭，削苹果洗衣服什么的照顾得那真是体贴，让我看了煞是佩服。不过此人有个缺点也煞是让我头疼。不仅我头疼，所有那间病房的病人和病人家属都受不了，这个缺点就是脚异常的臭。

有一次我大舅大姨他们去看我姥姥，进屋之后我就发现大舅他们脸上的表情不对，都能猜出来是因为屋里的臭味儿太大，弄得我大舅在屋里来回走动，我给他搬凳子他也不坐，我大姨也是，在床前跟我姥姥说了两句话就把口罩戴上了，看得我想笑也不好意思笑出来，没过几分钟，我大舅从兜里掏出烟说抽烟去，我大姨说她去厕所问我在哪儿，我也借势出去了。

刚关上门，我大舅一脸无辜地眉毛一挤，嘴一咧，夸张的表情说："怎么吭么臭啊里头——好家伙！"我大姨也把口罩拉下来，瞪着大眼响应："昂——哎哟真受不了，熏得我都噎嗓子，谁知道怎么那么臭啊！"一通感慨后，我就看着他们哈哈大笑，我告诉他们原因之后，他们也跟我一起笑了起来。

那会儿那个男人正和他的病人媳妇儿挤在一起睡觉，陪床一定很累，睡的时候也没盖被子，就那么挤着，脚也是一只伸到床边儿，另一只脚搭在上面病房空气本来就不流通，他那俩还穿着袜子的臭脚就散发着毒气一般的恶臭。

我爸那会儿还没住院，也在那儿守着我姥姥，都在一个房的病人都管对方叫病友，这种称呼既亲切又恰当，大家交流起来也方便，几天下来，互相之间就比较熟了。那个臭脚的男人看起来老实敦厚，后来我爸就把他的臭脚开玩笑说了出来，还帮他分析了原因，告诉他别穿尼龙料儿的袜子，把拖鞋刷刷，见天儿的洗洗脚，臭脚男听我爸说完憨憨地笑着点头，那笑容看起来很疲倦，还有些害羞。

后来，我爸就管人家叫老臭，一到晚上就提醒他："该洗脚了啊，老臭。"

　　我乘电梯上楼，到了 11 楼，电梯门打开，我走出去。在病房走廊拐进去的时候，看到一身工作服的冯丽推着空的小车，她一抬头，我冲她笑笑，虽然隔着口罩，我也能知道她也回了我一个甜蜜的微笑，因为我看见她两只弯成小月牙儿似的小眼睛冲我眨个不停。

　　"干什么去？"我问。

　　"下去取液。"她说的是那种袋装的液。紧接着她问我："你怎么才来啊，你妈正念叨你呢。

　　我起床就赶紧往这走，给我妈买了点饭，我把手里提着塑料袋拎起来晃了一下，"你吃了吗？"我问冯丽。

　　"当然吃了，都几点了，你快去吧！"她说完推车小车拐弯了。

　　我答应一声，径自向病房走去。

　　"都几点了。我这上个厕所也不敢去。"我刚进病房，我妈就着急地用严厉的语气压低声音责怪我。"看着液瓶，我赶紧解个手去。"

　　我妈急匆匆地出了病房，我把买的馄饨放在窗台的饭盒里，脱下羽绒服盖在我爸的被子上，我看到我爸的脸上压抑的神态，还在熟睡中，头发油光光的像汽车刚打完蜡，胡子也长长的，从下颌到人中围着圈的长出来，像荒芜的庄稼地无人打理。看着倒是挺酷，让我想起了那些故意留胡子的明星，脸上看着也比前几天有血色了，这种术后慢慢恢复的颓废表情让我颇感安慰。

　　吊瓶里的液体还在一滴一滴地随着时间流淌，另外两个病床上的老爷子也都在闭目养神，陪床的一个男子也趴在病床上闷头睡着，另一床的陪床大姐一支胳膊肘弯曲地拄在病床托着脑袋也在小寐，我从裤子兜里摸出香烟，轻开晾台门，侧身出去。

　　"昨天晚上人家小海他们来了，买了这么多东西，我妈如厕回来跟我说。

　　"还挺像回事啊。几点来的，我怎么没看见？"我说。

　　"你走了没多长时间，前后脚儿的功夫。"

　　"我说他们怎么老问我呢，我说了我爸都快好了。"

　　"人家有心记呗，买的东西还都挺贵呢，又是西瓜又是果篮的。"

　　"他们有钱呗！"

　　"别那么不懂事，回来谢谢人家。"

"我谢他们？我还边怎么着呢。"我心里这么想，嘴上说："恩，是得谢谢。"

"你没吃呢吧？我给你买的馄饨，还热乎呢。"我起身去端饭盒。

"哪顾得上啊，你爸这刚睡过去，疼了他一宿。"我妈接过饭盒，坐下说。

"怎么又疼了？"

"药劲儿过去了，且得疼呢。你一会儿回你姥姥那儿吧，好几天看不见你了，你大姨说她又吃不下饭去了。"

"恩，行。晚上要不我过来盯着吧？"

"你四叔晚上来，你就住你姥姥那儿吧，她看不见你又该折腾来呀。"

我姥姥是个典型的自我怀疑主义者，要是他年轻的时候多少念点书，现在肯定能成为一个不亚于尼采的大哲，天天没事就瞎琢磨，什么事都能让她联想得出神入化，家人有点什么事都不愿意告诉她，就怕她瞎琢磨。有一点：她还不往好处想。有好事的时候她就想怎么会有这么好的事让我们家赶上呢，肯定有幺蛾子。有坏事的时候更不用说了，她就往更坏的地方想，继而觉得老天爷不公平，然后找个理由大哭一场，接下来就能平静几天。

周而复始，如此循环。

我一度和她聊天的时候说不行咱找个心理医生看看去，我姥姥则说谁也不用找，她心里比谁都明白。我想想也是，其实老太太心里明镜儿似的，就是想不开。

当然，这一切都是从我姥爷过世之后，姥姥才这样的。

关于我姥姥的事细说起来能够写一部长篇小说，可以充分反映出她们那一代丰富的内心精神世界，我想如果有朝一日真写出来，定能成为名著。不敢说能比上鲁迅，怎么着也比时下那帮写文革的傻帽儿先锋派什么的强得多吧。

下午我离开的时候，我爸依然睡着，我在走廊等了会儿冯丽，上班时间我也不方便去服务台找她，只能等着她进出病房的时候碰到，等到她之后我把她拉到电梯旁的楼梯通道，告诉她晚上的时候我姥姥去个电话，这样没准儿我姥姥精神会好一点，我说完她拉着我的手摇摆着说："你不说我还正想打呢。"我说我晚上想过来接你又怕来不了，晚上我姥姥可不愿意我出去呢。知道，你好好陪陪她吧，她也出院没多长时间呢。

"那你呢？"

"我有同事一起走啊，不是告诉你了么，我们住一起呢。"

"那你晚上再给我个电话。"

"行，你快去吧。"

出了医院我看天色还早，也没急着回，而是去了许冰家的门脸儿转一圈，说起来也不远——就在姥姥家后身的十方商贸城。

如果有一天你走到这，看到广告标语能笑掉大牙，我也不嫌寒碜了，不妨家丑外扬一回。墙上的标语是：保定的硅谷。美国有硅谷，中关村我记得也号称中国的硅谷。不过确实那块儿也造就了几个"挨踢"业的富翁。而十方这么叫就太滑稽了，只不过是手机商店的聚集区，并且大部分还是以倒卖二手机兼山寨机的小门脸儿，也敢叫"硅谷"就说得有点大了，估计广告语的提供者八成是喝大之后的雷人杰作。

还有一点挺不好的，我觉得为什么我们非要套用老美的地名？中关村也一样。另有一些比如电视上那些颁奖晚会，动不动就什么"中国电影的奥斯卡"、"中国音乐的格莱美"，难道中国这么文化深厚的国度就真的让人家"文艺霸权"了？武器不如人家好，当年也没打败仗。文化比他们深得不是一点半点的中国人就想不出两句广告词儿？

我真不愿意说是我们的教育有问题，我宁愿说是因为各方面的综合因素造成的，究竟是什么综合因素我不知道，我没受过良好的教育，我是个求上进但中途退学的的学生，但我绝对不是坏学生。这些问题留给那些名牌大学的教授学者之流研究吧，他们懂得多，文化水平也高，知识学问也渊博，他们要是也弄不清楚，那我们的中国文化真的是快没救了。

十方的手机店还有一个最大的特点：每个店里不一定都有顾客，可以肯定的是每个店里必有牌局。大飞就曾经在两个小时里带我转战过五六个战场，扑克、麻将、纸牌等种类不一，游戏方式也不尽相同。大部分还是"斗地主"，想必都是白手起家，从小穷怕了，以后玩牌也要闹革命。我觉得历史课本上都应把这种扑克牌的玩法以课外知识的形式记载下来，这样既能提高同学们的学习积极性，真正做到寓教于乐，又能拓宽同学们的知识面，让同学们感到学习不是苦差事，尽情地在知识的海洋里遨游且乐此不疲。何乐而不为呢？

若所有的教科书都按此方法编写，我就不信没人愿意学习！我就不信谁学习不好！原来听过一句不知道哪个爱吹牛的人说过一句："没有学不好的学生，只有教不好的老师。"改革开放这么多年了，这种话多老土，邓爷爷说过要与时俱进，以后不如换我这句：没有不爱知识的同学，只有不会编书的专家。

大飞带我参与了几次十方的牌局之后，让我深深地感到这个"硅谷"改叫"恶人谷"会更加贴切。说是来转一圈，其实我是想看看有没有人打牌想坑两把，见里面看手机的人还不少，许冰和她妈正在柜台前和几位顾客说话，手里还一边不停地比划，我们平时打牌的桌子也围坐着陌生人，老海站在他们旁边，手里拿着新手机摆弄着，桌子上放着装手机的空盒和说明书之类，展示柜前还有人仔细地观察玻璃板后的各式手机，看来大家都挺忙的，只有我无所事事地满世界溜达。

看情况我也别进去添乱了，于是往家走。

也许是过年大家手里都有些钱，赶着几天假期买点东西，兴许还能赶上打折便宜点儿，我往姥姥家走的时候一路上想。

手机这东西与其他商品还不太一样，它的特殊性在于科技含量高。一款高质量的手机最初上市的时候价格高达上万左右，等过几天就能降下很多，按老海的话说就是一天一个价，越放越不值钱，总有新款上市。往往人们追求的也就在于此，都不甘人后，都想先人一步，同一款手机，先拿到的人总比后拿到的人有优越感，觉得这钱花得值。当然这都是有钱人玩的游戏，像我等泛泛之辈是不敢比的。

要是我妈就会说人家有上进心，有争强好胜的劲儿！上学的时候就总说我没上进心，我总能左耳进右耳出当做耳旁风。

我相信每个人在懵懂无知的少年时代都是有进取心的，都是在生活一步步地紧逼之下，渐渐消磨得如同枯萎的花朵，有些人坚强能卧薪尝胆东山再起，化悲痛为力量，待到他们成功之时便铭记自己的苦难，想方设法地折磨下一批不谙世事的人，我觉得他们活得太累，过于刁钻，心机重重；有些人则禁受不起生活的打击，从此一蹶不振，破罐子破摔，甚至自己结束人生，我觉得他们活得太傻，自私无知，草菅自己。而我通过生活了解了更多的生活方式，既然这条路走得我心情沮丧，我就换另一条，条条大路通罗马，是我走的这路，想怎么走就怎么走。尽管我也不知道前面是否能走得通。

就算是死路，走不到尽头谁又能知道呢？

什么也别想，走一步算一步，昂首挺胸向前走，宁可被生活折磨死，也他妈不能让生活吓死！

我走到胡同口，看见好多位姥姥家大院里熟悉的老太太面孔，她们手里或多或少地都拎着些菜，都是刚从附近的大超市购物回来，姥姥原来没得病前总和这帮老大娘们一起，连遛弯带聊天，每天都去这超市，一逛逛一天，其实也买不了什么东西，就是在一起开心过活。我记得上次大姨给姥姥买的蜜桃罐头她特别爱吃，岁数大了她也不敢多吃，吃了两块后来让我和我哥抢着连汁儿都喝完了，于是我便也奔超市拎了几瓶罐头出来。日暮西天，我手冻得哆嗦着，罐头瓶轻轻地撞击声如暮鼓晨钟，再过不了多长时间，天就会像素描画儿一样，渐渐地由白到灰，最后一片死黑。这一天就又这么过去了。

"哟，我那宝贝儿回来了——"我进了门，姥姥第一句话。
"昂，回来了，你又老不吃饭，我得让你好好吃饭啊。"我坐下说。
二姨正盘腿儿看电视，听我说完冲我姥姥笑笑，姥姥知道我故意说她呢，也不好意思地笑一下，像个孩子一样。我觉得人老了之后能吃能喝，天天乐呵就是最幸福的事。什么叫晚年幸福啊？平平安安，健健康康，快快乐乐地就是好！

"你回来喽姥姥就能吃咧。"姥姥从沙发上坐起来说。她平时就爱躺沙发上。
"能吃就吃吧，别老自个儿吓唬自个儿。病好了就没事了，人家那主任不是都说了嘛，你就放心大胆地吃吧。"

"你来了她就该吃了，你要不来她就吓唬自个儿。"二姨把盘着的腿垂下来，弓着腰把我放地上的罐头拎起来。"呵，还挺沉。"二姨把塑料袋放茶几上。

"什么呀？"姥姥问。

"罐头。"我说。"你不是说喜欢吃上次大姨给你买的那种桃儿罐头嘛。"

"哼，看咱们楠楠就是孝顺！"姥姥夸我。

"哪个也不白养活吆！"二姨附和道。

这时电话响了，二姨趿拉上拖鞋去接听，我把外套脱下，挂到屋子里的衣架上。

"喂？"

"哦，好你稍等一下。"

二姨把电话拿到姥姥盖的被子上，"找你的，找赵奶奶。"二姨一边把电话给姥姥一边说。

姥姥接过电话："喂！哎呦丫头呀！奶奶挺好的！奶奶可想你了！挺忙的呀，什么时候过来？往奶奶这儿玩儿来，奶奶给你包饺子！早答应的咧，休息的时候一定得来昂！好，好，唉，好，挂吧。"

"看人家丫头，真好！"姥姥放下电话，不住地夸冯丽。

"谁呀？"二姨问姥姥。

我心里偷偷乐了。

"就是伺候我的那个小护士。"姥姥答。

姥姥这话匣子又打开了，冯丽这一个电话把我姥姥美得眉飞色舞，笑逐颜开，也不躺下了，手里还一边比划着，话的内容基本就是冯丽怎么怎么照顾得好，怎么怎么开解得好，每句话的结尾都是"……可好了。"

我姥姥的心也是可好了，谁给她点好，一辈子都记着，不还上人家就觉得一辈子都欠人家的，原来身体好的时候，她骑着小自行车出去遛弯儿，中午回来院门口有蒸馒头的、烙大饼的、拌凉菜的、卖报纸的等等，形成了一个自发的小市场，卖馒头的摊儿有两个，摊主都是女的，准确地说均属于那种农村出来早当家的年轻朴实的少妇，几乎每天中午姥姥都会在其中一个买上一两块钱的馒头，慢慢地就都熟悉了，后来等她每天中午回来时，两个摊主都给她打招呼，亲切的叫一声"奶奶。"这下我姥姥就不知道怎么着好了，买这摊儿的觉得对不起那摊儿，买那摊儿又觉得对不起这摊儿，左思右想，经过一番激烈的思想斗争，姥姥终于做出一个对得起自己良心的决定：两家都买。

那一阵子我记得姥姥家的冰箱里、蒸锅中、壁帘上皆是馒头，上顿炒馒头，下顿烩馒头，吃得我哥说他都快变成馒头了。

我和二姨还沉浸在姥姥的夸夸其谈中，一曲嘹亮的《国际歌》把我从中拉出，我进屋从外套中拿出电话。

看来电号码是冯丽，真是说曹操，曹操电话到。

"喂。"

"是我。"

"哦——"，我压低声音，"是媳妇儿啊。"

"呸！我刚才给奶奶打电话了。"

"嗯，我在旁边呢。"

"还有，明天你不能给他钱！"

我心说什么钱，一下想起来，答应那个纠缠冯丽的小子明天给他钱。

"噢，知道了。"碍于在家，就这么搪塞地说。

"他就是想勒索你！"

"好了，知道了。"为了赶紧转移话题，我接着说："你下班了？"

"还没呢，今天我得替个班儿。"

"啊？那得几点下啊？"

"十点。也没准不回去了。"

"那就别回去了，这么累！明儿请你吃饭，慰劳慰劳你。"

"就是替个班儿，不累。你把你姥姥陪好就行啦。"

"当然，要不明天请你吃饺子？"

"嘿嘿，不跟你说了，明天要看叔叔早点来。"

"没事，有你呢。"

"行了你，早点来呀。"

冯丽挂了电话我赶紧拨出老李的号码，看能不能去老李那儿把卖画的钱拿过来。

13. 物质的欲望好像喷涌而出

我始终认为画画儿的人就应该对自己的作品充满信心，哪怕乃至极度的自恋。看那些大师哪个不是这样？马奈、梵高等等等等，所以艺术这东西谈不上谁好谁坏，只是欣赏的问题。

以《呐喊》而闻名世界的表现主义先驱蒙克就说过："走在时代前面的人，从不被当时的人所喜爱。"

我估计这辈子成不了大师了，现在我的画就有人买了，对此我既遗憾又嫉妒。

我要是告诉我姥姥她们我的画卖出去了，她们肯定得高兴坏了，而且还卖了不少钱。她们会先是替我高兴，猛夸一会儿，然后在谆谆委婉地鞭策我不要骄傲，继续努力。其实就这么点儿意思，如果让她们说出来就会啰叨啰嗦一大堆，你要不听着显着不尊敬长辈，你要听着她们能说到天亮，那是我最无奈的聆听。

说实话，听别人训话是我最厌恶的事情之一，但是因为姥姥她们是我的亲人，她们的话我必须听，不为别的，只因她们爱我。

我从小家教就好，小学时候的思想品德课我一度是课代表，一直本着不占便宜多做贡献的宗旨为老师同学服务。上课前抢着擦黑板，下课后争着抱作业，春天早来晚走，秋季早出晚归，酷暑六月间，节节课间勤泼水，寒冬腊月里，天天摸黑生炉灶，我为班级做的这些事，大家都看在眼里，记在心上，也使得我年年评上班级的三好学生，年级的五好学生。偶尔地在学校每周的大会上露一小脸，还像模像样地在升旗仪式上作为优秀代表发过言。

那时，我看着手里一张张如国旗般鲜红的奖状，心里甜得像蜜糖。

当我一年一年地像祖国的花朵一样慢慢长大，看着写字台玻璃板下合影留念照片里的我，越看越傻，甚至不相信那个曾经站在国旗下的少年是我。墙壁上的奖状也在慢慢褪色，岁月留痕，就像那满载沧桑的水墨画。

真是年年岁岁花相似，岁岁年年人不同。

当我的作业本上出现像笑容般的对钩越来越少，而像生气一样的叉子越来越多的时候，我开始反思为什么会这样？与此同时，老师称赞我的话也像作业本上那些对钩一样越来越少，对我的忠告也像作业本上的叉子一样越来越多。还有和我一起拍画片的同学越来越少，不和我说笑的同学越来越多。终于有一天，我发现和我在一起玩耍的总是那几张熟悉的面孔，于是我给他们起了个名字叫朋友。

也不知曾几何时，不知不觉地就学会了见人说人话，见鬼说鬼话，见着神仙说梦话，见着禽兽说脏话，见了老师说屁话，见了家长说瞎话，见了同学说大话，见了朋友说胡话。一天到晚不停地说，却不知道在自己说的这种情况下我依然还在学校里气定神闲地混日子，现在想想真是神话。

当我的精液第一次在梦里射向一个漂亮姑娘的阴道里的时候，满足的我感到被褥湿透，惊恐的我以为这么大了还在尿炕。那一夜，我想明白了作业本上那些嘲笑我的对钩和鄙视我的叉子。

当我听到上课铃响不再紧张，看到不及格的试卷不再彷徨，做了好事不再高兴，犯了错误不再慌张的时候；当我听课昏昏欲睡，打架无惧无畏，罚站悠然自得，喝酒彻夜不归的时候；当我读到"天生我才必有用"的李白，读到永不妥协的鲁迅，读到嚎叫的艾伦金斯堡，读到荒诞的贝克特的时候，我觉得学校不再是我该呆的地方，无论下课的丧钟为谁而鸣，明天的太阳都会照常升起。我用我退学的行动，为21世纪的的年轻人做了榜样。

"仰天大笑出门去，我辈岂是蓬蒿人！"在我跨出了学校大门后，声情并茂地吼出了这句诗，回头看看学校，想起了教学楼里写着的邓爷爷的题词："教育要面向现代化，面向未来！"

时至今日，我已经不是当初那个一心为大家服务的小同学了，我现在是见便宜就占，没便宜制造便宜也要占的小市民，我觉得我够可以了，我的青春都做了贡献了，就是退休职工国家还给退休金呢，凭什么我就不能占点便宜啊！

"喂，李老师吗？"电话通了。
"啊，是。"
"我是耿楠，您忙什么呐？"
"哦，小耿啊，我在画廊收拾收拾准备关门呢。"
"晚上有事吗？"
"怎么着？臭小子？"
"我 …… 那个有点事，想过去拿钱行吗？"
"有什么不行的，过来吧。"

我跟老李约好，半个小时之后在他的画廊见。
放下电话，我心里算是踏实了。

我穿上外套，走到客厅，姥姥说："刚回来又干嘛去？"我冲姥姥笑笑，神秘地说："好事，你外孙子长出息了，原来的老师请我呢！"

二姨说："长出息好啊，比出去疯跑强。晚上还回来不？"
"不回来了，我怕太晚了。明天我再过来。"
"姥姥，晚上你可得好好吃饭啊。"临走前，我又嘱咐了一句。

老李的画廊位于环西北延路东中段，从我姥姥家火车站这片，公交车得六七站，打车到那块起步价 5 块钱就能打住，不过有些的哥很会要手腕，故意多等个红灯或是多往前走个五米八米的，让你眼睁睁地看着计价器从 5.00 跳到 6.12，你除了生闷气或装哑巴吃黄连之外，一点儿脾气没有。

新闻报道里，北京的哥都重塑诚信了，保定作为首都的南大门，也不能掉队，而且国家还给了保定一个"历史文化名城"的称号，市民素质更得跟上去了。我作为新世纪的保定人应该为大局着想，不能助长滋生保定的哥打马虎眼的行为，为树立保定形象，我只有大义灭亲。

眼看前面十字路口变了红灯，我对司机师傅说："您给商业宾馆停吧！"司机说："有摄像头。"

"那右拐吧，给我扔路边儿就行。"

司机无奈地停下车，我掏出一张皱巴巴的新版五元人民币递给司机："麻烦了昂。"

"哪儿的话，慢走昂。"

我下了车慢慢地过马路，走到马路中间，在汽车嘈杂的喇叭声中，我看到夕阳在华联楼顶上的麦当劳"M"标志后面慢慢暗下去，我走进老李画廊时，环西北延路已经华灯初上。

老李正坐在塑料椅子上低头摆弄着颜料，还有两个看着比我大不了多少的年轻男子，一个在拿着不知道什么毛的长杆掸子，轻轻地拂着挂在墙壁上和靠在墙根儿的一幅幅画，另一个在弓着腰擦地，我推门发出的"吱扭"声，三人扭头向我看。

"来了啊，坐下坐下。"进门老李招呼我说。

"来了，李老师。"我象征性地叫一声儿。

"这大过年的，你也不过来看看我？"说着老李站起来。

"我这不来了，早几天您也是不在。"我应答。

"妈的，臭小子就是能说。来，过来。"

我跟老李走进了她的小办公室。

老李谨慎地掏出钥匙打开写字台的抽屉，翻了两下，拿出个牛皮纸信封，扔在桌子上，"看对不对，数数。"然后又把抽屉锁上。我拿起信封，上面写着"小耿"俩字儿，我摸了摸挺厚的一摞儿，摸得我心里直扑腾，这还是头一次手里拿着这么多钱。

"数什么呀，李老师还能不信？万一数完了多一张怎么办。"

"哈，你就贫吧小子，少了我可不负责。"

"没事儿，跑的了和尚跑不了庙，有画廊在这我怕什么呀。"

"嘿！你往这等着呢哎！"

说话的功夫，我打开信封，倒出约纸币的三分之一，亲手一张一张地摸了摸，感觉真是棒极了，霎那间，我有一种正在受贿的感觉，物质的欲望好像喷涌而出，我就像个大贪官第一次贪污一样见钱眼开，真是笑在眉头，乐在心头。

"你挑地方吧老师，咱爷儿俩得好好喝喝。"我把钱装回信封说。

"以后出了大名别忘了我就知足喽。"

我去柜台上选酒的同时，老李去了洗手间，服务员正在给我一一介绍白酒，我兜里的电话想起来，看号码是老海。

"喂，怎么着？"

"在哪儿呢你？"

由于大厅周围都是食客，乱哄哄的，我一边向服务员示意一边走向门口，服务员非常礼貌地向我歪头一点，脸上挂着"没关系"的微笑。

走出大厅，感到周身冷了许多，在点菜的时候已经把外套脱了，挂在椅子上，闲着的那只手赶紧抄进裤兜："我在外边呢，怎么着？你们干什么呢？"

"正收摊儿呢，你过来呀快，呆会儿说去大柳树。"

"今天我去不了了，我跟我老师一块儿呢。"

"擦，这儿还都等着你呢。那得了。"

"行了，等完了我再找你们去，今儿真是有事。"

"昂，那这么着吧，你那儿完了再打电话吧。"

挂了电话，我打了喷嚏，可能是冻着了，随即又起了一身鸡皮疙瘩，擤了擤鼻涕，沾着鼻涕的手往墙上一蹭，我转身回到服务台。

用服务员给我的餐巾纸擦完鼻子，说："给我拿瓶茅台吧。"

"请问先生要多少度的？"

"有多少度的？"

"三十八，四十二，五十三的。"

"就来那四十二的吧。"

酒菜上毕，服务员拿起桌上的酒给我们倒，我拿过服务员手里的酒瓶，说："我们自己来吧，谢谢。"

我们俩要了五个菜，一凉四热。分别是：鸡汁鱼翅三丝，肉碎四季豆，麻辣小龙虾，佛手吉利肉和潮州风味鸭。我说再来个紫菜桂圆汤，老李说，你是喝酒来了还是喝汤来了？

我给老李倒满，自己也满上，就在倒酒的同时，老李扶扶鼻梁上的眼镜，惊愕地说："你要的？"

"昂，今儿咱爷儿俩于情于理也得喝点儿好的呀？"

记得原来跟老李吃饭都是在学校操场侧门的小饭馆儿里，那时下午课结束之后，晚上都有晚自习，我家离学校远，又是走读生，晚饭一般都在学校解决。专业课的时候，赶上老李没事，下了课我们俩就一人弄二两，碰上别的同学也一起喝点儿。（往上移行）

老李那会儿总说："我也就是个兼职老师，要是专职学校非得把我辞了不行。"

酒倒好，我提杯："来，李老师，我先谢谢你。咱们走一个。"

两杯酒下肚后，我身上暖和起来，虽然饭店里开着暖风一点也不冷，可身子里头却一点感觉不到，刚坐下那会儿脚还是凉的，现在从脚底暖到心底，甚至还有点热。

老李放下筷子，用餐巾纸轻抹一下额头上的微微细汗，拿出他的金玉兰递给我一支，自己也点上。

然后便开始正式开聊。他问了我的近况，可能觉得我有点消极，连开导带批评地给我说了一盼儿，我哼哼哈哈地说知道了，我慢慢把话题转向他，从美术中学到工艺美院，从画家到画展，从学生到老师。一喝了酒话就多，都这样。

最后又说到了他的家，他说他老婆又跟他闹气，嫌他总不管孩子，我听着就笑，他说"我一天这么多课哪儿顾的上啊，让她接了两天孩子，就说我不管孩子了！这两天也是忙点儿，过了这阵就能好点了，等美院开学了，美中那边的课也差不多停了。

　　原来我在骑车上学的路上，总能看到老李送孩子，那时候他还没买车，蹬着一辆蓝色的女士坤车？，孩子在河北小学上学，几年级我忘了，只记得是个小姑娘，精瘦瘦的，人长得也小，背着的那个大书包看着都能压垮了她，老李为了让孩子长壮点儿，每天早晨往孩子书包里放袋酸奶，有一次正好我碰见他，孩子正往校门里走，老李还一再叮嘱："课间别忘了喝奶。"那会儿我还说他照顾地真周到，老李说一天三顿让孩子喝奶，在家喝牛奶，上学喝酸奶，也不往壮里长，她妈看着都着急。小姑娘的妈妈也是教师，在二中教书，保定二中算是河北省重点高中，在那儿教课压力肯定也不小，指着升学率要名声的学校，最累的除了学生就是老师。

　　"又要挣钱，还得顾家，你们这中年男人，正是一枝化的年龄，活得可够累的呀！哈哈……"我笑着说老李。

　　老李抽口烟，慢悠悠地回道："别着急呀，小子！你再不干点正事，有你哭的那天。"

14. 从学校退学之后

在我踏出学校大门的那一刻开始，我就算踏入社会了。我不再是学生了，也不再受老师的压迫了。那一刻我满心欢喜，那一刻我愉悦振奋，对于我要迎接的新生活充满信心，同时，也有那么一点儿迷茫。

从学校退学之后，我就想一心一意画画儿。

谁知事与愿违，上学的时候想法不错，等一不上了就不是我了。天天跟大飞泡在一起，那时候他还在市里倒腾二手手机，也没固定的门脸儿，我就跟他在大街上做着游击战似的买卖，火车站一带，体育场附近，人民广场对过的手机市场胡同里，都曾留下我们战斗过的足迹，根据地设在老海家那时还没租出去的饭馆儿，我们长时间巡逻的地界儿还是十方这一片，老海家的十方小吃就在西下关十方商贸城的侧口旁边。

那时大飞有辆"大白鲨"踏板摩托车，是二手的，破得着实可以：油表是坏的，前转向灯全废，仅有的一个大灯壳还碎了，前边的车壳斑驳不堪，踏板也是裂开的。我们俩就坐着他这辆破摩托车在各个能收卖手机的市场间来回奔波了半年。在这半年中，卖手机的同时恰巧碰见个二货，说要买了这辆破摩托，要不卖他连手机也不买了。就这样大飞以人民币壹仟元的价格告别了他的坐骑。

这辆摩托车买的时候才花了八百，让我们折腾了半年之后居然卖了一千，高兴得大飞差点要联营二手摩托车。

秋天的时候，我记得是秋天。因为我们喝啤酒的时候老海不再去冰柜里拿了。就在那个时节，大飞远在东北老家的父亲把他召回，说是家里有事，然后大飞收拾行装，带上那些日子挣的钱，踏上了开往冬天的列车。

走之前的晚上，我们大醉了一场，大飞说肯定还回来，但是喝到最后，不知道谁碰倒了脚底下的酒瓶子，"砰"一声响，都安静了，老海再提起杯的时候，我看见陈琢的眼圈红了，干了那杯酒，我嘴里除了有已经麻木的苦涩味儿还有点儿咸。

聚散离别时，再坚强的人也会感伤。这不是托辞，而是人之常情。
大飞回东北，许冰是后来才知道的。那会儿他正在邯郸当兵第一年，打个电话也不怎么方便，反正大飞还回来呢，他知道不知道的也没多大必要。

大飞这一走，我又落了单儿。老海成天忙活他家的饭馆儿，除了晚上没什么人之后，有空跟我聊会儿。白天都忙得要死。陈琢还在学校上课，偶尔也逃，但也没跟我在一起，是跟她宝贝媳妇儿何颖去大街上浪了，何颖酷爱逛街，保定就那么几条街，逛了一百八十遍了还是喜欢，也不知道她怎么那么喜欢逛。有一次我在家里睡得正香，一阵电话铃声把我震醒。是何颖："我们在青年路玩呢，呆会儿去乾清花喝粥去，你过来不？"只要是在街上，何颖说话总带着一股高兴劲儿。我说我可没陈琢那好兴致，你们慢慢玩儿吧，等我睡醒了跟你们一块吃饭得了。还有一次我在家里画画儿呢，何颖打过电话来说在华联看上一件特好看的上衣，陈琢非说难看不让她买，让我过去看看好不好看？他俩在一起有时候就跟俩幼儿园小朋友似的，我是哭笑不得。等我到那儿一看，何颖的小身段儿穿上确实还不错，我说这不挺好啊，何颖就挤呱眼撇陈琢，陈琢赶紧把我拉一边去，小声对我说："是穿着还行，那么件破衣服要二百八。"我说你还知道心疼钱啊？"那又不是什么名牌儿。"我说她喜欢怎么着？你就买吧。最后陈琢道出实情——他口袋里钱不够。

我没地儿疯跑去了，只能赋闲在家。我一闲下来就爱想乱七八糟的事，想着想着就能把自己想疯了，越想越恨自己，所以我不能让自己闲下来。想画画，画不了一会儿就麻烦，打开电视看看更无聊，看会儿电影也静不下心来，无所事事的感觉让我头疼。没人跟我玩，我便自己找地儿玩去，在大街上漫无目的的走也比在家受罪强。

上学期间我们经常逃课去网吧，于是我那阵子就天天往网吧跑。
网吧是互联网兴起之后迅速崛起与中华大地上的高科技产品衍生物，在电脑还没有普及到千家万户之前，使用电脑的公共空间——它的雏形是没有互联网之前的电脑房，对此我记忆犹新。

电脑房我在小学的时候就去玩过，那也是电子游戏挺？的升级版。一间小屋子里，有个十台八台的电脑，上面装有各式各样的单机游戏，暴力的，色情的不一而足，广泛吸引着从小学到高中的青少年。那时每每进去都爆满，要想玩就得等着，少则三十分钟，多则两三小时，由于上瘾，等多长时间都愿意，就是在旁边看着别人玩都有意思，三言两语，便互相切磋讨论起来，往往一台电脑前能围观五六个人，个个摩拳擦掌眼冒绿光。有的着急就场外指导，对着显示器指手划脚，恨不能自己钻到游戏里面大显身手。

由此而生的一系列青少年的打架斗殴层出不穷，着实害了一批深陷其中不能自拔的学生。

值得庆幸的是，我对游戏一点儿也不上瘾，稍微有点儿难度的我便不会玩，像那种号称智力游戏的仙剑群侠传，什么金庸群侠传之类，我一窍不通，正在红警风靡一时的时候，我跟谁玩都得被人家灭了，屡战屡败，屡败屡战，终于把我仅剩的那点儿对游戏的热情在战斗中毁灭了。

游戏是一款接一款，直到现在也是长盛不衰。在红警之后，我又在许冰的诱导下会了一种叫三角洲部队的杀人游戏，这种游戏也是几个人联机对干，在同一幅地图中互相寻找，然后把对方干掉，谁杀得多谁就赢。开始玩的时候我非常上瘾，只要手上有零花钱，就在电脑房玩上它一下午，最初我和许冰总是名列前茅，过了没一个礼拜，老海和陈琢便后发制人，水平稳步提升，数周后，我又沦为他们的活靶子。

从此，我对游戏不再抱任何希望，兴趣全无。

有了网络游戏之后，我更是充耳不闻。老海迷恋于《三角洲部队》之后的《反恐精英》，陈琢努力地在网游中当帮会的老大，许冰是网游升级不断，反恐锐气不减，只要人多，或有团队挑战，许冰立马网游挂机，另开一台机器带队接招。我那时则醉心于网上聊天，出没于各种大小网站的聊天室，例如搜狐、新浪、网易，小的网站像我们本地的保定热线。聊天的时候总听人家说BBS，我也不知道是什么，总以为是一家有名的外国网站，要不然怎么哪个网站上聊天的人都知道，到芙蓉姐姐成名的时候我才弄明白BBS原来是论坛，类似于文革年代墙上贴的大字报，封杀木子美的时候我没有落伍，比大多数网虫们提前开了自己的博客，也就是图个新鲜，跟人家屁股后面凑热闹，从小就没有记日记的习惯，小学老师有让写日记的习惯。小学老师让写日记，我写的那个交上去之后，老师点名让我站到讲台上给大家念，兴奋得我脸红心跳的，要知道能在讲台上朗诵自己的文章是多么光荣，这说明老师要把我的日记给大家当范文学习了。谁知道念完之后，台下的同学们哈哈大笑，老师也面带笑靥用阴柔的语气强调问我："你写的是日记吗？"蟹得我成了丈二的和尚——摸不着头脑，心虚地小声回答："是啊。"老师嗓门儿立刻高了八度，大喊："是什么是！你这是天气预报！"

以后我连天气预报都懒得写了，可想而知，我的博客写了没几天就阳痿了，再也没勃起来。

除了聊天室以外，最私人化的聊天也就是企鹅了。那时候企鹅号码申请没现在这么困难，我也不记密码，什么时候上网就随时申请一个，看看资料差不多的网友加上就开聊，聊得没得聊了就删，有的不给我回消息了就骂几句，怎么难听怎么来，骂舒服了再删。也有聊得好的，之后就落入俗套——见面。

为防止恐龙，我们和网友见面都留一手，不幸的是每次留的这一手儿都能派上用场。许冰和老海跟我去见过，我和陈琢跟老海去见过，老海和陈琢跟许冰去见过，陈琢见网友时我们都跟着，还真让陈琢碰上过一个漂亮的，我给何颖打了电话，说在哪儿哪儿哪儿看见陈琢跟一个我们不认识的姑娘在一起呢，我们撂下他就躲起来，本来许冰说等陈琢被支走了他上，后来那姑娘也打车走了。

网络时代的来临改变了整个人类的生活方式，全世界被紧紧联系在一起之后，除了吃喝拉撒睡剩下的网络似乎都能帮你解决。网络让人们感到方便的同时，也呈现出来恐怖的一面。让我感到恐惧的是隐私全无，也许我是杞人忧天。

说来我也不好意思，我第一次独立操作电脑上网时，敲开的是一家黄色网站。网址是老海他们向网吧老板要的。

去网吧的时候一般就去学校附近的，鼠标键盘什么的都用习惯了，所以我不辞辛苦地从我家话剧院街大老远地跑到西苑小区，半个小时的路程就为了上网，我真的是快闲出屁来了。

退学之后头一次去，就碰见陈琢了。

陈琢和我在同一个高中，他来这儿上学完全是因为我的诱骗。其实他学习也是相当差，初中毕业后他上个中专都很将就，我们在一起喝酒的时候我跟他说来这个学校吧，你上别的学校连大学都考不了，这年头儿中专文凭找工作多难呀，这边文化课有点分数就行，画画儿跟玩似的，专业课就是整天画画，凭你现在的成绩只要保持住，三年以后上个普通大学肯定没问题。我一忽悠，他觉得就算混日子还有我作伴儿呢，他那个小相好，和我同是小学同学的何颖，跟他一起理所当然地来了这学校。

一年以后，我回眸十年寒窗，终参透中国教育。终于学海无边，回头是岸，放下书包，回家画画。遥想当年鲁迅弃医从文，我今日弃文从艺，步其后尘，学而践之，舍弃小我，报效祖国。

在校上课期间一般我们都是下午才去网吧，学校查得严的时候就放学之后再去，一大早就去上网还从来没有过。

我在吧台付了押金，取了卡找机位的时候，看见陈琢火柴棍儿一样的身子缩在墙角的椅子上，叼着烟，键盘噼里啪啦地响，我蹑手蹑脚地移步过去，照着他后脑勺"啪"的一下子："不在学校老实上课，这么早就溜出来？"

他回头一愣："呀！吓我一跳你。早晨去晚了，拐子沈在门口记名儿呢，我赶紧折回来了。"

拐子沈是学校的德育处主任，左腿走起路来有些拐，管制学生出名的狠，就是有点抠指甲的小毛病让她看见也难逃一训。老婆子不仅奸诈，还难融洽，自从坐上"主任"这个位子便如鱼得水，终日以说教学生为乐，走进德育处的女生无一例外都是哭着出来，男生出来的时候则都有家长陪伴。和她齐名的还有教务处主任"麻子何"、办公室主任"眼镜鹅"两位灭绝师太，我们管她们三个老妖婆叫"爱死挨斥易（SHE）"。

"这一上午就不去了？"我问。
"干嘛去呀？做广播体操去？"
我笑笑，在他旁边的空机位前坐下，打开机器，陈琢说："你怎么不在家画画了？"

"画好几天了，出来娱乐娱乐。"

"别扯了行吗？前天往你那儿喝酒的时候，我看你那颜料早都干成土块儿了。"

"你懂什么，我现在画油画呢，早用不着水粉了。"

"你就扇吧。"

我的"企鹅"上一个在线的好友也没有，于是关掉开始游戏。我问陈琢现在有什么新游戏，陈琢说多了去了。我说我能玩儿的，有点儿意思的。

"适合你这智商的好像没有。"

"不服来一把反恐，别拿嘴操人。"

陈琢小烟儿一冒："你跟电脑打吧，我还得升级呢。"

我侧身看他玩的游戏，一群古装的小人和怪物拿着刀对着砍，来回就那么几个动作，怪物被砍得爆炸了，化成一团光就没了。陈琢所谓的升级就是不厌其烦地打这些怪物，赚取经验值。

"你也就是玩玩这小儿科的游戏。"我指着屏幕对陈琢说。

"你想玩还不会玩呢。"陈琢回击我。

"跟劣质动画片似的谁不会呀。"

"打不出经验来白搭。"

"天天打，有什么打不出来的，就不信了还。"

这时陈琢扭过脸来，看看我，嘴眼齐张："要不你帮我升级吧，反正你也没事干。"

就这样，我开始帮陈琢的游戏账号升级，他把所有的装备都是干什么用的一一教给我，我对那个游戏也比较了解，满网吧的人都在玩，就是不会玩听他们唠叨也能八九不离十。

玩了俩礼拜之后，我不玩了。

开始的时候还行，渐渐觉得打怪没什么意思，看游戏里那些比我级别低的玩家总跟我抢，我就不打怪了，开始打人。打了一阵看他们也打不过我，我打他们却很有快感。见到那些比我高不了几级的玩家，偶尔也开始跟他们斗一下，胜负皆有，到后来只输不赢，那些钱都买充值卡加血了，钱也花光了，越打越郁闷，一气之下不玩了。

差不多一个月之后，我见到陈琢说不给他升级了，他问我为什么，我说该干正事了，玩够了。

陈琢再见到我的时候大发雷霆，差点哭了，我问他怎么回事，他说我把游戏里人物的装备弄丢了一件，他说拿装备很难打出来，卖给别的玩家至少能卖千儿八百的。

为了安慰陈琢，我请他吃了顿披萨，吃完了还请他去查理酒吧喝酒，我问他是否还需要去西大街找个妞儿，他说妞儿就算了，回来再补顿饭吧，何颖没赶上这次。我说好呀，到时候我给她汇报一下你打游戏总共的花销。陈琢说都是好兄弟，不计较了。我也彻底相信了我不是玩游戏的料儿。

我能踏下心来在家画画，就是请陈琢那次之后，他的怒火让啤酒浇灭了，我可是开始上火了——差不多造了一个月伙食费，也不敢向家里伸手。幸亏厨房里那几筒挂面算是救了我，还有墙根儿里的一篮子鸡蛋。

15. 上苍保佑吃饱了饭的人民

　　回家转圈的时候也去我姥姥那儿看看，吃了饭跟她老人家汇报汇报思想，再听听她说过成百上千遍的教育导言，陪她看看电视，说说我的画画进展什么的。

　　不知道为什么，我跟姥姥在一起聊天总比和父母聊的来，踏实，也让我觉得舒服和自然，回回儿都有话说，无论我们的话题是她老人家记忆深刻的抗日战争，文化大革命，还是我上学，和无所事事的生活，我听她说得津津有味，出于好奇还时常有好多问题问，听完了还觉得自己没赶上那个时代挺遗憾，觉得那时的生活比现在更有趣，更有生活味儿，睡觉前还总想梦到那个年代看看。姥姥非常能洞悉我的生存心理，还时常开导我，愿意让我去社会上工作，多长长见识，并鼓励我多尝试不同的工作。

　　我都觉得奇怪，一个年过七旬的老太太，大字儿不识一个；一个二十郎当岁的少年，涉世未深；我们俩竟然能聊到一起去，还谁都愿意聊，谁也不嫌谁麻烦。我们这一老一少经常开着电视，泡壶茶，不知不觉地聊到后半夜，最后都躺在沙发上睡着了，电视就那么开一宿。

　　人家不是都说一代人与一代人之间有"代沟"么，这个"代沟"我不太明白是什么意思，但是肯定差辈分的人之间有那么一层说不清道不明的隔膜，或者叫思想意识差别。我和我姥姥这胡吹八捧的倒没有一点儿代沟的感觉，姥姥就是得知我退学的事情后，情绪也没什么波澜，反而怕我上火自卑倒安慰我，这种相处的关系让我感到特别高兴。

　　我时常想，这人与人之间的关系要都像我和姥姥这样就好了，不过，如果真这样世界就乱套了，我反过来想。

　　酒过三巡，菜过五味。我跟老李喝得都差不多了，此时我心里是最舒坦的，看着周围热闹的人群，服务员一个个着急忙慌地穿梭于每个桌子之间，工作却有条不紊地进行着。不绝于耳的"喝！"、"哈哈"、"满上"等吃喝口号，让我眼前的情景呈现出一幅人人有饭吃，顿顿有酒喝，人民吃得饱穿得暖安居乐业的幸福生活图，我想如果当官儿的看到这番景象肯定也非常高兴，也以为祖国形势一片大好，也得自己心里骄傲一下。上苍保佑吃饱了饭的人民，没准儿领导们现在也在某个酒店的某个雅间里开庆功宴呢。

老李把手里燃尽的烟掐灭在烟灰缸里，伸手看了看表说："行了，今儿咱们就先到这儿吧。"

"老师，你吃好了吗？咱还没喝啤的呢。"我说。

"挺好挺好。行了，以后咱们有的是机会，今天我得谢谢你的款待。"

"得了老师，往后我要真成了大师，咱们就香格里拉了。您可得给我多指点指点啊！"

"唉，臭小子就这张嘴会说，走了。"老李穿上外衣。

"您先开车去，我随后就到。"

礼仪小姐带我到前台结了帐又把我送出门口，怵的我都不好意思了，我说你回去吧，大冷天的太冷。她还是一个劲儿地微笑，说："这是我们应该做的。"

这个面若桃花的高挑女孩儿从我们刚进来开始，就一直跟我们桌前服务，先是端茶倒水递烟缸，然后桌面上哪儿脏了就给我们擦干净，餐巾脏了就换新的，几乎就没闲着——闲着的时候也是规规矩矩地站得笔直，脸上始终挂着微笑，如果她后背上再有双翅膀我就真把她当天使了。

我也是喝得有点儿心花荡漾，忍不住调戏了两句。

"你要不回去，那我就站这不走了。"

"把客人送走是我们的规定。"

我深吸一口气，嬉笑着说："我要是大款就好了，直接把你也带走。"

她笑出声来，回了我一句："那也得下班以后。"

我冷丁一愣："真的假的？"

"你带电话了吗？"她接着说。

"我真不是富二代。"

"敢把手机给我吗？"

我心说给就给，还能让你唬住？我掏出电话递她伸出的手里。

她迅速的拨了一串号码，马上又还给我："我电话给你打出去了，你叫什么？"

"耿楠，耿直的耿。"这时候老李车开到门口，用车灯闪我。

"记住了，车来了等你呢吧？"

"快，再让你看我两眼，省得一会儿想我。"

她又笑了笑："快走吧。"

我下台阶上车前，回头说："你也回去吧，别冻着。"

钻进车里暖气扑面而来，继而温暖周身。

"还是车上暖和啊。"我说。

"你们认识啊？"老李一边打方向盘一边问我。

"初中同学，吃饭时候没认出来，她倒认出我来了。"

"唉，现在你们这拨孩子辍学的真不少啊。"老李感叹。

"教育问题呗。"

"国家这几年都抓经济去了，以后这教育又是个事儿。"

"没办法呀，混成这样就不错了——监狱里关着多少少年犯呐。"

"唉——"老李摇头，我们疾驰而去。

我在车上不时地和老李有一搭无一搭的说两句，看着车窗外的灯火阑珊，高开区一座座拔地而起的高级住宅楼群上亮着巨幅广告的彩灯，鳞次栉比的宾馆饭店洗浴中心闪烁着如同路边女招人的各色霓虹，两旁高高挑起的路灯像两排憨厚的士兵坚守着保定城的娱乐阵地，穿流而过的行人、汽车流光过影，冬夜里，寒冷的空气中流露出一派城市的繁华气息。

到了百花影剧院的十字路口，老李问我，家在火车站哪儿啊？我说您把我搁在车站那儿就行，不用送到家，小胡同里进去还得倒车，麻烦。

"麻烦什么呀麻烦，天这么冷，送到门口吧。"

我说真不用了，走不了两分钟就到了，正好我吹吹风解解酒。说话间到了车站，我说您就拐弯儿停吧。

老李停下车说："那我就把你扔这了。"我推门下去，躬身冲车窗："有事电联吧老师，您道上一定慢点儿。"老李答应着点头，缓缓向东驶去。

老李的家在东郊，我们俩跑西郊去吃顿饭也挺有意思。我拿出兜里的牛皮纸信封想，也值了，要不是卖了作品也难得去猴山腐败一回。

作为一个画画的，有生之年一定得把自己画出来的作品卖出几幅，先不说想多么出名，起码得养活自己。我也不图成为多么了不起的艺术家，和梵高相比，我更愿意像毕加索那样，在有生之年就能享受到自己的画作给自己带来的经济利益，本身我学这门技术为的就是让自己的生活质量一天比一天好，就像上学的时候学校走廊里贴的标语：每天进步一点点。人就这一辈子，等死了之后盖棺定论，别说梵高的《向日葵》值八千万，你的画儿就是卖了八亿，你也是一分钱都摸不着。

当然，你可以说我是拜金主义，这个社会也不乏有很多哭着喊着要为艺术献身的，愿意献就献吧，也没人拦着，可是我丝毫不会认为你有多高尚或者多么伟大。我只是好心提醒一句，你得做好一辈子受穷吃苦的准备。坚持不下去的时候可以用"吃得苦中苦，方为人上人。"这类鬼话激励激励自己，再不行就头悬梁锥刺股。脱光了找个皮鞭抽自己，别人问起来还可以告诉他们你玩的这叫行为艺术，实在不行了就直接去死，这么一来既能实现理想，又能留下个名，能不能千古就不敢说了。到那时候还有一个问题：你的画是不是艺术品又得另当别论了。

我把手里的信封乐呵地拍打两下，装进口袋。随着火车站广场传来的"…次列车的乘客请准备上车"的声音，我看看火车站大钟上的时间：九点半。对面的金唱片音像店像个公共厕所似的，门口放着两个像单田芳的嗓子一般音质的音箱正播放李宇春唱的《我的心里只有你没有他》，如果没有背景音乐跟着以为说书呢。保定大酒店的门口有两个干部似的老男人交谈着，街上单个的行人少得像天上能看见的星星，不时地闪过几个，我伸手打上车，在车上给老海打电话。

"哪呢你们？"

"顺风肥牛，郑小兴今儿过来了。"老海大声地说，听起来那边声音十分嘈杂，想必正热闹呢。

"他怎么有闲功夫了？"

"跟他爸看病来了，你在哪呢快过来吧，过来再说！"

"恩。我道儿上呢，马上到！"

挂了电话，刚想跟司机说掉头，忽然想去看看冯丽，这个点儿了也不知道她吃没吃饭呢。她们医院里工作的护士吃饭的时间极不稳定，不比那些专家教授，准点儿坐诊到点儿下班，再紧急的病人赶不上人家的班儿死不死跟人家没什么关系。而护士就不行，什么时候又病人就必须什么时候接诊。虽然干的是一些跑前跑后的小勾当但是缺了还不行，谁也别小看我们，都是为了祖国的医疗事业做贡献，组织上分工不同，没有职位大小。像二五二这种保定市数一数二的大医院已经名声在外，每天的病人就像太阳能一样源源不断如潮水般往这跑。这么想着，一股崇敬之情渐由心生，冯丽的形象慢慢在我心目中高大起来，且越来越清晰，仿佛就在我面前，于是我非常急着见到她。

"咱们到哪儿啊小兄弟？"司机师傅一声问话把我从想念里拉回。

这时候车已经到了体育场的十字路口，我缓过神儿来一想，说："直走，大厦那儿的肯德基。"

16. 三个白衣仙女向我缓缓飘来

推开肯德基的门，热流扑面。站在点餐台前，看着广告牌上花里胡哨的图片，也不知道该点什么，店员一个劲儿地向我介绍这个套餐那个套餐的，她说得太快我也没听清，我要了俩汉堡之后又要了两个鸡肉卷，让她鸡翅鸡块的一样给我来一份，就这么着她还跟我说怎么着便宜，加几块可以再给点儿什么，我说谢您了，就这些算账吧。找我钱时我想起来好像女孩儿都爱吃薯条，我说您再给来份薯条。"大包，中包还是小包？""大包。"

再次付款之后，我拎起东西要走的时候想起来以前在网上看到的新闻，大概意思是肯德基麦当劳之类的洋快餐每年的税在中国流失几个亿，提醒大家为了国家税收一定记得要发票。肥水不流外人田，虽然没地方给我报销，但咱也是为国家发展尽一份微力。要是老美拿这钱全都救济非洲难民也行，可是他先欺负南斯拉夫，又炸我国大使馆。现在手头宽裕了打人家伊拉克，还对我宝岛台湾虎视眈眈，又变着法儿的玩猫腻弄我们的人民币汇率，对不起，中国现在可不是以前的旧中国了，就是以前你们欺负朝鲜的时候也没打赢我们，还是夹着尾巴跑了！我记得周恩来总理以前就说过："中国人从来不欺负外国人，但也绝不会被外国人欺负。"

想到这里我都振奋了，掷地有声地对店员说："开发票！"
声音大得出奇，连我自己都被吓一跳，仿佛站我对面的女店员就是美国国务卿赖斯。

从肯德基出来我直奔二五二，甭管她吃没吃饭，先送过去再说。
到了医院门口，我一边往住院部小跑儿，一边给冯丽打电话，第一次大海没人接，于是继续，直到住院部大楼门口，看见有三个打闹着往外走的护士，电话也通了："喂？"

"干嘛呢？刚才怎么不接电话？"

"才查完房没拿着电话，正准备去吃饭呢。"

"你出来了？"

"恩，怎么了？"

"啪"我把电话合上，冲前面迎面拐弯下台阶的三个护士喊"冯丽——"，三个护士往我这边看，我又喊一声，还腾出一只手在昏暗的路灯下冲她们摇摆，三个白衣仙女缓缓向我飘来，随着距离的拉近，三位姑娘的芳容逐渐清晰，可我只看到一张漂亮的笑脸凑到我面前，另外两位已无暇顾及。

"这么晚了还去哪儿吃饭啊？"我说着把手里的两包肯德基给她。"还热乎着呢，就是不知道你爱吃什么。先凑合吃吧。"

冯丽看着我愣了一下，嘴角一扬，抄在白大褂里的手伸出来，把东西接过去说："你怎么跑这来了，还没回家？"

"想你了呗，就过来看看。"

冯丽后边的两个同事开始小声地嬉笑着窃窃私语，冯丽则显得有些不好意思，转过身去把东西递给她们，说："今天省事了，你们先上去吃吧，要不一会儿就凉了。"两个小姐妹高兴地接过去，其中一个戴眼镜的探出头来对我说："谢谢啦帅哥。我们就不耽误你们了。"另一个也跟着笑。我说："没事，三个天使大冷天陪着，我心里都美开花了。"

"那多不方便啊，下次有时间吧。"

另一个女孩儿捅捅冯丽："别太晚了啊，快锁门了。"冯丽点点头。

"拜拜帅哥。"说完俩人回身手挎一起扭搭着上楼了。

冯丽看着我，一句话也不说，我也没话了。我们就这么相互凝视着，医院里也冷清，偶尔的能感到有人影晃动，月黑风高的，门诊部楼前有几辆等活儿的出租车亮着车灯，橘红的路灯下我和冯丽就那么对视着，丝丝呼吸伴着心跳，微小的声音都能听到，呵出的哈气借着暗淡的灯光看得非常清楚，过来一辆出租慢慢地从我们身旁经过，闪了两下灯光，按了两声喇叭，见我们搭茬儿，自己开走了。

在我被冯丽看得几乎要笑出来的时候，冯丽把脸凑到我鼻尖前，轻轻地吻了我的嘴，我一把将她拥入怀中，伸出温润的软舌迎接。寒夜里，我尝到似水柔情，瞬间，温暖直达心底。

两条亲密的小水蛇嬉戏一番后停下来，冯丽依偎在我肩头，说："又喝酒了吧？"

"尝出来了？怎么样味道不错吧。"

"去一边去。"冯丽轻捶我后背。

"对，就是那儿不舒服，多来两下。"

"讨厌你！"她又换摇晃我。

"嘿嘿，不闹了。饿坏了吧？"我拥着她说。

"看见你就不饿了。"

听了这话我心里那叫一个美，更用力地抱紧她，轻吻她的头。嘴上说："我又不能当饭吃。"

我转念一想，不对。"这是骂我呢还是夸我呢？"

冯丽笑笑说："自己想去。"

"好你个小丫头会逗我了，让你逗——"我咯吱她腰间，她边躲边求饶，又蹦又跳地像幼儿园里的小姑娘。

闹了一会儿停下来，她直起身给我整整衣领，一脸严肃地看着我说："明天千万不能给那个无赖钱。"

"怎么了？"

"反正就不能给，他就是个臭无赖！"

我把棉服脱下来搭在冯丽肩上，说："怎么无赖了，你给我说说。"

"他是我们学校附近出名的地痞，成天在那附近的几个学校门口耍流氓，不是打架劫钱就是调戏女生。我们校长和附近那几个学校都拿他没办法，也没人管这闲事儿——老师们下了班儿在外边看见他们都躲着走。"

"还挺有势力啊，他怎么看上你的？"

"你听我说呀，有一回我们几个女生晚上在学校旁边的饭馆吃饭，他们也在，还总冲着我们指指点点地奸笑，我们就吃得特别快，吃完算账的时候他们还冲着我们吹口哨，然后我们赶紧走了。快到学校的时候被他们赶上了，有个混混对我说那混蛋看上我了，要跟我搞对象，非拉着我去跟他们喝酒，也不让我们走。我们有个同学都吓哭了，要不是我们宿舍的一个姐姐我差点儿就被他们带走了，她跟他们说要喜欢我就拿出点诚意来，有什么事白天说，

别大晚上的耍流氓。后来他们就走了，但是天天中午到学校门口去，等放学的时候混进来找我，每次都是那姐姐把他们挡回去，然后他就天天找人给我送东西——"

"都送什么啦？他还挺执着。"

"屁！他都是劫来的脏钱，送来我就都扔了。那姐姐觉得总扔掉东

西怪可惜的，后来他再送来就都给大家分了。花儿什么的也给了别的宿舍的女生，反正我不要，恶心！那姐姐觉得总这么被他们缠着也不是办法，就跟我说大不了请他们吃顿饭，也把事儿说清楚，也好别让他总缠着我。我想想也是，然后他再来找我的时候我就跟他说了。吃饭的时候也是那姐姐陪我去的，该说的都说了，那姐姐也帮着我说，最后他非要跟我喝杯酒，我真喝不了，那姐姐就劝我跟他喝一杯，没办法就喝了。说好我们请他，可他非要算账。"

"从那以后的一阵子就再也没骚扰过我，过的还算平静。后来到去年暑假的时候，我同宿舍的那个姐姐说她不想上了，家里想让她去普通高中上学，她说她哪都不想上，就是不想再进学校了。趁这机会先退学再说。我劝了她半天也没用，她说她不像我，是真心喜欢学医，她就不是上学的料儿，不适合学习。还教育了我半天，让我好好学习。临走的那天晚上我送她出学校的时候也忍不住哭了，她都没哭。说又不是去死，以后有的是机会见面。还笑着说让我以后去她们家找她玩呢，还留给我她家里电话。她平时对我可好呢，我觉得我跟她在一起她就是我姐姐，就在她退学之后没几天，那男的又找人约我，我一直躲，有好几次都想给那姐姐打电话，又不想麻烦她就没打，幸好我快毕业了，能出来实习，可谁知道他像个恶鬼似的阴魂不散，又跑到这儿来骚扰，管我要钱，说赔他的损失。也不知道他从哪儿打听的。这不，那天正好碰到你。"

"真够曲折的，跟逃难似的。"

"就是，所以更不能给他钱！"

"没关系，都跟他说清楚了，就算咱花钱买个清净。"

"凭什么呀，我又不欠他什么。不行不能给！"

"嗨，算我欠他的，谁让我揍他了呢。"

"活该！他还总欺负别人呢，他就不是好人！"

"恩，是。你就别管了昂，平时看见要饭的都给，既然答应了就给他。"

这时冯丽低下头，说："可是——可是我现在没钱给他。"

我一手抚着冯丽的肩头，一手轻轻抬起她的下颌，看着她透彻的眸子，拿出一副郑重的架势说："那天你亲我不是心血来潮把我当垫背的吧？"

冯丽点点头。

"那现在你是我的女朋友吧？"我继续轻声问。

冯丽继续点头。

"那就行了，钱的事儿不用你操心，有那功夫儿帮我多照顾一下我爸吧。多谢了昂。"

我看见冯丽眨了眨闪着亮光的眼睛，泪珠像露珠一样动人，顷刻一涌而出，顺着脸蛋滑落下来，如小溪般汩汩流淌，我用舌尖轻舐她流出的眼泪，使劲儿抱紧她。

夜依然是黑的，天依然是冷的，我的心却是滚烫的，下边都挺了。

从医院出来我赶紧奔向了八中对过的顺风肥牛，我听冯丽说话的期间老海给我打了四五遍电话，我没接就挂了，肯定那边儿早急了。

17. 最早向应试教育开炮的

我推开雅间门的时候，老海一干人等正吹天侃地地胡扯，一个个醉态毕现。我一进门老海就喊："楠爷你还来呀？"陈琢紧接一句："你是打蜗牛来的吧。"众人对我牛嘴鸭舌的一顿人身攻击，弄得我反驳的余地都没有，只好从狼藉的桌上拿起一只杯，也不知道是谁用的，抄起一瓶开着的蓝星倒满干了，再倒满，再干了，还倒满，端起来打了个酒嗝之后，硬挺着干了。干完后我把杯口朝下，在空中比划着倒了倒，示意他们我喝得很干净。放下杯后，抱拳作揖："今天是真有事！兴哥，不好意思昂。"

郑小兴是我的小学同学，不在一个班但总在一起玩，和老海、陈琢我们都是发小儿，他还有个弟弟，叫郑小旺。我姥姥和我妈她们总管这哥俩叫小脏孩，因为小学时候他父亲母亲就在我们学校门口卖早点，油条豆浆，那大炉子那时都是铁皮的大汽油桶，我妈和她妈都认识，可以说那片儿的小孩儿们都是吃着小脏孩家的油条长大的，有时候他们班主任也在他家买着吃，他妈也不好意思要钱，可是那班主任可好意思，开始是接长不短地去买，后来发展成见天早晨在摊儿上吃完了抹嘴就走，不过这也为日后对郑小兴哥俩的好态度打下了坚实的基础。

从我们学会打架，欺负人，到懂得摸女孩儿的胸脯，亲脸蛋，或多或少当时的老师都有些责任，特别是班主任这个角色。

郑小兴哥俩是在初中就不念了，是我们这拨儿人里最早向"应试教育"开炮的，这还不算，而且还像国家法律下了战书，当然后果可想而知——在派出所挨了顿毒打，关了一个礼拜。出来后又把将他们送入派出所的那小子按照派出所款待他们的档次好好招待了一顿，然后逃之夭夭。连书包什么的都没拿，一直在学校扔着，后来老海我们帮他俩料理后事：教科书我们都有，而且一本比一本新，我们留着也没用，陈琢把几个下届的小子叫到厕所，按原价出售给他们。作业本练习册什么的便宜了校门口卖破烂的老头，按斤么，谁都不会看秤，老头说几斤就是几斤，肯定坑了我们不少。

那时他们哥俩的中途退学在我们看来绝对是惊天动地，心里既羡慕又害怕，觉得天堂的大门就在前面，只要勇敢踏出这一步，得到的就是我们从小向往的自由。

从学校的大门出去才知道，所谓的自由就是海市蜃楼，看着好像触手可及，其实什么也没有，只不过是踏进了社会这扇无形的大门，等溜达一圈后，进了家门才琢磨过来，原来我们的青春就反反复复穿梭于这三个"门"之间。怪不得那时有一高中生写的一本叫《三重门》的小说在学生中反响那么强烈，人家那么早就明白了这个深刻的道理。

郑小兴哥俩后来远走高飞了一阵儿，在安国倒过药材，去河南摆过地摊，当过北京的餐厅服务生，看守过山西的无照小煤窑，不时的也给老海打过几个电话，老海我们那会儿对辍学的心气儿颇高，跃跃欲试，郑小兴总在电话里诉苦，说最困难的时候还在工地上给人拉过水泥搬过砖，那活儿都不是人干的，连大牲口都累得呼哧呼哧喘，我们听后像被水浇灭的小火苗，一下都老实了，也没人提退学的茬儿了。

后来还是觉得就是满世界流浪去也比让人逼着听天书强，然后，从许冰开始，我们那一届初中接二连三的退学，可把学校给乐坏了。我跟陈琢冷静下来，经过多次酒桌会议，认为不该赶这潮流，不能冲动，冲动是魔鬼。前思后量，从国际趋势到国家形势，从家庭背景到未来远景，从我的脾气到他的性格，做了全方面的深入分析，多角度的透彻研究，认为教育制度还没到"师逼生反"的程度，他不是陈胜，我也不是吴广，在当代社会人人都比猴精的情况下，举一把反对教育的大旗，势必遭到官方镇压，群众唾骂，没准还会招来父母的暴打。即使牺牲了也不是壮烈，是缺魂儿。我们的肉说不定还会成为高级酒店的桌上餐，血也会让乞丐拿馒头站着当腐乳吃，没准儿一边吃还得一边说都没咸味。

革命是得有人流血牺牲，但现在还不是时候。不求死的重于泰山，也不能轻于鸿毛，赶不上刘胡兰生的伟大死的光荣，也不能生在新时代死在旧制度下。

都是平民百姓家的孩子，衣食无忧，酒色都有。每天坐在宽敞明亮的教室里，迎着老师那关爱的目光，听着稀里糊涂的课，沉浸在同学们不知所云的读书声中迷儿马虎地睡上一觉，头下再垫上一本快赶上城墙厚的教科书，去梦乡中在知识的海洋里遨游四十五分钟，醒来后还能和同学们朗朗地吹牛。听听男同学带来的各种对性知识的见解，五光十色的荤段子，女同学传来她们阵阵风铃声的浪笑，个个都有当小姐的文化修养举手投足之间的一笑一颦都极具风流人物的气质。课间十分钟让我充分放松，准备等待下一位把我带进温柔乡的老师。

最后，经过得有一个多月的反复斟酌，这么好的条件我们自己都被感动了，我和陈琢还是决定先暂时混着，来个曲线救国未尝不是一个好办法，俗话说的好：识时务者为俊杰。

到了高中，我实在是忍无可忍，既然没办法劝天公重抖擞，我自己就不拘一格当人才去吧。

郑小兴看我连着干了三杯，也赶紧倒上一杯，一饮而尽。

我点上根烟，递给他，说："要不是你爹过来看病，你也不说过来看看兄弟们来。"

"什么呀，头过年我就想找你们来，我爸那会儿就不得劲儿，离不开，这不一直耽误到这会儿呀。"

"老爷子怎么样了？"

"没什么事，昨天在二五二医生给瞧了瞧拍了片子回去了，我今天这不过来拿药了。"

"真巧，我这几天从过了年就天天在医院来着，也没碰见你。"

"听老海说了，你爸也住院了？怎么样了。"

"快好了，手术做完了，就差好好养着了。"

郑小兴旁边坐着个姑娘，短发，精神，衣着得体，朴实无华，以前没见过估计是他媳妇儿，倒是听陈琢说起过，小兴回了老家跟他叔做买卖，稳定之后娶了媳妇儿，好像孩子都生下来了，于是我问："这是嫂子吧？"

"昂是，她叫小霞。"说着小兴给她媳妇儿介绍我："这是我们兄弟，画画的艺术家——耿楠。刚才老海就是给他打电话来着。"

"嫂子不好意思啊，我刚才有点临时的事，过来晚了。这么着，待会咱去唱歌还是换地儿接着，地方你挑，我表表心意。"

"没事没事，可别这么见外，你们都少喝点儿，咱们一块儿坐会儿就行了。"

"哈可不行，你们又不总来，好容易聚上，嫂子你今儿放宽点政策，咱们也算过年了。"

老海也跟着说："就是就是，今儿得多喝，得喝开了。"

坐老海旁边的小娜使劲儿拍他。

陈琢话锋一转："应该把孩子带来让我们看看，多大了？"

"太小，刚有八个月了吧。"

我说我也是当叔叔的人了。

安冬笑着说："你这狼牙山上的山大王当得挺舒服啊。"

大家都笑，顿时，我感觉一种从未有过的浓情蜜意在空气中弥散，像手中的烟冒出的缕缕青丝围绕在我们周围，这种情感里包含着友情爱情，我更多的感觉则是来自郑小兴成家的亲情。

郑小兴他叔的买卖原来是在狼牙山上的宾馆，餐饮、住宿、娱乐休闲一体的，昔日英雄战斗过的地方如今成为爱国主义教育旅游基地。我没去过，郑小兴说："也没什么，就是在那儿盯着，主要是监督工作，看看有没有偷懒的服务员和混入我馆内部的商业间谍。

"还没什么？别的摊上矿泉水卖两块五就砸人家摊儿。"陈琢揭短儿。

"你这不土匪恶霸么？整个儿一座山雕。"我说。

"我那是看不惯他们哄抬物价，打击投机倒把，为民除害。"

"是，把人家除了你卖到五块。"陈琢应道。"黑吃黑。"

"这叫欺行霸市搞垄断呀！"我笑道。

"要不怎么说叫山大王呢。"许冰打趣儿。

我环顾一圈下来，除了我和安冬，别人都有姑娘陪着，不过倒也不觉孤单，你一言我一语的谁也闲不下来。何颖接了个电话，冲着大家"嘘——"，不用猜，肯定是她妈，何颖嗲声嗲气地哄骗了她妈，成功夜不归宿。她挂了电话，大家一阵狂笑。

吴昕对我大声说："对，耿楠，你也是会咬人的狗不叫呗，怎么把我们家秦雯雯骗到手的？"

"没怎么骗啊，用骗么，可能是我太帅了吧，你们天天见我应该比我清楚啊。"

"呸！你说也是，她大晚上的问我你电话，对男的这么主动她还是头一回呢。"

"看，我没骗你们吧。"我摊开两手。

　　"说说吧，发展到什么程度了？"

　　"这么多人多让我难为情啊——不告诉你。"

　　"有了奸情还不愿意说。"老海道。

　　"秦雯雯脑子是不是有点什么毛病，怎么能看上这个流氓呢？——我也比他强啊。"许冰拿着筷子指我。

　　吴昕瞪他，狠狠地拧他耳朵："你不流氓！你不流氓！"疼得许冰嗷嗷叫。

　　陈琢从卫生间回来，坐下说："咱们撤啊？"

　　老海起身把烟头往茶杯里一弹："下个战场哪儿啊？"

18. 拿什么拯救我流逝的年华
和燃烧的青春

不知曾几何时，我们把街上一家家大同小异的饭馆称作战场，无论冬夏与春秋，躲进小馆成一统。不用梦回吹角连营，只需钱再兜里揣，人从各路来，菜上齐，酒上桌。无酒不成席，不喝不义气。就在"爱情浅，舔一舔，友情深，一口闷"的号子声中，一杯又一杯的酒场夜点兵。逢酒必喝，逢喝必大，逢大必吐，逢吐必歌。喝一口叹世事无常，吼一曲抒愤懑之情。酒调歌头，快乐几时有？快乐就像工作，得自己去找。正如歌里唱的那样：让我们红尘作伴，活的潇潇洒洒；策马奔腾，共享人世繁华；对酒当歌，唱出心中喜悦；轰轰烈烈，把握青春年华。

青春如火，年华似水。我不知道应该拿什么纪念我流逝的年华和燃烧的青春。

我们先去了保定宾馆，许冰怕太晚了没房间，先提前给郑小兴开房。许冰他爸认识那儿老板，不仅不用押金而且还能打折。进了宾馆的大院，许冰问："你们今晚谁还住这，我一块给你们那钥匙。陈琢要了一间，老海琢磨一会儿也让许冰帮他开一间，许冰看着我和安冬："你们俩呢？"

我说我明天得去医院，今儿晚就不参加战斗了。安冬说："我……再说吧。"

"别 JB 再说，晚上回来就没空房了怎么着？人家单人间不让住俩人。你先把钥匙占上，不行回来再换单人间。"

"行。"

须臾，许冰拎着一串钥匙回来分到每个人手里，说："三楼左边全是咱们的，都挨着呢。"

老海装上钥匙，嘴一歪："今晚上可热闹哦！"

"傻——剥衣。"何颖笑着说老海。

"你们能组个炮兵营了，这还没说收台湾呢，就练上了。"

"懂什么呀，这叫……什么来着，居安思危。平时就得加紧训练。"许冰说，"是吧？"又对吴昕挑眉淫笑道。

"死去！"

房间分配好，本来郑小兴的意思是想打牌，可是以她媳妇为中心的女同志们一致声讨要去唱歌，老海说："有什么意思啊，跟着电视瞎起哄。"

"行了你——哪次你都是麦霸！你没发言权。"陈琢支持何颖。

"就是就是，我还没妞儿呢，要不晚上又我自个儿独守空房，白开房间了。"安冬立场也没了。

许冰看看我，我说："走吧，关爱女性，从我做起。"

进了包间落座之后，老海急不可耐地点了三首歌：黑豹的《无地自容》，张震岳的《爱的初体验》和伍佰的《牵挂》。拿起麦克，操着保定味儿的普通话说："献给咱们兴哥，还有兄弟们。"老海把音量开到最大，跟着那似要穿破耳膜的吉他声，自己摇上了。我们几个对对眼，一边笑着一边跟着打拍子点头。

过了一会儿，服务员接二连三地往茶几上摆小零食，老海抓起一把薯片扔嘴里，何颖说他："别使劲抓，都碎了。"老海嚼吧嚼吧喝口啤酒："碎就碎着吃吧，嘿嘿。"

安冬抢过麦："这首献给在座的媳妇儿们昂！"

前奏响起，是那首安冬自认为拿手的《爱你一万年》，刘德华那首。郑小兴笑笑，拿起酒瓶示意喝，许冰指着安冬，嘴型做出"二货"的发音。果然，到了高音又唱不上去，嗓子都快劈了，跟拉不出屎来似的。"不行了！"安冬扔下麦克猛灌两口啤酒。

吴昕拉着何颖唱了一首《莫斯科没有眼泪》，嗓音细腻唱得颇有感情，节奏稳定，曲调悠扬，听着很舒服，算是对大家耳朵的一点补偿。我觉得她俩要报名参加超女，得不了冠军，也得弄个前三，当然得在没有暗箱操作的前提下，否则别说李宇春，就是郭敬明问鼎我也毫不吃惊。

何颖招呼郑小兴他老婆唱一首，不知是不好意思还是真不想唱客气地推了，把麦克风递给老海身边的小娜，小娜也是紧紧依偎着老海，许冰说："她们不唱咱们来吧，耿楠，开始咱的古惑仔系列吧。"

1997 年，郑伊健、陈小春主演的香港电影《古惑仔》在内地像一场飓风席卷了黄河东西大江南北的校园，着实迷了一代大中小学生，这部描写香港底层草根的混混电影也使得中国的黑社会势力猖狂了一阵子，连我们院上三年级的小朋友都知道陈浩南是香港黑社会老大。一批在学校被老师认为是"坏孩子"、被戴着"落后生"帽子的学生也压不住内心的冲动，纷纷退学或辍学，自立山头，揭竿而起，剩下还不敢扔下书包的在校生也开始不再压抑自己，受欺负就得报仇，为朋友哥们儿两肋插刀，路见不平就拔刀相助。往后的《古惑仔》系列电影也使导演刘伟强声名鹊起，那些明星也身价倍增。这部电影给中国教育带来的冲击我认为丝毫不亚于当年亚洲金融危机给中国经济带来的不良影响，好在大海航行靠舵手，电闪雷鸣也兼程。我们的领导人也开始重视起来，那些事后诸葛亮的教育专家如雨后春笋般冒出来，在报刊杂志上纷纷撰文呼吁，要关心重视青少年心理教育，搞素质教育。这让我想起了保定一支名叫"耳光"的地下乐队的口号："为什么青春泪汪汪，因为耳光如此的响亮！"

现在看来，当时的暴风雨还是不够，如果再猛烈些，我们的教育事业不至于沦丧至此！

莫非教育改革也要像社会主义道路在曲折迂回中前进？

"来忘掉错对，来怀念过去。曾共渡患难日子总有乐趣。不相信会绝望，不感觉到踌躇，在美梦里竞争，每日拼命进取；奔波的风雨里，不羁的醒与醉，所有故事像已发生飘泊岁月里；风吹过已静下，将心意再还谁，让眼泪已带走，夜憔悴。"

幸运的和不幸的，都是我们出生在了80年代。

这有点像狄更斯在《双城记》里的话：这是最美好的时代，这是最糟糕的时代；这是智慧的年头，这是愚昧的年头；这是信仰的时期，这是怀疑的时期；这是光明的季节，这是黑暗的季节；这是希望的春天，这是失望的冬天；我们全都在直奔天堂，我们全都在直奔相反的方向——简而言之，那时跟现在非常相像，某些最喧嚣的权威坚持要用形容词的最高级来形容它。说它好，是最高级的；说它不好，也是最高级的。

这话听起来更像是鲁迅"一棵枣树的旁边是另一棵枣树"式的废话，但是我宁愿听这种听起来像废话的话，也不愿听那种本来就是废话的话。

我生在新中国，长在红旗下，用崔健的话说我们就是红旗下的蛋。不说衣来伸手，也是饭来张口。父母养着，爷爷姥姥疼着，从小到大，确实没受过什么苦。现在改革春风也从我身上吹过去了，千年世纪我也抬脚跨过去了，日子一天一天过着，年龄一年一年长着，生活依旧让我觉不出有什么变化，除了我不再走进校园了，那也是祖国的花朵，只不过环境所致我提前绽放了，虽然没有多么美丽鲜艳，但谁也别拿村长不当干部，我也算祖国大花园里的一朵。

毛主席早就说过：世界是你们的，也是我们的，可归根结底，世界是你们的。

世界谁的也不是，只不过是江山代有人才出，各领风骚几十年。

我们不是美国政府——全世界哪儿都想占一块儿，我们就是普普通通的中国孩子，无产阶级的后代，就算我们再不爱学习从小也知道热爱祖国热爱人民。我们不是没有远大的理想，只想生活得实在一点。我们不会见天的好高骛远，口号一天喊八遍，到了实际行动恨不得退到队伍的最后。社会主义的接班人也得是踏踏实实学习的人，我们知道自己不是那块料，也不跟人争，怕耽误人家我们主动退学，走进社会之后，没做多大贡献，但也没给社会添麻烦，都是靠着自己那点出息谋个养家糊口的营生。我们怎么了，过得挺好，是我们想要的生活，那就叫幸福。

社会上总有些人对我们指手划脚，乱传疯言疯语，我看这些人不是心存嫉妒就是蓄意破坏社会主义事业，毛主席曾用明朝文艺工作者解缙的诗句对这种人有过深刻的批评：墙上芦苇，头重脚轻根底浅；山间竹笋，嘴尖皮厚腹中空。要我说这种人就该下放到农村去学习，让他们明白明白什么叫"不劳动者不得食"，什么叫"劳动人民最光荣。"

从《友情岁月》到《乱世巨星》再到《刀光剑影》，我们把《古惑仔》系列电影里的歌儿都唱了一遍，我嗓子觉得都冒烟儿了，喝了口酒我去上厕所，回来后，看都打蔫儿了，只有老海还冲着屏幕唱许巍呢，我招呼许冰："撤吧，我看都困了。"

老海刚出门口就吐了，小娜扶着他，差点吐在旁边一辆宝马的后屁股上，我让冷风一吹，头也开始疼，看见老海的窘相，我们哈哈大笑。上了出租车，安冬还觉得不尽兴，嘟囔着："这就走啊，我还没找妞儿呢！"

"不走你就滚下去，爱走不走！"老海醉语。

我没跟他们吃夜宵去，直接回了家。

打开门，钥匙没拔就直奔卫生间，抱着坐便吐了一通，用凉水洗把脸，漱漱口，连冲了三遍马桶，喷了几下空气清新剂，推门出来，打开台灯，出去拔下门上的钥匙往写字台上一扔，拿茶杯到饮水机前接热水，没了，拍了拍空桶，嘀嗒了几滴，我只好去接了杯自来水，喝了两口，踢掉鞋，倒在床上。

迷迷糊糊中我看见了高中时的女朋友，她穿着印花儿的白色 T 恤，浅蓝色花边的过膝百褶裙，斜背着她的 HELLOKITTY 小包，高兴地向我走来，我也十分兴奋，慌忙笑着迎上前去，快抱到她的时候，我脚底下被什么东西一绊，我摔倒在地。

醒后，我左半边的手和腿都悬着空，躺在床边，右手压得发麻。我坐起来往床中间措了措屁股，把身上的衣服袜子都脱了，抻抻被子重新盖好，准备再次睡去。

可是脑子里总是抹不去刚梦见的高中时的女朋友，翻来覆去睡不着，我想我性生活这两天挺频繁呀，也没被压抑欲望呀，怎么还睡不着呢？于是转身，从我的床与墙之间的缝里摸书，以前买的书都扔在那儿，既不占地方，看的时候顺手就能掏出来，还方便。掏出本卡夫卡短篇小说集，随便打开一页，看了不到三行就麻烦了，于是扔回床下，又摸出一本门采尔速写，翻了几篇，打了个哈欠，觉得困意渐来，赶紧扔下书闭上眼躺下，沉沉睡去。

19. 你是亚轩？燕姿？还是佩慈？

早上一阵刺耳的哨声把我惊醒，是蹬着三轮每天早上在胡同口卖牛奶的老头吹的，天蒙蒙亮，我拿起手机看时间，六点五分，还显示一条未读短信，我打开看，号码也不认识，于是随手拨了出去，响了多声之后，一个慵懒且及不耐烦地女声："喂，谁呀？这么早。"

"是我呀，亲爱的。"我回道。

"你谁呀？！"

"你找谁呀？昨天晚上那么晚给我发信息，是不是想我啦？"

"去死吧神经病！"对方挂了。

我想着对方那女的气急败坏的样子，最好旁边能在有个男的，正好再赶上是小三儿奸夫淫妇什么的……哈哈地笑出声儿来。我伸个懒腰，想到今天要早点去医院，跟缠着冯丽那小子清账。我下床去卫生间插上热水器，回屋觉得屋里真冷，一看电暖气也没开，昨天晚上居然冻着睡了一宿。

又把电暖气插上，厨房、卧室、卫生间的门都关上，打开 DVD，放进一盘许巍，我披着被子半卧在沙发上，点上支烟，准备过十分钟洗个热水澡，先给屋里憋点儿热乎气儿。

刚点上烟，电话响了，是刚才我拨出去的那个号。"

"喂，宝贝，想起我来了？"

"你是耿楠？"

"是呀，你是我哪个老婆？"

"呸！谁是你老婆，真不知道我是谁？"

"追我的太多了，我记性也不好，你是亚轩？燕姿？还是佩慈？"

"呵呵，真把自己当韦小宝了。"

"没有，我是他爹，人称老'鸨'。"

"哈哈，你到底知不知道我是谁？"

"不知道。"

"昨天晚上还说想包养我呢，这么快就忘了？"

都说女人是直觉动物，这话以前我根本不信，当一个女人真正爱上一个男人的时候并不是为了男人的金钱和权势，而是在某个瞬间男人举手投足间的一个微笑，一个动作，一个眼神，使女人感到了前所未有的柔情，像是有某种如磁铁般的法力吸引住她们，令她们着迷，从而心生爱意，唤醒了女人天生的母性气息，认为让她们眩晕的这个男人就是属于她们内心童话中骑白马的王子。

然而事实上女人并不知道，也许她们眼中这位令她们如此心醉的王子，并不是骑着白马向她们款款奔来，而骑在他们胯下的是无人知晓的多少个美丽善良的女孩。他们在感情的路途中，身下换了一个又一个的纯情少女，翻过一座又一座让他们无法割舍却不得不舍的山峰，带着他们虚弱乏力的身躯，沾染着无数姑娘纯洁的鲜血，一副疲惫不堪的神情来到她们面前，她们却天真地以为这是岁月的沧桑，男人的血性和事业的奔波给予男人的历练。

这也不能全赖女人，那么男人呢？是该因此骄傲得洋洋得意，还是该惭愧得自我反省？我不知道，也不想知道。我只知道面对女孩向我发起进攻的时候什么也别废话，准备接招吧。

我想起了给我电话的这姑娘是谁，于是我约她在位于田野汽车制造厂对过的小蜜蜂餐厅，一起吃早饭。挂了电话，我到卫生间洗了热水澡，还特意刮刮胡子，换来一套干净的保暖内衣，头发擦半天还是有点湿，只好在电暖器前边烘了一下，关掉 DVD，拔下所有电源插销儿，穿上外套出门。

我以为这么早街上会很冷清，走出胡同口已经人来人往，送奶的电动三轮前排着长队，健身器材那块儿的老人在扭腰锻炼，四五岁的小孩穿得像个小包袱坐在那儿的秋千上慢慢摇晃，不时的有骑自行车、摩托车的上班的人们从我身边一一经过，不是留下一口痰就是一股难闻的汽车尾气。让我不得时不时小跑两步。当然，心里也急着和姑娘见面。呼吸着寒冷而清新的空气，我感到清爽舒畅，精神倍增。

还没进餐厅的门，就见那姑娘隔窗向我招手，我推门进去坐到女孩对面，她好像略铺淡妆，看上去清新优雅。

"够快的呀你。"我脱掉羽绒服说。

"你也不慢啊，我家就在这附近。"

"我家也住这后边。"

"话剧院街?"

"是啊,别说你也住那儿?"

"和你一墙之隔。旁边的供电局大院。"女孩儿指着墙说。

服务员走过来拿着单子摆在桌上问:"二位吃点什么?"

我把单子推向女孩:"你是行家。"

女孩笑笑,也没看。直接说:"两份豆浆,两个荷包蛋。豆浆要鲜榨的。"

"行吗?"点完又问问我。

"非常好。"

"对,我那豆浆不加糖。"服务员转身的时候我又加一句。

"你叫什么呀我还不知道呢。"我问。

"颜梦莎。"

"哪个'Yan'?"我往手机里存她的名字。

"颜色的'颜'。"

"怪不得这么漂亮,名字起的就好听。"

"呵呵。"

"昨天怎么那么晚还没睡?有事?"我问。

"没什么事,就是觉得你挺有意思的,想起来了就发个短信。"

"早点发呀,那会儿我都睡着了,多耽误。"

"没事,反正离得近,要不吃完饭去我家坐坐?"

"那多不好意思啊,要去就去我家,就我自己住,干点什么也方便。"

我会心一笑。

"我也是自己,我父母早离婚了。"

"哦,那个…对不起啊。"我马上收起笑脸,哽住了一下。

"唉——没事,他们对我都挺好的,虽然他们都各自成家了。但总来看我呢,现在住的房子也是我妈单位分的。"

我们要的东西服务员给上齐,我低头喝口豆浆,头发差点沾上去,颜梦莎帮我捋住,说:"哎!看着点儿。"

"谢谢。我头发也不脏,为了出来见你早上刚洗的。"我把脖子往前伸,"你闻闻,还有香味呢。"

颜梦莎开怀地笑,低头吃东西,我两口把小盘子里的煎蛋吃完,颜梦莎小口地喝着豆浆,问我:"你是玩摇滚的?"

"不是啊,为什么这么说?"

"以前我们学校有一帮玩乐队的,头发都像你这么长,有的比你还长。"

"哈哈，是么，我倒很喜欢听摇滚乐。"

"我也喜欢，你都听谁的？"

"谁的都有，从小学就听 Beyond。"

"真早，我初三才听的。"

"搞对象我也早。"

"有多早？"

"三岁的时候可能还没三岁呢，就跟我们院的小女孩玩过家家了。"

颜梦莎差点喷出来，她喝了口豆浆后，仰头头捂着嘴傻笑。

　　早恋这个词不知道是谁最先提出来的，没记错的话提出的人的职业应该是教师。在青春期中的男孩女孩，只是由于生理上身体变化，使自己对异性有种渴望接近的大脑反应，这是人成长必经的一个时期，本来国家的性教育就基本少到没有，老师难于启齿不敢讲也就算了，何必以讹传讹传到家长耳朵里就成早恋了。

　　如果按这种老师逻辑，那么我是不是就可以随便把一个更年期的妇女说成是羊角疯呢，见一个就向 110 举报。即便是这样，我想最先进精神病医院的一批病人肯定会是各学校的女教师。

　　我愿意跟女孩亲密，她愿意成为我同桌的你，我愿意借她半块橡皮，她愿意为我写本日记，我愿意把她的长发盘起，她愿意穿我送的嫁衣，就算我们上课说话被罚立站，下课吵架画了三八线，我们也愿意在一起。不为别的，就为让满肚子男盗女娼的老师看看，我们美丽纯洁的友谊！

　　亲爱的老师，你们好意思看吗？

　　整天你们戴着"园丁"的帽子，披着道德的外衣，对同学怒目圆瞪，对校长笑脸相迎。对家长暗要礼品，对同事心存妒忌。拿起粉笔教学，扔下课本骂街，三人成虎，众口铄金。同学之间最美好的青春记忆就这么在你们嘴里神不知鬼不觉地变成了早恋。

　　我们恋了，我们爱了。我们不玩朦胧派了，我们揭开神秘面纱了。我们享受人间欢乐了，我们进入人间天堂了。我们快乐欲死了，我们飘飘欲仙了，我们就是这样了，又能怎么着？

　　张爱玲说出名要趁早，我们怎么就不能恋爱也趁早？

　　还是老海说的那句话说得好："想做就趁早，老了想做做不了。"

　　我的这些观点颜梦莎听了之后表示十分赞同。

　　我也赶紧趁热打铁，小声对她说："咱俩什么时候也促进一下友谊啊？"

　　"只要我不上班，什么时候都行啊。"说完，眼角一挑："要不现在就走？"

　　"哈哈，不着急，我爸这几天住院呢，我妈晚上陪床，白天我得去换她。"

　　"噢，真孝顺啊你。那等你有时间给我打电话吧。"

　　"可别再骂我神经病呀！"

　　"呵呵。"

　　结账的时候颜梦莎从钱包里掏出钱递给服务员，我先于服务员摸到颜梦莎的手："又不是法国大餐，我来吧。"

20. 有什么别有病，
没什么别没钱

到医院门口，我看见纠缠冯丽的那小子蹲在便道上马路崖子上抽烟，我走过去拍他肩，他起身扔掉烟，我把提前准备好的信封递给他："你数数。"

"正好。"他数完冲我点头。

"我还有事，就不陪你了。"

"以后最好谁也别碰上谁！"

"呵——"我冷笑。

病房里又添了一个床位，有一对父子坐在病床上，也不知道是谁在住院。剩下的三个病床除了我爸旁边的一个空着，那俩老头都有人在陪，好几天了彼此也都认识，我进屋向两位老人问好，陪同他们的家属也对我报以友好的笑容。由于人多，病房里的气味不是很好，屋里又闷又热，我从新加的钢丝床边侧身进去，我爸慢慢扭头看见我，我把手里的东西放窗台上，我爸说今儿挺早呀，看起来他脸色不错，说着话脸上还浮现一丝笑意。

"是啊，这不惦记你呀，睡不着就早起来了。"我也向我爸笑笑。

旁边病床的老头听了笑起来，看看我对我爸说："啧，你这儿子真孝顺昂。"

"嘿！他孝顺？我们这个就是嘴皮子利落。"我爸说。

"这话让你听着心里头就痛快。"老头说。

"光会说。没出息有什么用哎。"

"嗨，哪（我）们孩（那）个连面都见不着？，还是这闺女伺候呀。"

"这个以后一样。"我爸说着还冲我抬抬下巴，"指不上哟。"

"这天天能过来看看你，知道心疼他妈，往这给你盯会班儿，这就不赖喽！"

"他没事干，这么大了，连个工作都没有。"

"你这么病着，人家哪儿还有心思干别的？"

"唉，他——"我爸刚想说，开始咳嗽，看样子要吐痰，我坐到他跟前儿，手环抱住他肩，慢慢地把他头抬高一点，吐完了，我再慢慢把他放下。

我脱下外套，挂在衣架上，说："少说两句吧，我看你今天这是好点咧。"

"是强点了。"

"哼，好点儿就话多，医生可没让多说话呢。我妈呢？"

我刚问我妈就推门进来，手里拎着暖壶，另一只手端着脸盆，盆里有刷牙缸、香皂盒，我妈看见我："呵，今天挺早。"

"嗯，没吃呢吧妈，我给你买的蒸饺，刚出锅的，食堂开门了吗？我给你打点粥去。"

我拿起饭盒，我妈把洗脸盆放回床底，拿毛巾擦手。"不用，你四叔跟你姨夫在呢。去问问他们吃了不。"

"哪儿呢？"

"在晾台上下棋呢吧。"

我贴窗户一看，俩人一人坐个小板凳低着头对阵呢。

我敲两下玻璃，他们抬起头看见我，笑笑。我探头出去："真有瘾啊，姨夫。"

"呵——你四叔拿来的棋。"

原来听我爸说，我四叔在我爸结婚后，只要有时间就去找我二姨夫下棋去。我四叔跟我二姨夫都是爱玩的人，麻将、象棋、扑克牌，一样儿都不能少。我二姨夫在他们水泥厂是有名的厉害。不急，不气，玩的还好。谁都愿意拉着他玩，这都听我二姨说的，不过逢年过节的时候，在姥姥家大人们都垒长城，总能听见说二姨夫赢。我四叔也是，谁去他们家串门都愿意跟人家杀两盘，人多就斗麻将。总之，二人在我眼中就是老顽童。

"来，楠楠，买两盒烟去。四叔跟你姨夫都没了。"四叔说着掏钱给我。

"我这有。"我出门。

"有什么有，快，拿着。"四叔拉住我，把钱塞我手里。

我回到病房，我妈把毛巾搭在暖气片上，说："他们吃了吗？"

"不知道，我四叔让我买烟去。"

"他们玩得正欢实呢，顾不上呦！"我爸歪着脖子插一句。

"先买去吧。哎，正好，把暖壶拎上，这俩爷爷的也拎上，上来的时候捎着打开水。"我妈把我爸床底下的暖壶递给我。

我乘电梯到一楼，门口旁的小卖店还没有我四叔要的那个牌子的烟，又问了问别的，都贵那么两块钱，我没买直接跑出医院的大门，有的是小超市什么的，多走两步就省下两块钱。寒风簌簌，过马路时醇香的烤白薯味飘过，微醺沁人。

水房排着长队，人也慢慢多起来，有的忙着洗漱，有的来倒脏水，打热水，来回走动的人们不一会儿就把水房的地弄得湿漉漉的，蒸气伏在玻璃上、墙壁上的瓷砖上，到我接水时，觉得不像水房像澡堂。

出水房时差点和进来的一个端着盆水的护士撞上，盆里漂着泡沫的水溅到我身上，"对不起啊！"

"没事。"

抬头一看，看是冯丽的一个同事，她也认出了我。

"呦，帅哥是你呀，真不好意思。"

"能让你的水溅上是我的荣幸。"

"呵呵，帅哥真会说话。"

"哎，冯丽呢？"

"她七点就下班了，现在都在家睡上了。"听口气她还挺羡慕。

"你也不晚啊，这才八点多。"

"回去睡不了几个小时。"

"辛苦了，天使，我先走了。"

"为人民服务，再见。"

回了病房放下暖壶想给冯丽打电话来着，后来想怕打扰她还是让她先休息吧，我妈吃了早饭，喝口开水说："今天这儿又添了张床，人太多了，你姨夫他们在这呢，你呆会就走吧。把这东西什么的给你姥姥拿回去，这儿也放不下，没人吃都坏喽。"

"行，我爸能喝点水了吧？"

"王主任说用勺喂点儿行，就让湿湿嘴皮儿。呆会儿接着输液。"

"差不多了吧，还得多长时间才能出院啊？"

"怎么也得一个礼拜，养得好就早点。"

我妈先给我归置一下东西，把那些人家来看我爸买的东西分门别类地装上，看什么吃不着用不着的全让我带走。

我妈说："你出去呆会儿，东西没地儿放了我给你装好。"

我穿上衣服到走廊里来回溜达着吸烟，看看别的病房里也全是病人，穿着统一的病服，或坐或站。有的在哆嗦着，有的在吃东西，浏览一遍觉得就像在地狱里似的。心情说不上是压抑还是同情，总之心里非常不舒服。

我爸住的病房对面，那个病房里就一张病床，别的病房都是三四张，我不解，于是回去问我妈："别的病房床位那么紧张，对面那个怎么就伺候一个人啊？"

"那是高级病房，没看里边还有电视空调洗衣机呢，还有专职的护士护理，要另外收费。"

"这一天下来得照着一百多啊？！"我说。

"你以为呢，那都是退下来的老干部住的，人家都有公费。一般人谁住得起呀！"

"我说呢，还是当官儿好啊。"

有什么别有病，没什么别没钱。有病有钱能治，没病没钱无灾。赶上你又没钱又有病，对不起了，医院的大门朝南开，有病没钱你莫进来。

少时，我妈把堆在我爸病床下的亲朋好友送来的大堆东西装了两个大包，套了好几层塑料袋。又把摆在窗台的一个大礼品盒拎下来，摆我面前，说："把这都拎你姥姥那儿去，放这儿全得坏喽，这也没地方搁。"我见状，说："我哪儿拿得了啊？太多了。"

"怎么拿不了呀，大小伙子，俩手一拎就走了。"

我试了试，说："猪八戒行喽，我拎到楼下就得喘。"

"这么大了什么都干不了。"

"东西太多，怎么拿啊？把那箱牛奶先放下吧，以后再拿。来个人儿什么的还能喝呢。"

跟四叔和姨夫告别，我拎着一摞东西往外走，我妈说我爸又到输液的时间了。她去叫医生，正好把我送到电梯口。等电梯时，我妈又语重心长地对我说："别瞎跑去了，转悠转悠找个事儿干吧。昨天我看报纸上登的青少年宫招老师呢，教音乐的、教美术的都要，你没事去一趟问问。"

"行，我知道了。"

21. 一万年太久

大约半年前，也就是 2005 年的 8 月，陈琢与何颖去了江西上大学。老海天天在许冰家的手机店里忙活。许冰还在邯郸当兵，我自己在家画画儿画得麻烦，出来闲转也没劲，谁都有自己的事，好像就我成天的无所事事，时间充裕得不知道如何浪费，在家除了看 DVD 就是睡觉。睡不着就拿起笔继续，再画麻烦了就从床下掏书看，看着看着就迷糊过去了。

醒来后，再次重复。

也就是到了晚上，还得赶上老海不修手机，能找他一起喝二两，还不敢耗到太晚，我倒没什么，主要是老海第二天得上班。我们俩通常是一瓶保定王，三四瓶蓝星，最晚不超过十二点。喝到半晕不晕，迷迷糊糊的状态正好，回家便倒头入梦。

我们俩的时候也不跑远，就是附近。基本就是西下关至金台驿街一带的小饭馆，还有两条街交汇的十字路口摆在外边的大排档。早先都是在馆子里先喝白的，驴肉馆切上半斤驴肉，炸花生米，就开喝。聊天的范围也很窄，无非是些生活中的琐事，但是通过这些事我们就往深里探讨了，其实也没什么深的，就是人，还有人性。

当然，这离不开充当兴奋剂的酒。

俗话说日久见人心，可是"我生待明日，明日何其多"呀？要我说一万年太久，只争朝夕。不用日子久了，多给灌点儿酒就能看见人心。

白酒渗完，饭馆也差不多该打烊了。然后我们就转移阵地，退守到街边地摊儿，烤一组羊肉串，来一盘凉菜，再来几瓶啤酒漱漱口。

那一大阵子呆得我百无聊赖，也试着找了几份工作，最后都是无果而终。有的根本就不对路，我那会儿挣钱心切，顾不上那么多，只要看招聘启示上月薪八百往上的，都去。先到一酒吧应聘，什么都谈得差不多了，最后人说要试用三天，顿时我就歇菜了，第二天另谋高就。

在六中对过的人才市场转了几天，里边招工信息全都是力气活儿，什么机床厂工人呀，服装厂搬运工啊，最轻巧的也就是小区保安和家庭保姆，把人才市场转了个遍，感觉这哪是人才市场啊，简直就是他妈奴隶中心。

然后还去过后屯附近的一个小学，应聘的职位是小学的美术教师。记得我上小学的时候，美术课就是画小人，做手工的时候都少。美术老师打开书，指着上面的画儿给我们讲多么多么好看，然后拿粉笔在黑板上画个大概，有时也画风景。让我们照着黑板画。我印象里好像也没几个人跟着画，男生基本都画圣斗士星矢、变形金刚什么的，女生除了画美少女战士和机器猫的，剩下的几乎全画花仙子。

应聘的路上我觉得是十拿九稳的事儿，小学的美术老师不就是会照书画就够嘛，何况我不用书都能默画。我甚至认为我去了都大材小用，境遇所迫，窘况所逼，没办法啊。吃得好穿得暖住房大钞票满的谁也不会去上梁山。

没想到屁股还没坐热乎就让人轰出来了，进了办公室一个年轻的女教员让我坐等，屁大功夫，进来一中年妇女，包子脸上架着副眼镜，瞅见她我心里就不得劲儿，跟我们学校的德育主任一副揍样儿，真是天下乌鸦一般黑。她坐到办公桌前，问我要应聘哪个职位，我说："美术老师。"
然后她从抽屉里抽出一张表格，说："学历证书我看一下。"
"不好意思，我是半路出家，没学历证书。"
"呦，那对不起了。我们这必须得要本人学历。"
"我专业是美术，属于自学成才，就是没那个证件。"
"那不行，我们这是规定，大专以上学历。"
"能不能向领导请示一下？"
"规定就是领导订的，我们也没办法。"
这句话把我噎得一愣一愣的，一时间不知道说什么了。她也看出我的窘相，又甩给我一句："要不你再去别的小学看看吧。"

后来我就再也没主动找过工作，倒不是怕碰钉子，而是受不了那副可恶的嘴脸。没学历怎么了？有能力得了呗，比那些有文凭没水平的人强多了吧？没学历就该死呀？

乡下种地的农民没学历，外地进城的打工者也没学历，没他们吃什么住什么？温饱都解决不了还谈什么上层建筑啊！

应聘失败后回到家铆足了劲儿画画，家里所有的名家大师画册都临摹了一遍，管他什么学院派、印象派、野兽派也画，什么古典主义、现实主义、抽象主义通通拿下，画出来的风格爱哥特就哥特，说达达就达达，只要出效果就行。国内的画家一律不临，只作欣赏。直接我就奔大师的路子一步一步踏踏实实地走，虽然在大多数作品中画得人不像人，鬼不像鬼，风景不是风景，静物不像静物。

人不像人我就说是抽象，鬼不像鬼我就说是想象，风景不像风景我就说是超现实，静物不像静物我就说是夸张。画画儿这东西又不是数学一加一就等于二。我乐意怎么说就怎么说，我愿意怎么画就怎么画，我的作品听我的，无名画家想画就画！

艺术本身就是个空泛的概念，你把达芬奇从坟里挖出来问，他也说不清楚。你说《蒙娜丽莎》好，我看它就不怎么样。仁者见仁智者见智，傻子看完一个想法，疯子看完又一个想法。都跟着鸡一嘴鸭一嘴的人云亦云就没意思了。国内很多打着艺术家幌子的作家、画家都是被这么捧出来的。

就是说高中和一年级的语文课本上，有篇文章叫《米洛斯的维纳斯》，作者是个小日本，具体叫什么我忘了。通篇把那座缺胳膊的女性雕塑夸得都上天了，还引经据典，什么哲学家说的，美学家说的，言必称雕塑多么富有韵味，精神上多么伟大。日本为什么总是闹地震？都是这么多拍马屁的人拍的，用中国话说叫"天理难容"。

按作者话说缺胳膊的雕塑展示出人体的缺憾美，那么这就是对健全人的歧视，对残疾人的侮辱和乃至对人权的践踏！有点艺术史知识的人都知道那雕像是从河里捞上来的，并不是雕像作者有意塑造成残缺形象。如果打捞上来的雕像是健全的呢？不用说，观点肯定立马变。
这事儿联合国就不放屁了，还总开会保护这儿的人权保护那儿的人权，不过是是明哲保身罢了。

通过大量地临摹前人的经典作品，确实让我的技艺提高不少，受益匪浅。自己能体会到对于色块构成的分析，色彩之间的调和与运用，画起来笔法更加娴熟，画面表现出的效果也丰富起来。单看一幅画还不怎么明显，与我以前的那些画儿摆在一起对照便一目了然。确实画出了几幅自己看起来还比较像样的作品，后来拿到老李画廊卖的那几幅，就是从这个时期画出来的作品里挑选的。

现在社会上都提倡自主创业，我其实应聘失败以后就有这种想法了，自己当老板多爽呀，说起我第一次创业，是有一回去地下书城淘席勒的画册，一位卖箱包的大姐帮了忙。

地下书城位于火车站广场前，在保定的知名度比新华书店要高得多，估计是保定经营种类最全、销售量最大的书城。原因是它就是一个彻头彻尾的盗版图书市场，从它开业的那天就在社会上引起强烈反响，尤其深受广大知识分子和学生的欢迎。也没有经过报纸的报道，也没有在电视上登过广告，就是靠实力在老百姓中建立起良好的口碑，俗话说的好：金杯银杯不如老百姓的口碑。凭着这一点，地下书城在保定府家喻户晓。大家都知道：要看书，去新华书店；要买书，到地下书城。不仅质优价廉，还能帮你提高甄别错别字的水平。

什么书畅销根本不用看新华书店的排行榜，只要从地下书城里转一圈，看哪本书家家都摆在最显眼的位置，那本书肯定就是最畅销的。

我去买书的时候刚下完第一层楼梯，入口处的柜台里的妇女就冲我喊："小伙子，要光盘不？甩卖了。"我没搭理她继续往前走。总来买书的人都知道，只要经过入口这柜台，她就向你兜售盗版光盘。"哎，别走呀！有新片儿。"

我一听有新片，就来精神了，于是停下，回头问："哪个新片？"

"来呀，你过来看看呀，你还往前走。"

我返回，"哪呢？我看看。"

"刚拍完的《独自等待》，我给你拿。"说着，她蹲下去，从柜台最下层抱出一个纸箱，放在凳子上，一张张翻起来。

"不是从电影院里录的吧？"看着她翻着我问。

"电影院都没放呢，我这儿的片子都是直接拍的拷贝，特清楚——这呢！"她递给我。

"多少钱啊？"我翻看。

"三块一张，单张的卖没法再便宜了，再便宜我就没利了。"

看着中年妇女的一脸无辜，我说我要多买两张呢？

"看你要多少了，你先看看，我这儿还有好的呢，要不？"

"什么好的？三级？"

女人摇摇头，手指立着贴在嘴边，凑近我耳朵悄悄地说："全是光屁股的。"说完还鬼魅地笑笑。

22. 高考凶猛

　　头顶上路过的火车轰鸣声不绝于耳，南来北往地拉着全国各地的乘客。火车开过去七八趟，我的摊儿还是无人问津。人流渐渐多了起来，天也慢慢暗下来，借着天边火烧云的光，我看到手机显示的时间离六点越来越近，我心里开始犯嘀咕：自己跟自己叫什么劲哪，留的青山在，不怕没柴烧。饭还是要吃的，人是铁，饭是钢，一顿不吃饿得慌。身体是革命的本钱嘛，又不是楚霸王项羽，砸锅沉铁，背水一战。可不能让晦气冲昏头。我顺着便道的楼梯上桥，点上根烟缓缓神儿。看着延向远方的铁轨，想起来横卧山海关的诗人海子，火车呼啸而过的瞬间，成就了他浪漫的诗篇，他用粉身碎骨，告诉我们这世界没有幸福。

　　华灯初上的大街，人们在各自的岗位上忙了一天，纷纷带着疲惫奔在回家的路上，人家忙一天有一天的工钱，我这也是一天，钱没挣着不说，晚上还不吃饭。正当我茫然地望着远处的饭馆酒楼亮起霓虹时，在我面前恍过一张熟悉的大饼脸，我大喊一声："张胖子！"

　　听到喊声，张胖子骑着他那辆捷安特调头回来，同时一起过来的还有几个他的同学，估计是低年级的，我也不认识。

　　"嗯？是你呀！"张胖子停下车子看见我。

　　"不是我是谁，刚放学呀？"

　　"你怎么干起这个来了？"胖子支上车子，看着我地下摆出来的光盘。

　　"卖身我狠不下心，只能卖这个了。"

　　"哈哈，你可真行喽！"胖子蹲下臃肿的身躯，拿起一张说："这可挣钱呀！"

　　"挣屁吧！一个礼拜不开张了，再不开张我就快花纸钱了都。"

　　"真假呀？我给你开个张，你等着。"胖子走回车子前。

　　我以为张胖子去书包里拿钱了，一会儿那几个跟他一道来的小伙子被他招呼过来："这有好片儿昂，你们一人来几张，比那《花花公子》好看多了，都是咱自己哥们儿的买卖，捧个场吧兄弟们。"

　　几个小伙子相互看看，眼珠一转，面露喜色。

　　"有日本的嘛？"其中一个问。

　　"太有了。欧美的都有，喜欢哪个自己挑。"

　　小伙子们埋头扒拉一会儿，一人拿着两三张，问我多少钱一张。我说都是兄弟们，提什么钱呀喜欢你们拿着看去吧。张胖子说那可不行，"你这都有本钱的，看不起兄弟们呀？"我说不差这点。"这么着吧，一人拿四张，反正就给你五十块钱。"

　　"多拿，多拿几张！"我随便拿起两张塞到站着的那个最不好意思挑的小伙儿手里。

　　小伙子们把挑好光盘塞到书包里，笑着道谢。张胖子对他们说："你们先回吧，别等我了，我跟我哥们儿讪会儿。"

　　"这就把人家打发了？"我对张胖子说。

　　"不走干嘛？你安排吃饭啊？"

　　"呵呵，走，收摊！"我蹲下。

　　"着什么急呀，多摆会儿吧。"

　　"你都给我开张了还摆什么，走吧。"我把地下铺的报纸裹吧起来扔进大塑料袋。掏出烟递给胖子，胖子没接，低头从兜里掏出盒三五，"抽我的吧。"

　　"又跟你妈要钱买颜料了？"胖子笑笑，给我点上。

　　胖子推着车子，我们俩蹓跶到五四路，拐过十字路口钻进路南边的老保定饭馆。

　　闲谈中，胖子又郁闷了，说现在的同学画地好的有的是，他的素描还是差点儿，过了年又该专业高考了，今年艺术类的考生比去年还多，早知道不如去年走个河北的学校了。

　　"你非愿意再考一年呢。"

　　"谁知道今年这么多人啊！听老李说光是山东的考生就占到全国的一半。"

　　"再复读一年人更多！"

　　"可不再复读了！考上哪儿算哪儿！"

"多考几个外省的，省内的老棒槌们就不懂艺术！"

"我还想再试试天美。"

"你那英语就得卡死你。你怎么不考央美啊！"

"上个月月考我还考了七十九呢。"

"那是月考，高考可是全国的考生。那你就再使使劲儿，西美也考，那儿也不错。"

"考！肯定得考。"

考、考、考，老师的法宝；分、分、分，学生的命根。

孙子出题难，儿子监考严。老子不会做，提笔就玩完。

中国教育，怎一个"考"字得了！这些大家张口就来的顺口溜、打油诗，恐怕一生都忘不掉。高考凶猛，考场残酷。分数公布以后，哭的哭，笑的笑，死的死，伤的伤。哭的哭到眼泪流干，沧海变桑田；笑的笑看风起云散，一切已成过眼云烟；死的死了都要考，做鬼心不甘；伤的一伤一万年，伤口又被撒把盐。发榜之前，有人的可以打电话找门路，有钱的能拿着票子托关系，没人没钱的要么认命，战死考场；要么认栽，从头再来。

"老板！再来两个蓝星。"吃得差不多了，张胖子还要啤酒。

"晚自习不去了？"我看看表问张胖子。

"去个粑粑！又不是第一年上高三。"

张胖子跟我们一起上高二那会儿完全不一样了，那会儿下午放学后到上晚自习之前这段时间，我总拉着他去上网，他提前十分钟就催我，生怕晚自习迟到。

"那就喝，喝痛快了再继续革命！"

"就是！喝——"

那天晚上跟张胖子喝到十二点，胖子劝我出去闯闯，长长见识。别窝在保定这个小地方一辈子，没劲。我说我不爱动地方，现在也年轻，以后想出去了再说。胖子说他以后上完大学想去北京，转转曾经的圆明园画家村，还有798艺术区，也想去宋庄飘几年，看能不能混出个样儿来。

北京，一个让无数艺术青年魂牵梦绕的中国艺术之都。那里聚集着一批全国各地最优秀的艺术家，也养活着成千上万的文化骗子。契诃夫说，大狗叫，小狗也叫。不要因为大狗叫，小狗就不叫了。既然都是狗，那么就都有叫唤的权利，看谁的声音更大，谁叫得更响亮。

你爱北京天安门，因为你是北京人。天安门上太阳升，地球转圈也不停。我也爱祖国，我也爱首都，但是我离不开生我养我的故乡，我割舍不下的保定。

这些话我想对张胖子说来着，终没说出口。对于有理想有追求的朋友，我打心眼里为他们祝福。

我没白祝福张胖子，他也提醒给我一个摆摊儿的好去处。

23. 来吧，年轻就是力量

西大街位于城市主街裕华路的北边：西起大西门，东至永华北路。说是条街，其实就是一条大胡同。一般我们说这条街实际上指的是北唐胡同至永华北路这一段。它曾是是古城区东西方向的横轴线。前后也没多远，别看路途短，可是里边内容丰富，让男人流连忘返地穿梭路过，张胖子说让我来这试试肯定没错。

西大街见证着保定历史上的繁华。明代万隆年间，保定知府查志隆在一篇纪事中写道：诸路皆借径入西门，商贾肩踵相摩，车辙马蹄，日夜不绝。当时东、西大街交通之发达，商业之繁华可见一斑。西大街商业的繁荣是从近代二十世纪初开始的。民国时期，平汉铁路的通车和大批学堂的建立，使保定市的流动人口数量迅速猛增。作为从火车站进入城内的唯一通道，西大街独特优越的地理位置，渐渐店铺林立。1918年，袁世凯政府任命曹锟为直隶督军，在保定设"直隶督军署"，由此，保定成为直系军阀大本营。大批军阀、政客频繁往来于保定。

这条街上，随处可以见到清末民初风格的建筑，大部分是2层小楼，也有3层的。每栋小楼都各具特色，窗户、墙花等各不相同。远近驰名的老字号比比皆是：有保定最早的综合商场"天华市场"，三百年历史的"槐茂酱园"，百年老字号"万宝堂"，膳食行业四大名园之一的"宴乐园"，也有全国连锁店"中华书局"、"商务印书馆"，还有清朝直隶总督方观承题匾的"德昌茶叶店"，清代最后一个状元刘春霖题匾的"直隶书局"等。时光流逝，到今天西大街已经成为保定最著名的红灯区。北边一排门脸大多是卖殡葬用品的寿衣店，只有一两间发廊。而南边一排才是风情万种的美发厅，每当夜幕降临，便亮起粉红色的暧昧灯光，吸引着过往的路人。姑娘们有的还会故意站在门口卖弄风骚，穿着打扮劲爆火辣，上显迷人丰乳，下露肥臀黑丝，碰着蹲下抽烟的还能直接看到闪光的石榴裙下透出的无限风光。

妓女这个古老的职业，到今天还依然散发着她的职业魅力，听说有的资本主义国家已经承认了其合法性，而中国有着五千多年历史的文明古国现在依然无视它的存在，杜十娘在九泉下看到这种局面，恐怕是要伤心落泪的。出现在各种文学作品中的妓女不一定都是恶俗或抨击的对象，在艺术界也是众多画家争相描绘的对象，比如杜尚。据说现在一些理论家学者还在为《蒙娜丽莎》中的姑娘是不是妓女而争论不休。

到了西大街买卖确实好，正所谓近水楼台先得月。在那儿摆了得有差不多一个月，我的存货只剩到二十多张。进入十二月，天气一天比一天冷，我也懒得动弹了，我的第一次创业也就随着冬天的到来而结束。

下雪的那天，我请老海以庆祝冬至为名，在西大街东口路西的老街坊撮了一顿。坐在饭馆里，醉眼迷离地看着窗外漫天飞舞的雪花，犹如置身于银装素裹的童话世界，此时此景，让我们大发感慨。

一年四季，不是三百六十五就是三百六十六天，人们在各自的岗位上忙碌着，都在为明天能过得好一点儿努力着，我绞尽脑汁地追问生命的意义，有人说"存在即合理"，有人说"人生是荒谬的"。有人说人来到世上是偶然的，有人说这是历史必然的。我他妈谁说的都不信，因为都是人说的。我想问复活的耶稣，可他无影无踪，我想问成佛的释迦牟尼，他也杳无音信，我想问升天的穆罕默德，根本就没法联系。怎么办呢？

跪天求地不如靠自己。

在老海的点拨下，我明白了，我活着为了什么呢？为了吃，为了穿，为了父母过上好日子，为了建设祖国的大好河山！

喝完酒后，老海又一次证明了他酒后的清醒，临走时，还混了我几张毛片。剩下的我扔在家里，没事的时候自己看。结果意外发现了两张好电影，一张是好莱坞的经典歌舞《红磨坊》，另一张是韩国导演金基德的代表作《漂流浴室》，没想到都混到了黄片行列，是艺术电影越来越不受欢迎还是色情业的整体素质提高了？我也搞不懂。

我拎着东西出了电梯，想点根烟，把手里沉甸甸的塑料袋放下，看着住院楼大厅来往的人们，顿时我觉得我就像个进城探亲的老乡。把烟揣回兜里，摸出老李给我卖画的钱，让我又花了不少了，真是他妈花钱容易挣钱难。花的时候挺潇洒，挣这点钱费死劲，现在能挣着钱就不错，只要别天天闲得没事干。有个饭碗别管它是金的还是泥的，只要有酒先端着，生活生活，有个碗是生计，有口饭吃才能活着。

我准备给我爸再续交一些住院费，随便找了路过的穿白大褂问："请问住院费在哪儿交啊？"医生告诉我交费到门诊楼，我道谢，拎起东西向门诊部走去。

此时，门诊楼里已熙熙攘攘，热闹得如同菜市场。孩子的嚎啕大哭声，走来走去的人们的喊叫声还有打电话的吵闹声，真可谓声声不息，病痛代代相传，我还想再拉个医生问问，可根本就没机会，医生护士都是来也匆匆去也匆匆，说话都是边小跑着边说，在这儿真是感受到了时间就是生命。

地球上，活着的人有一个算一个，自从他（她）妈的子宫里爬出来的那一刻起，就算是个人了。在广阔无垠的宇宙中，每个地球人都应该为自己降临人间而感到幸运。无论这一生有多少崎岖坎坷，你都是幸运的。不要整天的怨气横生，怪就怪自己没本事，否则，你就是在辱骂自己的父亲母亲。总之，我要说的是：珍惜生活，珍爱生命！

我环顾四周，看到大厅的西北角有问询处，服务台里的大姐告诉我在地下一层，让我坐电梯下去，出了电梯就能看见。电梯门前的乘客络绎不绝，走一拨来两拨，而且一个比一个着急，恨不得贴在电梯门上，不远处有楼梯但是没人走，没人走我也不走，看谁着急。第一拨我看人多就让了让，等下拨谁知道又让人把我挤出来，一点儿也不讲公共道德。人善被人欺，马善被人骑。真是这么回事。物竞天择，适者生存。也是这么个理儿。看情况让是不行了，那就挤吧，挤挤还暖和呢。狭路相逢勇者胜，我不是圣人，更不是懦夫，人人都削尖了脑袋往里钻的时代看看谁能闯，比比谁更强。妈的，来吧，年轻就是力量！

电梯门再次缓缓打开之时，我随着人群一个箭步闪身挤进，手里晃荡着的塑料袋碰到与我摩肩接踵的人们，我回身喊："别推了！"造成的假象愍的谁也说不出什么。这招还是跟电视里直播的欧锦赛里学的，别说，还真管用，看着人们敢怒不敢言的表情，心里偷笑。电梯满员，各自按下自己要去往的楼层，我腾出手在"-1"键上来了一下，这时有人说："小伙子按错了吧？"我昂起头，斩钉截铁地说："没有！我就是去地下，交费！"

地下大厅果然阴森，黑不棱登的空空如也，安静得出奇，不远处的"收费处"亮着灯，大厅中间吊着白炽灯棍，我进来觉得像进了太平间，寒气逼人。让我想起了恐怖电影里出现的镜头。小冷风儿顺着我的领儿口钻进身体，我起来了一层鸡皮疙瘩，我倒不害怕，慢慢地向前走着——突然，脚下踢到什么东西，低下头跟了两步一看是个空烟盒。弄得我不由得浑身一机灵："真特么瘆人！"

"交住院费。"我站在收费处前边，敲开窗口的玻璃门说。

"哪个科的？"

"泌尿科。"

"几床？"白大褂医生敲两下键盘问。

"哟，我忘了几床，你能帮我查下吗？"

"姓名？"

"耿安和。"

"稍等一下，机器慢。"白大褂扶了扶鼻上的眼镜框说。

我趁这功夫儿掏钱。

"耿安顺，泌尿科，十一楼，五号病房十一床，对吗？"

"对对对，再交三千，给您。"我把钱递进去。

白大褂借过钱放进桌子上的验钞机，"哗啦哗啦哗啦——"过了一遍，拿出来又放进去，又点了一遍，来回验了三四遍才放心地收下，从机器上扯下打印出的收据小票给我。

二十一世纪的中国社会风气是谁也不信谁，经济生活大幅度提高的情况下道德品质却相反地顺流而下。虽然世上还是好人多，但是社会风气的引领者总是那些坏人。譬如一个人被骗之后，会对以后接触的任何人心存怀疑，还会把这种经验传递给身边的亲人和朋友，使得本就冷漠的人与人的关系产生更加厚重的隔膜，老话说害人之心不可有，防人之心不可无。孟子说，老吾老，以及人之老；幼吾幼，以及人之幼。墨子也说过，兼爱。难道我们真得像刺猬那样距离产生美，可那产生的也不是美，而是和谐。

中央倡导的构建和谐社会其实并不难，我认为，我们还需要净化我们那颗被污染的心灵，去构建内心世界那个美好的精神家园。

我爸曾经在我管他要钱交学费的时候说过，除了割肉疼，就是花钱疼。我那时只是嘿嘿一笑拿钱就走。当我把钱递给白大褂的时候心态还挺好，可是那验钞机哗啦哗啦一响，我心里也不舒服着呢——那哪儿是验钞呢，分明是用小刀儿割肉呢！想想父母为我花钱从没打过磕巴，我给我爸交这么点住院费却心情忐忑的，想到这，我真觉得自己不是东西。钱总归是交了，可我爸治病既要肉体上切口开刀，又得精神上受折磨，还得先给人家钱，求着人家割肉。心里肯定更不是滋味儿。甭管怎么着，这一切和我爸的健康比起来，都不值一提，花多少钱我也愿意，把病治好了，人的生命健康永远是第一位。

我接过收据揣兜里，摸着兜里乱七八糟的，掏出来一看，都是在各餐厅餐后的发票，舍不得扔。要是原来老海家开饭店时他让我们都给他留着。现在的发票都有奖，刮开之后就作废。我把手里的一大把发票一张张刮开，一张中奖的都没有。上小学是我姥姥就说我命贱，因为那会儿每个学期的期末每人都发两根铅笔，发到我手里的削开后都是铅芯都是断的。不过我姥姥还说命贱好，不招灾，好养活。

我出门诊楼后打车，司机发动倒车转弯，刚要拐出医院，从停车场倒出一辆车挡在前面，也在转向。"嘿——他奶比的真会挡！"司机骂道，使劲儿响了响喇叭，我看前边的车像老李那辆，开车那人一侧脸——正是老李！我想下去打个招呼来着，车已经开了。

我让司机超个近道儿，从东风桥大棚前边穿金台驿街，这样我能省点钱，他能省点油，走到东风桥门口，前边停着辆人力三轮车，右边是卖糖葫芦、烤白薯的小商贩，三轮车正好挡着过不去，司机伸出脑袋去吆喝："谁的三轮车呀！挡道咧！挪挪！"听见喊声，坐路边板面摊上的一个衣着破旧的老男人站起来，匆匆跑到三轮车前，推着三轮车靠边儿，司机把玻璃窗摇上，一遍开车一遍叨叨："都取缔了他们咧，还有敢上道的呢！"
"取缔了？"我疑惑道。
"昂，不知道呀，取消了他们咧。"
"哪会儿的事呀？"
"这都不知道呀？就前两天的事儿。政府整顿交通呢，都上报纸了。"司机从前车窗上拿出份《保定晚报》递给我："看，这不是呀。"
我接过报纸，第一版的大标题写着："市依法规范管理经营性三轮车办公室发言人辟谣，市区不会留三轮车载客营运。"我仔细看完，上面还登着几幅三轮车师傅向政府交三轮车的图片，原来是政府花钱收了三轮。
夏天人们都愿意坐三轮，兜个风还比较舒服。蹬三轮的师傅大部分都是下岗职工，家庭情况比较困难，下岗之后没了生计，又要肩负着家庭生活开支的重担。他们没有什么文凭，年龄也大，再就业的空间小之又小，社会竞争力与日俱增的情况下，大学生都找不到工作，可想而知，他们再就业的空间说难听点儿就基本没有，只好买辆三轮车，出卖自己的劳动力。

俗话说的好：笑贫不笑娼。好歹有个靠自己的劳动换来收入的生计，总比在大街上要饭强。

现在取缔了营运性三轮车，无疑又堵上了底层人民的一条活路。首都北京那么大个城市也没有完全一棒子打死三轮车夫，而是规范有序地把他们组织起来，弄了一个坐三轮游北京的旅游项目，作为历史文化名城的保定我想完全可以向首都学习。

我应和着司机一路闲扯，快到家门口的时候接到秦雯雯的电话。

"喂？"

"你们在哪儿？"秦雯雯问。

"我们？我自己跟自己在一起呢。"问得我莫名其妙。

"你没和许冰他们在一起？"

"没有啊，怎么了？"

"刚才许冰给我打电话了，用的吴昕电话，他说吴昕有了，让我赶紧过去。我忘了问他们在哪儿了，再打过去就关机了。以为你们在一起呢。"

"不至于吧，这也太快了。"我一时惊愕。

"先过去再说吧，你知道他们在哪儿吗？"

"知道，你在哪儿呢？我过去接你。"

"我家楼下，交通局门口。"

24. 相见不如怀念

　　法国女权主义者西蒙·波伏娃说男人第一性，女人是第二性。男人被视为优势群体。按她的说法，好像在生活中男人总在有意无意地占便宜，女人却好像生来脆弱容易受伤。这样看来，显得男人总是在无时不刻地欺负女人。而我们的社会生活中，几乎看不到如波伏娃所说的案例。相反，我看到的却是男人总是被女人玩弄于股掌之间而毫无察觉。我恰恰觉得女人生来并非脆弱，而是比男人聪明。

　　接上秦雯雯，我坐在出租车上不停叹气："这也太点儿正了。买彩票也没见他这么幸运。"

　　秦雯雯把手搭在我手上，安慰我："你别着急。"

　　"我不着急，我是替他们着急。"

　　"已经这样了。许冰对吴昕到底什么意思啊？"

　　"我也说不好。藕断丝连吧？他当兵时候处的那个对象都见了他妈了。"

　　"吴昕太执着了。"秦雯雯说完这句，好一会儿没动静。

　　良久，又突然问我："你们是不是都这样啊？"

　　我看看她，面无表情却又平静的脸上，两只水汪汪的眼睛流露出期待回答的眼神。

　　我不好意思地说："差不多吧。"

　　秦雯雯扭过脸，望向车窗外。看她这样我羞愧万分。我把她搭在我手上的手翻过来，握紧她的手："你也找个能好好对你的吧。"

　　"我？"秦雯雯扭过头："单身多自由呀，我对男人早绝望了。"

　　无可否认，好男人在这个世界上还是存在的，不是凤毛麟角，只是她们寻找不到。她们交往的圈子太小，坏男人层层围绕。我们不坏，她们不爱。谁都在盲目地渴望偶遇真爱。好男人不会轻易解开心爱的女人的衣裙，好男人不会让心爱的女人在婚前以外怀孕。好男人只会与你相见在梦里，而我们却都生活在现实里。相见不如怀念，直教女人不得不爱。怀念不如做爱，男人忍不住不坏。

进了宾馆，许冰正坐沙发上愣神，陈琢手里夹着烟来回走动，秦雯雯直接进了卧室那屋，我也走过去，吴昕正在小声地抽泣，看得出来是在大哭过后泪快流干那种欲止泪还流，何颖在旁边安慰着，我退出来，把卧室门带上，坐回沙发。

"小兴他们呢？"

"我送走他们了。"许冰没吱声，陈琢说道。"安冬那傻逼，老海走的时候他也跟着走了。"

在去接秦雯雯的路上我联系了老海，老海小声告诉我许冰他们还在宾馆，他怕他妈给他打电话，许冰就关机了。为了防止让他妈怀疑，老海就先去了手机店正常上班。

"确定有了？"我脱下外套，掏出烟，递到许冰嘴前。

许冰边点烟边点头，依然无语。

"什么也别说了，上医院。别耽误了。"我起身说。

"能去就好了，吴昕受不了，她不去。"陈琢说。

"你把秦雯雯叫出来问问，她在卫校上过，看能不能找个医生来这儿。"

"你扯淡呢！在这儿怎么弄？"

"你先叫她，我先问问。"

秦雯雯说不太可能，她在卫校有朋友，打电话问问，应该能帮上忙。

秦雯雯去了走廊打电话，我问许冰什么时候发现吴昕怀上的，许冰说就是半夜回来之后，吴昕就犯恶心想吐，开始以为是她喝多了，后来一宿起来三四次，早晨老海出去买的试纸，何颖给她试的，试了三次，结果全一样。

"以前你戴不戴？"

"没怎么戴过。"

"唉，说你什么好啊？等着当爹吧。"

"行了，事儿都出了，你就别的吧了。"陈琢说，"赶紧想办法吧。"

"怎么想办法呀？除了上医院。她不去怎么着？说好听的去吧。"

许冰不说话，坐在沙发歪着脖子抽烟，我站起来走进里屋，陈琢也跟着进来，我走到吴昕面前，坐床头柜儿上说："别哭了吴昕，别伤着身体，事情这样了，咱得想办法解决对吧，总不能生下来是吧？"

"我就生下来！他不要拉倒！我自己养着！"吴昕哭嚎。

何颖抱着吴昕，用面巾纸给她擦着满脸的泪水，对吴昕说："别生气，别动气。"

"你们出去！别在这儿烦人啦！"何颖说着给我们使眼色。见吴昕情绪这么激动，我也不好再说什么，没办法我们只能先退出去。

许冰、陈琢我们仨坐在客厅里闷闷无声，各自憋着闷气抽烟，我从茶几上拿个茶杯到饮水机前接了杯温水，大口地喝下去。把杯放下，走到窗户前，随手把窗帘掀开，窗外明媚的阳光洒在我脸上，照得屋里烟雾蒙蒙，使本来就凝重的气氛变得更加沉重。窗外的秃树枝上落着几只小鸟，不停地哆嗦来哆嗦去，漫无目的地来回张望，不知是在觅食，还是在等待同伴。

少顷，门响了，陈琢缓缓开门，秦雯雯带着她朋友进屋，我见着把我心里吓得"咯噔"一下，秦雯雯的这个卫校的朋友竟然是冯丽！

"随便坐吧，都是我的朋友们。"秦雯雯把冯丽让进来，我一回头她也看见我，四目相对，我心里砰砰直跳，喜忧参半。心虚的高兴，我说："怎么是你呀？"没等冯丽开口，秦雯雯给她递水："你们认识啊？"

冯丽接过杯子，脸上浮起一丝浅笑，低头说："嗯。"

我站到冯丽身旁，说："何止认识，还很了解。"我把手往冯丽肩上一搭："这是我对象。"

说这话时我已经做好秦雯雯要讽刺或说出点什么的准备，无论秦雯雯说出什么，我都会以沉默或者玩闹的方式掩盖过去，如果实在没有台阶下，大不了就是撕破脸，两败俱伤，我也会拼到底。

没想到秦雯雯大方地说："是嘛，那可真好！我们大家真是有缘分。耿楠你可要好好对我这个好姐妹儿啊，要不好好对她就让许冰他们揍你！"

秦雯雯的话不仅没有使场面尴尬，反而让原本沉闷的气息变得轻松许多，听她说完我们都笑了笑，许冰也过来说："这次麻烦你了，你看

· 122 ·

怎么着好？她不愿意去做，我也不想去医院，在这块儿找个大夫行吗？"

"那怎么行啊？卫生条件就不行，必须得去医院！人呢？我去看看。"说着，秦雯雯带冯丽进了卧室。

秦雯雯的表现让我如释重负，心里的那块石头落了地。顿时轻松，我长长地呼出一口气。我们在屋外听着里屋的情况，冯丽的声音时大时小，口气时轻时重。渐渐地听不到吴昕的抽泣声了，不久何颖从卧室出来，告诉我们吴昕同意去医院了，让我们准备一下。许冰迅速穿上外衣，我起身拿起外套，何颖拿了个干净杯子接了一杯热水端进屋，陈琢把烟扔掉："咱们先下去打车。"

我和陈琢下了楼从宾馆门口拦了两辆出租车，陈琢在这等着，我又返回楼上叫他们。里屋的三个姑娘陪着怀有身孕的吴昕走出来，在出门的一瞬间，我敏锐地看到吴昕狠狠地瞄了一眼许冰，那目光尖锐得让人惊悚，凌厉得好像刀尖上闪出的光芒。许冰叹口气，低头锁门。

一路上我们仨都沉默不语，一副心事重重的样子，各自眉头紧锁，除了沉默还是沉默，时而看看车外，时而看看倒车镜，偶尔目光相碰，马上各自闪到一旁。大街上依旧阳光灿烂，人群攒动。

临进医院，陈琢问许冰："钱够吗？"

"差不多。"许冰答道。

"走吧，我这还有。"我说。

我们坐在大厅的椅子上，冯丽从楼上下来，说排队的人不少，已经找到她同学了，排在第三个做。许冰把手里那些单据之类给了冯丽，冯丽让我们耐心等，径自上楼。

我看到墙上挂着的医院宣传海报写着：免费注射隆胸、阴道紧缩术、修复处女膜、卵巢保养等系列女性护体手术，在科学技术迅猛发展的时候真是无所不能。解放思想后的新世纪中国女性不仅知道怎么保护自己，而且更加地爱惜自己。以前嫁鸡随鸡嫁狗随狗，现在是嫁鸡不随鸡，得让鸡随我。能过到一起便罢，过不到一起散伙！老娘可以青春再现，怨妇可以再寻情男，既来世上混一生，不如潇洒走一回。年少轻狂，只是被青春撞了一下腰。岁月记忆，留待老来回味。

过来约莫半个钟头，冯丽又下来了，这半个钟头许冰如坐针毡，来回折腾，像烧红屁股的猴一般上蹿下跳。看到冯丽严肃板正的脸，我们赶紧站起来，我问她："快说呀！怎么样了？"冯丽眉心展开，说："没事了。一切进行得十分顺利。她们往下走呢，我来通知你们叫车。"顿时，许冰使劲眨了眨眼，摇摇头，立马精神了许多。

许冰上车前对冯丽说："今天多亏了你，要不还不知道成什么样儿。谢谢了。"

"没事，应该的。"冯丽谦虚道。"回去好好让她养几天，现在她身体非常虚弱。"

"行，知道了。走，一块吃顿饭吧。"

"你可拉倒吧！赶紧送回去吧，别往这装了！"我说许冰。

"那…那以后再说，今天先欠着！"

"你赶紧去吧，挑着好听的说。哎——对！"说着，我把我手里拎着的从我爸那儿拿的蜂王浆鹿茸粉之类递给许冰，"正好把这个拿着，给她好好补补。"我借花献佛。

"我不拿！"许冰甩手。

"你快拿着，要不我扔哪儿啊？"我硬塞到许冰手里。"快上车吧你！"我连推带搡地把许冰塞上车。

冯丽弯腰与后车座上的秦雯雯吴昕告别，许冰带上车门，汽车疾驰而去。

"走吧，找地儿吃饭去。"我叫一旁的陈琢何颖。

"不去了，折腾一上午了，我回去睡觉，先送她回家。"陈琢指指何颖。

"嗯，太累了。"何颖紧跟着说道。

"都不去呀，不去拉倒，那你们回去吧，我俩就近。"

陈何打道回府。我看着冯丽说："可以呀。"

"一般吧。"冯丽翘起眉毛答道。

"想吃什么？慰劳慰劳你。"

"吃什么都行，随便吧。"

我做个拉手的手势，冯丽把手伸过来，我顺势十指相扣，她冲我可爱地眨眨眼，小嘴一努，我拉起冯丽向前走去。

25. 第一次亲密接触

就在这一刻，我感到十分踏实，这种感受让我内心无比满足，好像刚才发生的事情与我们无关，我们只是大街上普通的一对情侣，简单地谈着恋爱，高兴地散步找地方约会。是一对在热恋中的男女，脑袋里正在构思他们美好的未来。这寒冷的天气暧昧的阳光与路边的树和路上的行人似乎也和我们一点关系没有，我们只是走在两个人的世界里，享受着那份只属于两个人之间的快乐。

这感觉令我兴奋得无法抑制，居然哼哼起小曲来，冯丽看着我笑着，挽着我的胳膊靠在我肩上，温暖着我的全身。同时，在冯丽靠在我肩头的瞬间，脑子里引起的回忆让我无法摆脱，只能顺着思路想起从前。

回忆是件叫人无可奈何的事，无论叹息着发发牢骚还是自豪地发发感叹，都只是存在于过去的时空里，既无法改变也无法挽留，任凭它储存在我们的大脑里。谁也回避不了，更无法绕开。它总是在你着急的时候隐藏得更深，在你不经意的时候却突然跳出来，引出你千万条垂柳般的思绪，犹如雾里看花，水中望月。

三年前，我上高中一年级，在下半学期我便和一个女孩儿牵手，她也是我的初恋，让我此生难忘。

像所有美好故事的开始一样，那时是夏天，第一次和她牵手是在晚自习放学后。她是一个比较传统的女孩儿，性格内向，长相比较端庄，有时会戴眼镜。由于瘦而显得个子高，刚好上那会儿在学校里或是大街上她从不让我跟她走在一起，必须保持距离，在学校她怕老师看到挨说，在外边她又怕被熟人看见，所以我们俩只是在独处的时候，她才敢与我亲近些。我们通常是晚自习结束后，走进学校对过的西苑小区，里边有一个很小的小花园，中间是个小广场。那小区才建好，有多栋楼都还没有住户，住进人家的楼也没几户，晚上我们进去就在小花园里坐会儿，出来乘凉的人比较多，都是带孩子的老头老太太和刚有小孩儿的三口之家，广场上还有跟着录音机打太极拳的民间老年组织，我们进去就先围着小区蹓跶两圈，手拉手地东扯西聊，等人少了再去坐着温存一会儿。当然这是刚好上没多长时间。

后来我们的感情日益增进，犹如改革开放后的中国，一天一个新面貌，平步青云，直冲云霄，直到最后的一步登天。

之后我们天天放学就黏在一起，久久不愿离去。西苑小区简直成了我们的天堂，我们在没住人的楼道里接吻，做爱。周围一片黑暗，我们内心紧张激动。四片嘴唇咬得紧紧的，好像双生儿。她的手死死地掐住我的背，我的手在她炽热颤抖的肌肤上来回滑动，她身体的深处潮湿淋漓，等着迎进我对她的爱。在我们来回动作享受欢乐时，她会时而咬着我的舌根，时而咬住我的肩胛，我们彼此能听到对方剧烈的心跳，感受疼痛和热血带给我们的甜蜜。

就算我们的关系到了这种如胶似漆的程度，有时候在车站陪她等公交车时，她仍然让我离她远一些，装出一副谁也不认识谁的样子，我在一旁看她张望汽车，与我形同陌路的样子，心里都笑到不行。

在我和她第一次亲密接触之后，我便下定这辈子非她不娶的决心，可是我中途辍学，在她看来便是自甘堕落，不求上进，她说她家里不会让她跟一个混混在一起一辈子，她的父母很看重学历，于是她提出分手。

退学之后我三番两次地去学校找她，情恳辞诚地想说服她，可是她太乖了。她说她也爱我，也不想分。只是不能违抗父母，长痛不如短痛，不如就此分开。我在家没日没夜地痛苦思考，设身处地地为她想了又想，还是那个老理儿说的对，强扭的瓜不甜。爱她就该放手。我只好罢休，好聚好散。后来她还是总会给我发短信息，我也忘不了她，我们谁也放不下这生命中的初恋，割舍不下这段刻骨铭心的感情，继续保持联系。

直到她毕业，此后再无音讯。

我知道她这样做是为了我们都好，她想得对，做得也对，我能理解一个孩子对父母的爱。更何况一个女孩儿——父亲的掌上明珠，母亲的贴心棉袄。爱在现实面前脆弱得如同人的生命，没有意外可以活到自然死去。稍有不测，山盟海誓在瞬间便可以崩塌。任何人的爱与生命都不值得我们去借鉴学习，在生活面前，每个人都有自己与众不同的路途，我们只有坚强并且不停地向前走，明天会怎样对我们来说永远都是未知数。

　　我和冯丽漫步到一个小超市门口，我说进去买包烟，她在门口等我。出来后我递到冯丽面前一根雪糕："给，吃吧。"

　　"大冷天的买什么冰棍儿啊？"

　　"你不是要吃'随便'吗？"我把包装纸指给她看。

　　"讨厌！"冯丽哈哈傻笑起来，还捶我肩膀。

　　"真会给我省钱，要一根不够一会儿咱再来一根儿啊。"我乐着往前跑。

　　冯丽让我再次敞开了心门，我愿意和她在一起耍闹，我喜欢看到她开心的笑容，她唤醒了我心中尘封已久的爱，让它们带动我体内的每一个细胞升腾。我又找到了恋爱的感觉，这是我向往已久却不敢承认的感觉。张楚说，孤独的人是可耻的。这是一个恋爱的季节。是的，我需要恋爱，没有爱恋的日子我就是一副躯壳，一个身处城市的浪荡游魂，像漂浮的尘埃一样不知所归何处。冯丽就如春天绽放的花朵，秋天正午的阳光，夏日海边的微风，冬日寒夜的灯光，让我的生活重又充满激情与欢乐。

　　冯丽说想吃烧烤，于是我们去了金迪路的三千里，说是韩式风味。进门一位身着汉服的迎宾服务员还来句韩语的问候，我们也听不懂，只是礼节性地对人家点头。然后就变中国话了，冲里边喊一嗓子："来客人了！"闹了半天就会那么一句韩国话估计还是现学现卖，发音准不准还得两说。依我看，完全不必这么不伦不类，只要食物能做出正儿八经的味道也就行了，否则形式上的模仿拙劣生硬，食物的味道再做不好，那就太失败了。

　　所幸味道还不错。

　　我们要了两盘羊肉，两盘牛肉，还有鸡脆骨之类的小吃，服务员在一旁拿着不锈钢的夹子帮我们来回烤着，她站旁边我实在是不舒服，我说："我们自己来吧。""没事，这是我们应该做的。"我说："我知道，你就给我吧，别管了。"

　　服务员把夹子交到我手里，不情愿地走了，冯丽问我："干嘛把人家轰走？"

　　"这哪儿是'轰'啊？明明是'请'嘛。不爱麻烦人家，都是劳动人民出身，觉得咱们剥削人家似的，不得劲儿。"

　　"呵呵，我也感觉不自在。说不上来的那股劲儿。"

　　"那咱就光吃不说，来吧，开吃。"我把烤好的肉夹到冯丽盘子里。

　　吃了一会儿，冯丽要自己烤，拿起餐巾纸擦了擦嘴，拿起两串鸡胸放在支在炭火中的铁架子上，我说看着点儿别烫着。

　　"你怎么认识秦雯雯呀？"冯丽问我。

26. 一起看到太阳雨

　　饭馆里的客人越来越多，烤肉的烟气也越来越大，虽然每桌中上方都有排风筒，但屋子里还是烟气缭绕，呛人心肺。

　　我心里哆嗦一下，一时语塞，不知道怎么回答了。我只好慢慢点上支烟，装作不慌不忙的样子说："怎么跟你说呢，许冰是我兄弟，吴昕是他媳妇儿——就是今天打胎这个。秦雯雯呢又是吴昕的好朋友，总在一起玩，就认识了呗。你呢，你们是怎么认识的？"我赶紧把话头儿转到她身上。

　　"她原来就在我们学校来着呀，跟我一个宿舍。那流氓缠着我的时候就是她总护着我，我给你说的那'姐姐'就是她！她对我特好！"

　　"嗯——能看出来。怎么今天这手术这么快啊？"

　　"这还快呀？要不是等前边那两个，十分钟就能出来。"

　　"那也太快了，我爸的手术怎么没这么快呀，光开刀五分钟也不够啊。"

　　"不懂了吧，现在做人流不用开刀。"

　　"是嘛？也太高科技了。哎，那你怎么知道的？你做过？"

　　"你才做过呢！"

　　"呵呵，知道得够清楚的啊。"

　　"你讨厌！不跟你说了。"

　　"好，不说了就赶紧吃。"我拿起冯丽的小盘子把烤好的肉全都加进去，撒上小料。

　　"行了，够了，吃多了该长胖了。"冯丽一边吃着嘴里咕哝着说。

　　"胖就胖呗，胖就达到我的目的了，省得别人对你有想法，我也就放心了。"我翘起二郎腿儿，靠在椅子上说。

　　"可惜我就是胖不起来，怎么着吧，气死你！"冯丽冲我做个鬼脸。

　　"不胖更好，天天看美女。"我吸口烟轻轻地吹向她的脸，还歪头冲她眨眨眼。

　　她用手扇开烟气，说："能不能不抽啊，还嫌这屋里不够呛啊。"

"不——良——少——年！"后四个字还用手指着我一个字一个字
地说出来。

"哎，你不是不跟我说话了吗？"我冲她得意地笑笑。

我刚说完，脚上便挨了重重一击，她用穿着靴子的脚使劲踩了我一下，
"哎呦"一声惨叫，我俯下身去按脚背以缓解疼痛，她趁势夺过我扶在
桌子上的手中的烟，我直起身，她也得意地冲着我笑，并在我的注视下，
她把烟死死地掐灭在烟缸里。

"你也太狠心了吧，美女。"

"自作自受——哼。"她喝口可乐说。

我看出来了，她这是吃饱了。

从饭馆出来，我有点儿犯困，可能因为早晨起得太早了，很想回去
睡一觉。冯丽执意要我陪她走走。她嘴里嚼着出门时服务员送的口香糖，
嚼得津津有味。

"你又不逛商场，大街上蹓跶个什么劲儿啊？"

"里边太呛了，呼吸点儿新鲜空气，有利于身体健康。"

"这车来车往的，哪有新鲜空气呀，你撑着了吧？"

"走走多好啊，整天闷在医院里都要憋死了——下雨了。哎，快看啊，
下雨了！"她跟看见飞碟似的，惊讶地叫着，还使劲晃动着我让我看，
其实从饭店出来我就感觉到天上掉雨点儿了。

"没见过下雨呀？咱们坐车走吧，一会儿就下大了。"

"不！"她坚定地说。"你看呀，还有太阳呢。"她仰起头，伸手
指向天空。

"有太阳怎么啦？那是老天爷喝多了撒尿呢。"

"别瞎说。"她认真地对我说。"这叫太阳雨。"

"太阳雨怎么了？再不走就变成太阳雪了。"

我伸手搂过冯丽，抻开我一边的外套，搭在冯丽身上，尽量把她抱
在怀里，雨也下得较劲，越下越密，雨点落在我们身上、马路上、路边
的房子上、玻璃窗上，噼里啪啦的声音都越发清晰。

冯丽挣开我的搂抱，快步向前跑了两步，欢呼着："噢！我看到太
阳雨喽！"

我紧随着跟上去："慢点儿，别摔着。"

冯丽像个天真烂漫的孩子，在已经密密匝匝的雨中手舞足蹈，好像
在参加盛大的狂欢节一般，兴奋而激动。

　　我看着冯丽在迷蒙淋漓的雨中玩耍，渐渐地沉迷在眼前的情景：身着紫色大衣的冯丽像一只紫蝴蝶在太阳雨下翩翩起舞，周围的噪音似乎全部停止了，这只紫蝴蝶围绕着我飞来飞去，笑颜盈盈。太阳的光芒披在她身上让她神气活现，雨丝落在她身上亮闪闪地振翅待发，湿润仍飘逸的长发随着她的身体摇摆散落开来，她身上的雨露在光照下折射出七色彩虹。

　　她向我跑来，扑到我的怀里，用雨水打湿的手冲着我脸上甩水珠，这才使我从幻境中醒过来。

　　当天晚上，冯丽与我睡在一起时，我才明白为什么她看到太阳雨那么高兴。

　　她的脸紧紧贴住我的胸膛，身子也弯曲着用力贴紧我，她胳膊环抱着我的脖子搭在我的肩胛骨上，我抱着她光滑而柔嫩的身体，轻轻地抚捋她的秀发。她蜷缩在我的怀里，闭着眼睛，像正睡着的婴儿。她低吟着对我说：

　　"书上说和爱的人一起看到太阳雨，就会得到一辈子的幸福。你相信么？"

27. 福无双至，祸不单行

我相信。我相信在爱情来临前的一刻我被爱神所青睐，丘比特的温柔神箭带着爱的火光射中了我，穿透了我内心的惶惑与无知，点燃我心中爱的火种，让我的爱如同火山爆发，喷薄而出。我愿意与你一起燃烧，燃烧，再燃烧！让爱散发出的光芒照亮我们的生命，孕育我们的爱情，缔造一个不灭的传说。直到我们化为灰烬，得到永恒。

我相信你是天上下凡的仙女，我相信你是坠入红尘的精灵，我相信你是为我绽放的青春之花，我更相信你能得到一辈子的幸福。

那天中午冯丽非要回医院，她的下午班儿。我想让她跟我回家，让她休息会儿，也好晾干一下潮湿的衣服，她不肯，怕迟到了。她说实习比在学校上课管得还严格，迟到一次护士长就会在考核单上给你记一笔，实习期满了还得给学校汇报，差一分都不行。

送冯丽回到医院，我想上去看看我爸，后来一想中午没回我姥姥那儿，我妈在问我，知道我又出去颠儿去了，还得叨叨我，再让她生气，值不当的。等冯丽上楼之后，我便回了姥姥家。

门儿没锁死，我拿出钥匙打开，进了屋里也没人，两个卧室的门都关着，我推开姥姥住的那间的门，看她正睡着，呼噜声此起彼伏，盖着两个大被子，我退出来，轻轻关上门，"嘎吱"一声可能震醒了姥姥，我刚坐沙发上，姥姥就喊："楠楠呀？"我应了一声又走进去。

"你睡吧姥姥。"

"回来了？吃饭了吗？"姥姥转过身，掀开被子一角说。

"吃了。你睡吧。"我又给她搭上被。

"吃饱咧呗？厨房壁帘上有菜团子，中午刚蒸出来的，蒸布盖着呢，锅里头有鱼，你二姨炖的。茶柜儿里头有蛋糕，小酸奶在晾台上箱子里……"

"昂，行，知道了。嘿嘿，你睡吧，待会儿咱好去小花园转一圈呀。"

"你想着吃，你看会儿电视吧，茶几底下有瓜子。"

"知道知道，你快睡吧。"

"昂，我睡。"姥姥笑着慈祥地说。

每次只要我从外边吃饭回来，或是我哥我姐，姥姥就总得问我们吃没吃饱，告诉我们家里有什么吃的，都在哪儿呢，其实我们都知道，但是她还得说一遍，生怕我们在外边吃不好喝不好。每每回来都得说，弄得我们都哭笑不得。我姥姥也知道自己咵嗒，但是总忍不住要啰嗦这几句。我们当然明白姥姥是多么心疼我们，她说我们就听着，面对这么可爱慈祥的老人，我们哪能说她呢？

自从姥姥得病住院之后，就很少看到她笑了。

没得病之前，在姥姥住的这个大院里，姥姥是出了名的开朗健谈，身体素质好得很，院里的老头老太太都管她叫"铁人"。见天儿早上骑着小自己车就奔南关市场赶早市儿去，哪天都得抱两棵白菜，或者拎着一兜西红柿什么的回家。我姨她们怕她累着，总说让她少买，转个圈儿，活动活动筋骨就行了。姥姥的回答总是什么什么菜可好可便宜了，人们都排着队抢！家里人都怕她使坏了身体，她却不把自己当老人，买回来菜就自己往楼上拎，多的时候一趟不行，喘口气再接着。可想而知七十多的老太太抱着大白菜拎两捆葱往楼上走是什么劲头儿？而多数时候还得提一袋油条之类的早点，因为她去早市儿回来后家人都还没起床呢。

在家呆着她也闲不住，从城建退休以后我姥姥又在保定商场干了五六年，带领着若干大婶大娘搞清洁工作，还是卫生队的队长。这么一来她退休工资拿着，还能发挥余热，自己也愿意干。那真是把党员的榜样精神贯彻落实得好，而且我们这孙子外甥的手里也能多有几个零花钱。直到家人都不同意让她再干了，才回家养老。在家那是更勤快：养花种草搞卫生，厨房客厅样样净。家里收拾得那叫一整洁。逢年过节抄起扫帚就扫楼道去了，还得置上她在商场时的那套卫生队的行头，赶上我和我哥我们谁在家，叫我们洗几块旧手巾当抹布去擦楼道里的楼梯扶手，跟着她一起参加劳动。我们要发两句牢骚，姥姥就又开始教育我们了："为什么毛主席让青年上山下乡呀？知识分子也得接受劳动教育！"

"这劲儿用完喽还长呢。"

"为什么人胖了就得病呀？他懒！不愿意动窝，那叫好吃懒做！都是惯出来的臭毛病！"

干着活儿的时候听姥姥那么一说，仿佛我们真回到那个时代了。

要真是那样其实也不错，省得政府官员贪污浪费搞腐败了：一个个挺着肚子像那么回事似的，拿着国家的俸禄，还不为人民办实事。高级饭店的菜谱背得比工作报告还熟。到这个工厂考察，去那个集团指导，到哪儿都是吃了喝了抹嘴就走。临走还得顺上几条好烟，带上好酒，最不能忘记的就是拿上厂方装进信封里的印着领袖像的人民币。

领袖要是健在，这些贪污犯有一个毙一个！刘青山、张子善何许人也，都是为新中国卖过命的功臣，到了还是倒在了糖衣炮弹的面前。新中国初期就有如此纪律，现在正是飞速发展的时候，更不允许腐败！贪官污吏你别着急，秋后的蚂蚱蹦跶不了几天，会有你们忏悔的时候。我们的政府法网恢恢疏而不漏，不信咱骑驴看花灯——走着瞧！

在我姥姥生病住院期间，大部分时间都是我爸在床前照顾着，我姨、舅都工作太忙，我爸退下来之后一直也没再寻生计。这么一来别人负担也小点儿，我爸倒是有耐心法儿，很会伺候人，按我姥姥的话说"比我妈可强。"

本来是我爸先嚷嚷着身上不舒服，我妈跟他去了几次医院查看，拍出片子来医生认定是结石，长在肾上的。而且时间已经很长了，问我妈为什么不早到医院就诊。回到家后我妈也成天嘟囔我爸："让你早看去，不去！吃药这能好了呀！"其实我心里明白，不是我爸不愿意去医院，而是怕花钱。家里挣钱不多，供我上了十年学不说，买他们现在住的这房子又花了不少钱，虽然房子不算贵，是家属名额的分配房。但是就按我家这经济收入水平来说，买下来也相当不易。据我妈说现在还欠着外债呢。我这学没上完，又成了个闲人，说起来真是愧对父母。我爸决定做手术之前才给我交了实底儿：身上的结石早就有，不是一天两天了，有结石的那会儿还没你呢。算起来比你岁数都大。那时候没怎么当回事儿，就一直没管它。也不是没去医院，大夫说有时候小的结石能吃点药化开，小便的时候尿就能冲下去。药一直吃，这么多年过去了，不疼不痒地以为好了呢，谁知道成了这样。

嘿！也巧，就在那几天，我姥姥也感觉身体不适，老说她腰那块儿疼，晚上总疼得睡不着觉，我姨她们一看也慌了，赶紧带她去医院。这一去不要紧，大夫说必须得开刀手术！把左肾摘掉。没别的辙。

这正是古人云：福无双至，祸不单行。那么我姥姥和我爸，二人的手术到底做没做？情况又怎么样呢？预知后事如何，且看下回：慢病折磨人，两肾两纠心。快刀斩乱麻，一刀救两命！

28. 人生其实就那么回事

我爷爷奶奶去世的早，从小学我便一直住在姥姥家，直到上了高中，我和姥姥生活了都二十年多了，我能入骨地理解她为什么不愿意回到家中。

大约是我上四五年级的时候，姥爷也与世长辞。此后，姥姥便落了单。年复一年，姥姥内心越发孤寂，她不像别的老人会自己找乐儿，而是闷在家里胡思乱想，大门不出二门不迈。好比古时的大家闺秀。年轻时的姥姥勤劳能干，她给我讲，那时的劳动工作挣工分，她比小伙子们干得还猛，挣得工分也多。老来腿上落下了毛病——风湿，俗称"老寒腿"。平时走路就疼，赶上阴天下雨疼得更是厉害，就怎么着，还把家里收拾得井井有条。年轻的时候光顾干活儿去了，劳动起来不知疲倦。也不知道多休息，就是到手术之前，她还是不服老，总觉的自己跟年轻人一样。

姥姥不抽烟，喝点酒。说是对老寒腿有好处，手术之后，医生也不让她喝了。别的爱好就没有了，诸如扑克牌、打麻将之类的娱乐活动一样不会，老街坊们总来开导她，劝她别老瞎琢磨，出去遛遛弯儿什么的。手术的事这些老邻居们也都知道，回家之后，老头老太太的往家没少来，我听到他们说得最多的一句话都是这句："这铁人怎么也闹病了？怎么回事啊？"

姥姥总是这么回答："唉——老咧老咧挨了一刀，开膛破肚了，这一刀可给我捌得够呛。"

有时候我二姨也在旁边，我们俩就哏儿哏儿笑。

姥姥和她女婿的手术都是同一个医生主刀，是我大姨托关系找的熟人，两例手术都非常成功。姥姥那么大岁数的人，半个多月之后医生就说可以出院了，当然后来是她自己不愿意回家，硬是在医院又住了两个多礼拜。可让医院的工作人员看了热闹儿了，人家听着都新鲜，病好了不愿意走，就愿意住在医院，钱也不少给，照交住院费。甭管说什么，反正就是不出院。

为了让老太太回家，家里人可是费了牛劲。谁怎么说，怎么哄，磨破嘴皮子都不管用，倒是我爸做手术的事帮了大忙。我姨她们在床前陪侍的时候，就试着敲锣边儿："你说你这么住着院，钱咱们不说，咱们供得起。人家老耿呢？看你住院他的手术都拖了多长时间了，又在这一直守着你，伺候你，你不出院，他就不敢做这手术。他再开了刀，我们怎么伺候你们俩，照应不过来呀妈……"

姥姥虽然是个粗人，但非常明白事理。自己琢磨两天，人家大夫也帮着做工作，她可能觉得自己做得有点儿过了，脸上挂不住了，于是答应出院。还不放心地向大夫询问自己的病情，看起来特别滑稽，姥姥就好像演戏给我们看。后来我姨她们赶紧就坡下驴，总算把姥姥接回家。

出院以后，大舅说姥姥："你这病人医院可喜欢呀！病好了不走，支援人家住院费。医院巴不得多去几个你这样的呢，保准大夫一辈子没见过一个你这样的，咱们都应该申请个吉尼斯世界纪录去。"

不过通过这次手术还真让姥姥这思想开化了许多，天儿好的时候都出去走走，不去楼下的小花园就去附近的超市转一圈。跟熟人拉拉家常，买买菜，家里人全都愿意让她多出去活动，老人们一起聊天也能开导开导她。加上现在吃得也好，想吃什么家人都往家买。我二姨家的孩子我大哥，在北京工作，见多识广，他给姥姥买回来的那个外国营养品，我看尽是一些粉粉面面。姥姥吃了一阵感觉不错，我哥就每次回来都给她买。电视上说老年人每天喝点儿奶好，谁守着姥姥的时候都天天打鲜牛奶。在家人的努力侍候下，看着姥姥恢复得一天比一天好，家里人都高兴，工作起来也都踏实多了。

人生其实就那么回事，谁都愿意没病没灾地多活几年。除了得绝症的，活着受罪，自己受罪，亲人受罪，倒不如痛痛快快地安乐死，让所谓的灵魂去未可见的多维空间世界寻找轮回人间的入口，重新等待下一轮的转世。从人类生存现状来看，安乐死未尝不是个办法，死亡是人生的现实，说大了也是一种境界。

世界上唯有生与死是公平的。

活着的人，无论是叱咤风云的英雄豪杰，还是庸庸碌碌的平民百姓，或是横行一时的贪官污吏，或是称霸一方的渣滓土匪。在死亡面前都是一样的。换句话说，既然生到这个世上，就必须得死回去。也就是说，活着的人在享受完自己的一生之后都要死去。

当然，活得好好的，谁也不愿意提这茬儿。但是心里得有个底啊，别活一辈子了临死的时候不想死，放不下这个撇不下那个的，没用。谁想死呀？谁也不想死。活这一生，有些事起码得想明白了。

在生与死的问题上，无论是古代先哲还是近代专家，别管是东方的还是西方的，也就是这么点儿看法。是柏拉图也好，是老子也罢；算上尼采，萨特也加进来；甭管黑格尔还是叔本华，海德格尔或斯宾诺莎。什么灵魂不灭吧，精神永存吧，悲观了吧，虚无了吧，要么就存在了吧，乐观了吧，一会儿形而上了吧，一会儿又形而下了。为了这点儿事儿争得鸡飞狗跳，鸭猫不宁，还不如农村里装神弄鬼跳大神的呢，起码家里图个安生。谁都没死过，你怎么知道死了以后是什么状态呢？无凭无据的怎么让人信服呢？都不如监狱里那帮搞传销的骗子了。我一直纳闷的是，这些大德们写点研究论文就能赢得数以万计的追随者。对于这点，我是真服气。

姥姥睡下，我把客厅电视打开，顺手在电视柜里拿出茶壶沏茶。电视里大部分频道都在演直销广告，播了个遍，全是卖塑身内衣的，最后停到中央五套，正演象棋比赛。怎么着也比那假惺惺的古装电视剧强，倒有几个台在播韩国偶像剧，哭哭啼啼的煽情着实啰嗦，倒不如看琼瑶了，受不了。

我等着看象棋完了有没有球赛重播，在沙发上靠了一会儿，迷迷糊糊地睡着了。醒来的时候，我看见姥姥已经穿好衣服，全身上下裹严实了坐在床头穿鞋，见我醒来，说："再睡会儿，我去小花园呀。"

我坐起来说："不睡了，我扶着你去吧。"

"睡会儿吧，一会儿你二姨就回来了。"

"不睡了，睡不着了。"我伸个懒腰，和姥姥下楼。

29. 疼痛总是暂时的

　　我和姥姥来到小花园，走了没多远就碰上三摊狗屎，都像南方的风干腊肠似的一小截儿一小截儿的。边走姥姥边说："哎嘚，真他妈腻歪人哟，你光说政府不让随便养狗，满世八街的？这么拉。狗不懂事，那人还不懂事啊！"我看着也来气，就跟我姥姥一起叨叨几句。别的老人们也在三三两两地遛弯，有的站着扭扭腰，白了头发的挂着拐棍儿小步地挪动，也有小孩们在跳绳、踢毽、拍画片儿，再小点儿的都有大人领着、抱着，碰见熟人就让小孩叫奶奶爷爷。

　　姥姥也自己转去了，加入锻炼的人群，我站在小孩们旁边，点上根烟，看着他们兴高采烈转着圈地拍地下的画片，我猛嘬一口烟，在吐出的烟雾中我仿佛看见陈琢也在地下拍，然后许冰叫我："快点！该你了。"我拍过去，没扱过来。老海伸出手嘿嘿着："都是我的咧——看着。"

　　"楠楠，坐这来，这有老爷儿。"姥姥坐在石凳上叫我。中午才下了点雨，下午这么快就晒干了。我走过去说："我不累，你坐着吧，走了几个圈了？"

　　"走咧四个了，喘口气儿。"

　　这时走过来一老太太，我也认识，我叫声"姥姥"。她应声，做到我姥姥旁边："外甥儿又跟着你遛来了？"

　　"遛来了。你转几圈了？"我姥姥问。

　　"我也刚下楼。这两天看着你比前一阵好多了，有精神了。"

　　"是吧？这几天是强多了。你看前头那几摊儿狗屎，也不知道谁们家的野狗拉的，真是腻歪死个人。"

　　"嗨，刚才我们还念叨来呢，亏了这院里住的还都是老师，都是他们养的狗！百姓家谁也养不起。"

　　"嘿！说不说的吧，遛不怕你遛，拿张纸，装个塑料袋，就手儿的事能费多少劲儿呀！"

　　"现在这人们养条狗比养个爹还亲呐！狗吃的都比人吃的好哟。"

一会儿又过来几个彼此熟识的老太太，纷纷就狗屎事件发表看法，我姥姥就像发动群众罢工似的，说得更起劲了："这小花园是大家的，是公共场合，卫生得大家保持好喽。就这么块地方，狗也遛，人也遛，让狗闹得人没法呆了，狗仗人势，都是背后的人惯的！恨不得都管狗叫喽'爹'，说这么着这么着。"群众们意见统一，都非常支持我姥姥。有老太太当即就表示要找居委会反映，得到大家的响应："就是，就是，晚上打奶的时候咱们都去门房儿说说去！"

我姥姥都没等到天黑，我们俩往家走的时候就直接奔了院门口的传达室，里边坐着四五个人，当然，无一例外都是老年人。姥姥进去，人家给搬了个椅子坐下，开始直奔主题地反映问题。传达室管事儿的老头儿戴上老花镜，拿笔在意见本上记下，答应明天就写个公告。在座的爷爷奶奶们也都跟着义愤填膺地声讨，最后姥姥让我用门房的铁锹把那几堆狗屎铲倒垃圾箱里。我把铁锹放回去的时候众老人对我赞不绝口，听口气他们对我姥姥羡慕不已，我和姥姥在一片喝彩声中退场回家。

在我接到二姨电话的同时，我自己兜里的手机也响了，挂掉二姨的电话匆忙掏出我的手机，是陈琢。
"在哪儿呢？"
"我姥姥这呢。"我答。
"正好，出来吧。"
"哪去啊？"我刚问完，姥姥就说："咱们哪儿也不去了今天，你二姨还没回来呢，往家吃吧。"
"今天不行了，你们吃吧，我姥姥这儿没人。"我回道。
"那待会你要能出来最好，许冰上午那事挺郁闷。"
"行。你们看着他点儿，都少喝呀。"
"恩，知道了，放心吧。"

我挂断陈琢的电话，姥姥从厨房里探出头，说："家里什么都有，咱们姥姥儿俩想吃什么就吃点什么，大黑介地可不出去了。"
"嗯，就是，咱们姥姥儿俩吃。"

我进厨房往外端菜，肉汤炖的粉条白菜，还有炖鱼，我拿了碗筷，对姥姥说："你出去歇着吧，我揭锅。"姥姥关了煤气灶，说："别烫着，慢点儿掀盖儿。"

"姥姥，咱们俩喝一小杯呀？"我拿起窗台上过年没喝完的白酒说。

"你喝吧，我这腿不行，还吃着药呢。"

"就倒一点儿，没事，喝点酒还驱寒呢。"

"行喽，那就弄一杯。"姥姥笑笑。

"就是，这一杯连二两都不到，不耽误喝药。"

我跟姥姥刚喝了一口，大舅进门了，姥姥说："正好。我们刚吃。怎么这个点儿过来了？去楠楠，给你大舅拿筷子。"

"明天的夜班，白天休息。"大舅答道。

我给大舅摆上碗筷，大舅坐下说："你们姥姥儿俩挺会享受，还喝上了。你那腿吃着药呢能喝呀？"

"嗨，没事，给你大舅拿个杯。"姥姥笑说。

"是馋了吧？真是病好了。让我姐姐看见又该说你呀。"

"就这么一点儿。"姥姥比划着。

"喝就喝吧，别老自个儿偷着喝就行。"大舅也笑着说。"正好我买的兔儿架，这你咬动了，啃吧。"大舅打开他刚放茶几上的塑料袋。

我给大舅满上。

"你爸怎么样了？明天我换换你妈去，让她歇歇。"大舅对我说。

"不用，看着恢复得不错。大夫也说挺好。我去盯着就行了，我天天去，这是让我回来了。"

我们仨喝口酒，大舅接着说："你哥你姐上学的上学，上班的上班，家里的事就都指着你了。"

"恩，我明白。你们平时该忙忙，我多跑两趟也没事。怎么也是找不着工作。"

"别着急，慢慢找。家里也不求你成画家。把你爸照顾好了，没事多看看你姥姥来。"

"恩，来，喝吧大舅。"我举杯。

其实我大舅的话我听着挺不舒服，我知道他是宽慰我的意思，可我却不由自主地自卑起来，觉得自己太不争气，学也不上了，工作也没有，老大不小了，不能再这么晃荡下去了，不能让爹妈养一辈子。一想到这些，我的心就像被针尖儿扎了一下，要命的疼。

对我而言，疼痛总是暂时的。只要不是我一个人在家落了单，这些想法就像他人的喜怒哀乐，与我毫无关系。尤其是在我和老海他们在一起，这种总是想有意无意刺痛我的朋友更是无门而入，那时我就会变成一个顶针，任你怎么随便穿随便刺，我根本就无暇顾及，快乐都挤破了门，我还接待不过来呢，沮丧只好站在门外徘徊，寻找机会趁虚而入。

喝完杯里的酒，哨声在楼下响起，我拿起厨房的小锅下去打奶，上来后，我说："你们吃吧，我走啊姥姥。"

"还没吃饭呢，吃个饼子再走。"姥姥说。

"我吃菜就饱了，吃不下去了。"

"那走吧，明天早点去医院看你爸。"大舅说。

"嗯，二姨晚上不回来吃饭，你们吃了收拾了就行。"

30. 惟有饮者留其名

"今天出来得挺早，值得表扬。"我刚进饭馆落座，陈琢看看手机说。

"伺候好了咱们祖宗了？"老海紧接着。"许爷拿了瓶好酒，你不来我们都舍不得大口往下喝。"

许冰拿起桌上的一瓶 1573 给我斟满，剩下的他们仨一人匀了三钱左右，正好倒空。"服务员，菜单。"许冰靠在椅背，回头喊服务员。

"捡钱包了还是中彩票了？"

"中彩票儿了谁还往这喝啊。"

"这么奢侈干嘛？保定王就不赖。"

"家里还剩一瓶呢，明天昂，把它解决喽。"

服务员拿过菜单，陈琢递给我。

"不要了，来，喝吧。"我看桌上的菜还没怎么动，把菜单推回去。

"再点一个吧。"

"要了吃不完还是浪费。洗几根黄瓜吧，挑嫩的，去皮，再来一盘面酱，别的一会儿再说。"

同起了一个之后，我问许冰："听说今天心情不好？"

"有什么不好的？"许冰夹菜。

"过去的事就别说了。"陈琢给我个眼神。

"没事，有什么不能说的，又没别人。我给你说吧，我今天挺高兴，终于断干净了！以后呀，找小姐也别找老情人，忒麻烦！今天可算解脱了！"许冰说完苦笑。

陈琢说打电话那会怎么听着你挺郁闷啊。

"那不是装个深沉呀！哈哈。"

"唉——这就对了。你看我，小娜给我打电话——我不接。憋不住了我再联系她。"老海吹道。

"是，谁比的了你呀。上着班儿还在网上勾搭着炮友，下班抬屁股就走，见了酒喝起来没够。"我说得老海还挺美，用餐巾纸擦了擦嘴，"吧嗒"点上根烟："没办法，就这么潇洒。"

"狗舔下体——自美。"陈琢说："二货都这样。"

大家粲然一笑。我看餐厅墙上的电子表已经快九点了，估么着冯丽该下班了，便拨电话过去。
"喂？"冯丽的声音传来。
"下班了吗？"
"嗯，正往外走呢。"
"过来吃饭吧。"
"不饿呢。"
"要不先过来再说吧？"
"你在哪儿呢？"
"西下关这边，要不我去接你吧。"
"不用，我认识那边，到了给你电话吧。"
"好的，注意安全呀。"

过了没十分钟，冯丽便坐到我身旁。
"服务员——给加套餐具！"老海喊道。
"你挺快呀！"我对冯丽说。
"我们室友打车回家顺路，就送我过来了。"
"怎么不把人家让进来？"
"我让了，她回家，还带了好多东西。"
"先让人点菜。"陈琢递过菜单。
"吃点什么呀？"许冰也问她。
老海把餐具摆到冯丽面前，冯丽客气地说："谢谢。我不饿呢。不用点了，你们先吃吧。"
"不用管她，饿了就自己吃了。"
"你是在家吃饱了，不管人家，要不说你这人吧不地道。"老海指着我说。
"你给介绍一下吧，还都不知道人家叫什么呢？"许冰向我抬下头。
"怎么今天都这么正经啊？她叫冯丽，我现在的对象，将来的媳妇儿。怎么样，够正式吧。对，这个——"我指许冰，"我们老大许冰，都跟他混呢。这个——"我又指陈琢，"是三哥，叫陈琢。这个——"最后我指老海，"他叫老海！不用说了吧，我是最小老四，前边有老大，老三，他就是老二！"

我一一介绍后，我们又嘲笑老海一番，老海说："嘿！拐着弯儿骂我，怎么说也比你大呢，你自残一口。"

"我喝，我喝还不行吗二哥。"

的确，我们四个里边我岁数最小，老海小学的时候是降班生，忘了是一年级还是二年级，老海以他们班倒数第一的优异成绩降到了我和陈琢的所在班。许冰是我们上初中后认识的，初一的时候经常一起逃课在厕所抽烟，见着初三的老给他打招呼，有时还给我们发根烟。我们每次在学校门口聚众斗殴的时候，许冰也总是叫上那一帮子初三的，后来熟悉之后我们才知道，许冰比老海还厉害，敢情他光是小学就蹲了三年。

许冰再次让冯丽点菜，冯丽说："真不用点了。"

许冰又说我："快点，你给她点，看她爱吃什么。"

我说你别管她了，她吃她就自己要了。我看看菜单，转头对冯丽说："要不你来碗疙瘩汤吧，又热乎，多少吃点。"冯丽点点头。

"怎么也得要个菜啊，要不我点了？"许冰说。

"你点吧。"

许冰又要了一盘蛋清焗虾仁，五瓶啤酒。许冰端起杯："上午的事谢谢你啦，等哪天再好好请你。我先敬你一杯，我白酒，喝一半，你啤酒来一口，剩下的耿楠喝。"

"能喝就喝深点儿。"我也对冯丽说。

谁知冯丽拿起我的白酒，喝了一大口，放下杯冯丽张着小嘴，用手扇着发出"哈——"的叹息声，我给她夹了一筷子土豆丝，说："你慢点！真仗义，快吃口菜。"

"女中豪杰！牛！"老海大声称赞。

"不用喝白的，喝口啤酒意思意思就行。"陈琢也劝。

"真给面子！"许冰放下杯。

这时外边烧烤摊儿上的大哥拿着一把羊肉串进来，放桌盘里："这是羊筋儿，腰子马上就好。"

"再烤俩大腰子，少放辣椒面儿。"我说。

"好嘞！稍等。"

喝完白酒换啤的，冯丽也给自己倒满，我说："嚯，你行吗？"啤酒沫溢出来，冯丽吸溜一小口说："喝完白酒，怎么觉得啤酒跟水似的。"

"可以呀你。本来就跟水差不多，那就喝吧。"我笑笑说。

就这样冯丽也加入了我们喝酒的队伍。李太白说，古来圣贤皆寂寞，唯有饮者留其名。据我所知，王羲之的《兰亭序》也是和众文人大酒之后挥笔而就，可见酒这东西的魅力古已有之，上至文人雅士，下至地痞流氓，对酒都是情有独钟。自打我们学会喝酒的那天，以前那点儿爱好在心目中的地位就像宇宙中划过的流星，急速地坠落。什么踢足球啊，上网啊通通不想，就琢磨着到了吃饭时间去哪儿喝点儿。

老海自不上学以后一直有个理想，就是出任蓝星啤酒的形象代言人。他说他也不跟人家厂家要钱，让他免费喝一辈子就行。我们说你们家饭馆都让你喝的关门大吉了，哪家酒厂敢要你呀。许冰跟我们说，他当兵时在部队，每天不喝口啤酒就睡不着觉，别人晚上都躺下了，他就背着水壶出去，买两瓶啤酒灌上，回去喝完了才能平静入睡。陈琢则一直视济公为自己的偶像，"酒肉穿肠过，佛祖心中留"是他的口头禅。我曾多次告诉他，那句佛揭？还有下半句，叫"学我者入地狱，傍我者上天堂。"可他从来不听，愣说是我编的。总之，现在喝酒都在奔着酒鬼刘伶的路子走，我曾千万次地问大家："现在这岁数就离不开酒，以后得喝成什么样啊？"

我听老海说过不少喝酒的学问，比如"酒是粮食精，越喝越年轻。""啤酒是小麦做的，喝啤酒能长大高个儿。"到如今，个儿没见长多么高，酒量却长了不少，原来最多喝一瓶，现在最少能喝五瓶。啤酒既不含磷，也不含铜；酒瓶绿如玉，不含苏丹红。喝完之后，腰也不酸了，背也不疼了，走路也有劲儿，别说，还真对得起咱这身体。赶上酒厂搞活动，运气好的话开盖儿还有奖，没准一分钱不花，笔记本电脑就能搬回家。你还别不信，红尘俗世没有什么不可能，一切皆有可能。

喝得少的人都是一样的清醒，喝多了的醉态却各有各的不同。啤酒虽好，可不能贪杯，喝酒图的就是高兴，少喝点，我看行。

十二点的时候，老海的电话准时响起，老海接听，电话里的声音如同河东狮吼，是老海他妈。老海把电话拿的离耳朵老远，嘴里唯唯诺诺就一句话："马上到家，马上到家，马上到家。"挂了电话，老海把电话关机了。

许冰逗他：""还喝呗？要不回家吧。"

"喝！谁也不能走。"

陈琢也笑着问他："你不怕回去挨贴？"

"贴就贴吧，又不是一天两天了。"

我说你都练出来了吧。"那是！无所谓。"

许冰要了最后五瓶，我看冯丽的脸蛋红扑扑的，给她要的疙瘩汤一口没动，早就凉得成了浆糊。我问他："还能喝吗？"

"能，就是肚子有点胀。"

"行啊，真是真人不露相。"我喝得都有点想吐。

冯丽在频频举杯中，也是满腹的牢骚，把她上班时那点儿让她不爽的事儿通通说了出来，时不时的也随着我们哈哈大笑，就像我们的老朋友，丝毫没把我们当外人，一点也不拘束。

我们更是为有一个新的酒友而高兴，还轮着班儿的和冯丽碰杯。

推杯问盏至凌晨一点多，饭馆里就剩了我们这一桌，许冰结完帐，他们哥儿仨哼着歌儿向西下关的夜色中走去，我到墙根儿走肾回来，嬉笑着对冯丽说："你还回去吗？要不跟我回去睡吧。"

"走吧。"冯丽丝毫没有犹豫，歪着脑袋注视着我，向我伸出她的小手。

31. 终于我还是没能说出口

　　我可以向任何人保证，我没有把冯丽拉上床。虽然我很想，但是她根本没给我机会。到了我家之后，她先去了趟厕所，出来就径直走进卧室，自己脱了鞋躺上床。我给她搭好被子，出去把卫生间的热水器电源插上，又把我画画那屋的电暖气搬到卧室，饮水机上的空桶我也往了换，只好用"热得快"做了一壶开水，泡茶。顺手把客厅电视打开，往 DVD 里塞上一张王菲的演唱会。坐回沙发，点上根烟把靠枕放倒当枕头，我也躺下。

　　在困意浓浓像是睡着又似乎没睡着的时候，我被冯丽的喊声吵醒，睡意全无，冯丽大声喊叫我的名字，我"噌"地一下坐起来，奔向卧室，冯丽好像正在做梦闭着眼皱着眉头，我轻轻地拍拍她脸蛋，我说："我在呢，怎么了宝贝？醒醒。"

　　"我刚才梦见你了。"冯丽睁开眼。

　　"喝酒喝太多了吧，我去给你端茶。"

　　茶水不凉不烫，喝着正好，我坐到床边，搂起冯丽，把她身下的枕头立起来靠在墙上，让她坐起来。

　　冯丽"咕咚咕咚"地喝着茶水，我用手蹭去她额头上一层细细的汗珠，说："我在外屋，待会儿自己脱了衣服睡，要不晚上呼吸不畅该做恶梦了。"

　　冯丽放下水杯，蹿到我怀里，抱着我说："你别离开我！你抱着我睡！刚才我梦见你带我去放风筝，风筝让你放得越飞越高，你不停地往前跑，我怎么叫你你都不理我，然后跑着跑着你就没了，就剩下我自己了。"说完了还满是委屈地靠在我肩头蹭了蹭。

　　我拍拍她说："傻丫头，我怎么会离开你呢？睡吧。我不走。"

　　我哄着冯丽重新躺下，她还是拉着我的手不放，她说："那你也得上来。"

　　我踢掉脚上的鞋，骨碌到床上，抱着冯丽，轻声说："那你还脱衣服吗？"

　　"脱！"冯丽清脆地说。随后，她迅速地剥下身上的衣服，我看着面前的冯丽玉体傻了眼。

"你也得脱！"冯丽像命令我似的对我说。

没办法，我也三下五除二脱光，拥着冯丽钻进被窝，冯丽紧紧地搂住我，我也用力地抱紧她，我摸到她光滑而冰凉的脊背，拨开她的长发，吻了一下她的脸蛋，说："还满意吗？"

冯丽什么也没说，只是也亲了我一下，脑袋深深地埋进我的胸膛，她的手在我身上来回温柔地摩挲着，我也没闲着，同样在她身上反复滑动。持续了一会儿之后，冯丽伏在我胸前，认真地问我："你爱我吗？"

"嗯。"我应了一声。

"你说出来。"

"爱。"

"不行！你全说出来。"她晃动着身体在我身上撒娇地说。

"那你先说。"

冯丽抬起头，我看到她渴望而坚定的眼神，睫毛在微微地抖动，高而细腻的小鼻子下，两片因为喝了水而湿润的嘴唇，在电暖气温暖儿柔和的光线下显得性感诱人，她一字一顿地对我说："我—爱—你。"

我猛地翻身，使劲吻上她的嘴。

终于我还是没能说出口，相信你一定知道我是爱你的。否则你怎么会梦到我？怎么会让我一秒不停地拥抱？怎么会和我亲密地耳鬓厮磨？在你说我爱你之前，我就明白你爱我。在你说我爱你的时候，我便深深地陷入了你的无限柔情之中，让我乐不思蜀，让我措手不及。让我无法自拔，让我无法呼吸。我想大声地说出来，可我已经沉溺于你的深爱之中，毫无气力。你是我心中温暖的红太阳，你是我心中最亮的北极星，无论我在多么遥远的地方，你都能给我指明前进的方向。我不会离开你，一刻也不会离开，离开你我会迷失方向，离开你我会彻夜悲伤，你是我永远的牵挂，你是我永远的唯一。

我爱你，冯丽。你能听到么？

在我进入冯丽的时候，她疼得叫出了声，我忽儿醒神抽身。低头探望衾下，一抹红晕遗床。冯丽紧掐我肩胛，呻吟道："来吧，我想要。"我俯身低处，亲吻她柔软的山丘玉球，再次慢慢探入，全身而进。

在这方面，我与高中女友分手之后，便再不奢望日后能寻着处女，我觉得此生得一足矣。没想到天公不作美，老天爷又向着我，让冯丽冰清玉洁地飘到我身边。这更让我毫不怀疑地认为，冯丽就是属于我的仙女，我也许是天上犯了错的仙童，她是来拯救我的，让我在人间便得以脱胎换骨。

事毕之后，我说有热水能洗澡，冯丽也让我背着她去卫生间，她又让我陪她一起洗，于是我们便来了个鸳鸯浴。她不停向我撒娇，一会儿让我亲亲她，一会儿又让我给她涂浴液，与我水雾间嬉闹，还不时挑逗我，后来我被撩拨得不行了，我们又在浴室鏖战一场。

回到床上，我又铺上一层被褥，和冯丽依偎在一起，她摸着我的脸，深情地说："我把什么都给你了，不管你以前爱过多少女孩，从今往后，我就想你只爱我，就爱我，行吗？"

当我听到这话的刹那，我的心好像被一股莫名的力量击中，像是泡在松节油里的颜料慢慢溶化开来。似乎有升腾起的柔波在我身上荡漾。我已经不知道该说什么好，脑子的词语一下变得匮乏起来，这时说什么都会显得万分惨白无力，那一刻，我知道我被冯丽所感动，我拜倒在她的情爱之中，我无话可说，只有一再抱紧她，用我的激情合着甜蜜与她的身体缠绵交集，凝结如忆。

冯丽渐渐地在我怀中睡熟，我悄悄地下床关上电视和 DVD，借着月光上了床，躺在冯丽身边。夜深了，窗外的天空一片深沉的蓝，辽阔而宁静。月牙周围有几颗不怎么亮的星星，月光照在冯丽清秀的脸庞上，显得恬静而美丽。

第二天一早，我被冯丽来回走动的脚步声吵醒，想我睁开眼的时候看冯丽正在外屋躬着身子擦地，我说了句累不累啊之后，翻身想继续睡，冯丽见我醒了便过来摇晃我，让我不得安宁再睡。

"快起来快起来，你看都几点啦？"冯丽拉我胳膊。

"几点了？"我闭着眼问。

"都十点多了！"

"哦，才十点多呀？你不困呀？要不再睡会儿？"我翻过身，笑着对冯丽说。

"懒猪！谁像你啊，自己连屋子都不收拾！"冯丽撅着小嘴说。

"收拾那么干净干嘛？又不给谁看，我直起身来，坐在床上，把冯丽抱住："再说了，这不是有你呢吗？"

"懒猪，快起来吧，我都饿死了。"冯丽撒娇道。

"好，再坚持一会儿，最多十分钟。"我又捧起她的脸亲一下。

我穿好衣服去卫生间洗漱，回来后看屋里不仅整洁，简直焕然一新。我那些大大小小的画框都规矩地靠在墙角，地上的速写纸，擦过画笔的报纸、脏布，我乱扔的烟头全没有了，写字台上的烟灰缸亮得反光，原来我散乱的那些这一本那一本的书也都摆放得整整齐齐。

"拾掇得真干净啊！"我夸冯丽。

"那是！"冯丽把窗户打开说。

"快，穿衣服咱们走了，又开窗户干吗？"

"外边空气新鲜，这样空气流通，换换屋里的空气。"

"那你是着急还是不着急呀？"我坐在沙发上。

"嗯……嗯，抱抱。"冯丽又哼唧着凑到我身边。

"对，你今天不上班啊？"我抚摸着冯丽的秀发问。

"下午班。"

"我说你怎么不着急呢，昨晚没回宿舍，也不告诉你们同事一声？"

"宿舍没人了，就剩我自己了。"

"为什么呀？"

"有两个实习期满了，前几天就回学校了。还有一个要去别的医院了，昨晚也回家了。"

"噢，那不正好呀！你也别再那儿住了，搬我这来呗。"

"那你得天天抱着我睡！"

"举着你睡都行！"我狂喜。

锁上门，我点着脚尖摸下门框上那把备用的家门钥匙，给冯丽串在她的钥匙链上。我们出门跑到火车站附近的"好滋味"餐厅，我要了两个驴肉火烧，冯丽来了个驴肉大饼，又要了一个碗菜两碗鸡蛋汤。

大饼刚上桌，冯丽便大嘴马牙地吃了起来，油顺着嘴角往下淌，我拿起餐巾纸给她擦嘴："注意点儿形象啊美女，别着急。"

"早上醒了我就饿了。"冯丽边咀嚼边说。

"那你不吭声。"

"你还睡着呢。"

"你叫我呀。"

这时我电话响了，是我妈。

"喂，妈呀？"

"嗯，起来了呗？"

"早起来了，正吃饭呢，你吃了吗？"

"吃了，你那儿有脏衣裳吗？都拿过来，我下午回去洗澡去，就着给你洗喽。"

"没有，我都洗了。"从过年之后，我换下的衣服都在洗衣机里堆着呢。

"那你就别过来了。今天你大姨在这儿呢。你去青少年宫了吗？"

我愣了一下，才想起来那天我妈告诉我的青少年宫招老师的事，让我去看看，我根本就没去。

"去了，人家还没开课呢，下个礼拜让我过去试试。"我随口编道。

"那你在家也多准备准备，这两天就哪儿也别去了，你爸这儿也有人，你好好在家画画儿吧。兜里还有钱不？"

"有，没花完呢。"

"吃完了饭酒就赶紧画吧，都多少天没动过笔了。勤给你姥姥打着点儿电话。"

"恩，知道了。"

挂了电话我见冯丽已经把大饼消灭，小口地喝着鸡蛋汤，我还没动的那个火烧拿起来给她："把这个也吃了吧。"

冯丽鼓着腮帮子摇摇头，咽了嘴里的汤说："够了，我就想喝鸡蛋汤。"

冯丽给我夹了黄瓜，送到我嘴里，问我："你家那些画都是你画的？"

"那还有谁呀。"

"你还会画画？"她嘬着筷子说。

"嗨，瞎画。"

"真没看出来。"她调皮地说。

"呵呵，你没看出来的多了。"

"大画家呀你。"

"NO！NO！NO！"我摇头晃脑地说："什么画家呀，多俗啊，叫艺术家。"

"就你？呸呸呸呸呸！"

32. 人人都是艺术家

　　在中国可千万别提"艺术"二字,听得叫人心虚胆寒。无知者可以无畏,有点儿文化就得要点儿脸。艺术所涵盖的范围太广了,这个词抽象得无法比拟。在这个时代,是人就敢用艺术说事,扣个"艺术"的帽子就显得自己高雅了。

　　克莱因说生活本身是绝对的艺术,王尔德说犯罪也是艺术?艺术到底是什么好像已经解释不清楚,说不清楚咱就慢慢去探索,先闭上那张总喜欢不懂装懂的嘴。中国的这帮所谓的艺术家最爱干这种和稀泥的事,自己白屁儿不懂愣想往上冲,争着做那个第一个吃螃蟹的人。本来就是一没标准二没尺度的事儿,谁说两句就显得谁学问大,既占了便宜还能顺便卖乖。中国的艺术家,十个有九个是伪艺术家,剩下的那个还是半真半假。

　　二十一世纪的艺术早就被拉下圣坛,谁也别想再去吹牛骗人了,真正的艺术家就没出现过,只不过是个人对个人的顶礼膜拜。都是源于自己对自己的不自信,强烈渴望被大众认识,被权威认可,被社会认同的浮躁的内心活动所致,再加上中国人特有的假谦虚真恭维的传统,艺术家便极合时宜地出现了,这种实际完全是人性的狡黠与交际的庸碌所致。"生活是艺术的源泉"这类听起来似乎正确的定义式用句,听起来非常可笑,但这类话从来没少过,如果真是如上所说,那么生活中人人都是艺术家。艺术不是鸡,谁也别装蛋。

　　我把冯丽送到医院后,我就返回家中,换上我的行头:满是颜料的大号上衣,前几年的一条破洞的运动裤,坐到画架前,准备专心开画。这似乎是我过了十八岁之后第一次这么听妈妈的话,说让我干什么我便二话不说不提条件没有怨言不打折扣地去履行。

　　我画的那幅画是临摹的一幅安格尔的女人体,我对安格尔的画感觉一般,不是特别喜欢,我之所以画这张是因为这画中的女人眼神迷离,我感觉她当时一定有勾引安格尔的想法,要不然不会骚得那么含蓄。含而不露，却又被老安高超的技术抓住，这个神态表现的一股蠢蠢欲动的狐韵，让人误以为美。

　　画了没多久，我便有了生理反应，不是对安格尔的作品，而是吃多了。我急忙跑进卫生间，坐在马桶上，点上一支烟，甚是畅快。对我来说，古代的人生四大快事已经过时，除了"久旱逢甘露"能让人乐乐，还恁不好会出现"屋漏偏逢连夜雨"的危险，剩下的更是无趣可言。"他乡遇故知"很有可能会向你长期蹭饭借钱；"洞房花烛夜"在思想开放的今天一点儿也不算新鲜，况且很难说对方是不是第一次；金榜题名时，依现在的教育水平来说也不见得是好事。穷人家的孩子乐不起来，对富家子弟来说更没什么可喜，普通家庭又是增加了一笔大的家庭负担。依我看，今天的四大快事应是喝酒、做爱、洗澡、方便。喝酒高兴就好，性爱比手淫有益身心健康，洗澡干净舒服，方便就是如厕，还用说吗？都有过在大街上忽然憋得难受却找不到厕所的经历吧？

　　我想从抽水器上摸本书看，摸了半天一本也没有，冯丽收拾得真够彻底的，连我厕所里的通便读物都整理出去了。我只好拿出手机玩上面的弱智游戏，弱智也是智力，弱智游戏也能开发智力，我记得中学的时候一个化学老师说过，科学证明动脑筋是减肥最好方法，而且还不易得各种乱七八糟的脑系统疾病。我刚进入游戏，就有来电显示，是张胖子。

33. 春天来了

"儿子？"我接。

"滚！"

"找爸爸什么事？"

"别扯，你干嘛那？"

"能干嘛呀？等死呗。"

"又画着呐？挺刻苦啊。"

"紧着勤奋还没饭碗呢。"

"别配了，说正事：晚上六点，学校旁边的花神，KTV 等着你订呢，哪儿便宜点啊？"

"等等等，别给我放烟雾弹，怎么个意思啊？又吃又唱的？"

"前几天不是早就告诉你了——同学聚会呀，什么记性啊年轻人？"

"哎呦呦，你不说我真忘了。要我说唱什么歌呀，吃完搞个激情速配多好，准保都高兴。"

"呵呵，咱们班那货色都配给你吧，我可不要。"

"给你肉吃还挑肥捡瘦，你继续用你的手吧。"

"行了别扯了，吃了不？"

"吃了，怎么着，有活动啊？"

"我没吃呢。我爹跟我妈都出差咧，五粮液也没人喝，你过来咱俩咪了它。"

　　胖子家的条件比我家好得多的多，他家住的房子就一百八十多平米，父母都在事业单位，他爸好像还是个小头头儿，逢年过节的都有人送礼，他爸也不抽烟，算是把他美坏了，当然我也没少跟着沾光。张胖子好烟抽习惯了，不过年不过节的时候，他在抽烟上花的钱可不少，我就没见过他抽十块钱以下的，他总怨那帮送礼的人，常跟我说："这帮小人算把我坑苦了。"

　　我到胖子家的时候他正在切西红柿，拿着菜刀就给我开门来了，菜刀上还滴着西红柿的汁儿，吓我一跳。胖子高大伟岸的身体在厨房一站还真像那么回事儿。再戴上厨师帽儿，换一身厨师服装，绝对的大厨。我说："老赵同志说的那个'脑袋大、脖子粗，不是大款就是伙夫。'挺有道理呀，你比他说的更牛，大款、伙夫你全占了。"

"去你的吧，端菜。"

胖子弄的几个菜还挺丰盛，刘氏三兄弟的卤煮鸡，柴沟堡的熏肉，都切好之后又摊了俩鸡蛋，还有早腌好的西红柿拌白糖，我刚把菜一盘盘端到餐桌上，胖子洗着手说："往我屋里端，我刚下载的新电影，咱连吃带看着。"

胖子进屋，从他书柜上拿出一摞报纸，铺在写字台上，把白酒打开，胖子边倒边说："有红的，呆会儿你弄一杯不？"

"我没那么高雅，享受不了那酒。"

"来，走一个。"胖子端起杯。

"什么电影啊？"我放下杯。

"《心急吃不了热豆腐》。就是冯巩他们往咱们这儿拍的那个。"

"哦，有意思吗？"

"我哪儿知道啊，也没看呢。"

我和胖子边喝边看，影片语言全都是保定方言，虽然说得不太好，像唐山话。但我们看得还是忍俊不禁地跟着情节傻笑。

看完之后，胖子说："保定这景儿往电影上一演也挺漂亮的啊。"

"是，人家拍电影都捡着好地方拍，谁也不拍臭水沟和垃圾堆。"

"也是。宣传咱们城市形象还不错。来，干了吧，倒啤的。"

胖子从晾台上拎了两瓶蓝星精酿出来，启开倒上："对，你给我看看画吧。"

"哪呢？"

"电脑上呢，我都拍了照片存上了。"

胖子把他上了大学之后画的一些画儿从电脑上找出来让我看，大部分还是素描和水粉，油画就有两三张。画面整体比以前紧凑了，也找了一些细节刻画，色彩的明度上还是发灰，形体塑造得也有了质感。我问胖子是不是画画的时候挺压抑，太放不开。胖子说没有，就是挺腻歪他们那个老师。

胖子最后还是落到了保定师专的美术系，考了半天，西安美院倒是过了，但文化课他不行。英语考了不到五十分，数学才八分。河北省的专业联考也没过本科线，上师专还是补录的。我想胖子还是没从高考的阴影中走出来。我也劝过他好几次，毕竟高考也算人这一辈子中的一件大事，心里多多少少会蒙上一层阴云。什么时候能拨云见天，就得全靠自己了。

　　我和胖子喝着啤酒又侃了半天，说到以后的事情我忽的想起青少年宫招老师的事，我问胖子："下午有事吗？"

　　"睡觉呗。"

　　"别睡了，跟我去趟青少年宫。"

　　"去那儿干嘛？"

　　"找工作。"

　　我和胖子喝完简单的收拾了一下便出门，天气还不错，风和日丽。胖子从他家小屋推出一辆破自行车，我问："你那辆捷安特呢？"

　　"唉，别提了，早丢了。"

　　"哪儿丢的？"

　　"学校。我可明白了，在学校就不能骑好车子。"

　　"你特么死心眼儿——你不会再骑别人一辆啊。"

　　胖子带着我走到小北门十字路口，非要走青年路看美女，我说你这都上大学的人了，菁菁校园不是美女有的是嘛，还用的着看大街上的？

　　"我们学校的一个个长得跟芙蓉姐姐似的，你看呀？"

　　"那正好，省下饭钱了。也不能都长那样吧？"

　　"有好看的也没熟女那种味道。"

　　"上了大学是不一样啊！品位还挺高。不是都是现在女大学生都是小姐范儿么？应该挺有味道啊。"

　　"你说的那是好大学，电影学院的行喽。这破大学里边什么都破，有漂亮的也是破鞋，大款都不包。你特么下来走两步不行啊！"

　　交通灯变绿，我从车子的后座上下来，胖子慢悠悠地蹬着车子，我俩跟老鹰觅食似的眼睛不停地来回学么着，精致装修的小铺面在青年路的两边一字排开，每个店铺的牌子都个性张扬，色彩鲜艳，中间还穿插着烤串和铁板烧的小吃摊儿，走在时尚前沿的美女们或与同伴三三两两地出入其中，穿着入时打扮另类，走在街上相当惹人注目。这些女孩儿看起来最大的不过二十五六，小点的也就是初一初二的样子，有的浓妆艳抹，有的清妆上阵，还有故意把脸乱涂一气的，网上管这种叫烟熏妆沙滩美女，我们管这叫挨揍之后的熊猫，不知道她们这么打扮家长都是什么意见，我估计有的是家里想管管不了，有的就根本不管。她们大都手提纯色漆皮的大小包，大包夸张得大，能盖过半个身子，小包出奇的小，只有衣服口袋大小。她们穿着粉红或纯蓝的帽衫，紧身裤外套着牛仔短裙，配着红绿黑黄的各色帆布鞋；有的是粗线黑白或素色松垮毛衫，紧身牛仔加长筒靴；还有的是夹克式针织毛衫，连裤袜加超短百褶裙等等，总之这些衣服穿在她们身上看起来眼花缭乱，却是那么招人养眼。当然，高质量的也就十有二三。岁数大点儿的多半是小资、小姐和大学生，她们的样子大多外显端庄而不失风采，懂得如何让自己在众姑娘中脱颖而出，吸引眼球；岁数小的从个头上就就极易看出，装扮虽然夸张但模仿的痕迹太重，还有的好像就不会化妆，阳光下满脸惨白，一看就是粉底涂得太厚了。

无论她们成熟或是稚嫩，自卑或是自恋，我喜欢看到她们为了弥补自身的不足而努力掩盖的打扮，虽然往往都会露出马脚被看穿，但我因此而更加怜爱她们，这正是她们的可爱之处。在任何时间任何地点，我都喜欢看到她们的绰绰倩影，她们都在为了自己而活得出色，她们活跃在城市的大街小巷，她们是保定城中靓丽迷人的风景线，她们给这座古城注入新鲜的血液，让整个城市看起来更加富有活力与激情。

看着不时走过我们身边的姑娘，我对胖子说："看，穿得真少啊。"
"春天快到了，都开始发情了。"胖子笑着说道。"跟我们家楼下半夜叫春儿的野猫一样。"

是啊，春天快到了，胖子一说我才有所察觉。这两年的日子让我过得稀里糊涂的，春夏秋冬四个季节的更替我也早就不那么注意了。原来上学的时候每天早晨不管多么不愿意起也得硬挺着起大早儿，到了冬天我妈总是让我戴帽子围围巾，晚上放学回到家，桌上都是热气腾腾的饭菜给我准备着。一进家门，我姥姥龇着牙颤抖地说："我那宝贝回来啦，冻死了吧都！快暖和暖和。"那样子非常可爱，就好像她冻着了一样。
朱自清先生说，盼望着，盼望着，东风来了，春的脚步近了。春天来了，春天来不来日子都得照样过。不过小学课本上说：一天之计在于晨，一年之计在于春。春天万物复苏，毕竟是一个让人充满希望的季节，虽然我和春天没有约会，但是人家来了，咱就大大方方地拿出个样儿来迎接。我想这个春天我得有个良好的开始，以后怎么样是另一码事。春天你好，够意思就给哥们儿点儿力量！

34. 商品社会

　　我和胖子一直走到青少年宫，青少年宫也变样了。原来只是一幢灰秃秃的旧式筒子楼，门口一扇半圆形铁栅栏的破门，现在却是焕然一新，围墙也全部拆除，楼也加长了一半多，整体粉刷了一遍，从便道到楼门口的一片地辟出一大块儿广场，周围还多了些绿树，广场上停着几辆小轿车。我和胖子几乎一同张嘴："擦，变样儿咧。"

　　胖子锁上车子，我冲他脸哈了一口气："有酒味吗？"

　　胖子闻闻，说："我哪儿闻的出来呀？我他妈也喝了。"

　　于是我们走到旁边的小卖店，买了两条绿箭，一人嚼上几片进楼。

　　我们在一楼转了一圈也没找到办公室，上到二楼，胖子说："这管事儿的都跑哪去了？"

　　"一层一层找吧。"我说。

　　看到我们路过的几个教室里有画画儿的，有练书法的，还不时有悦耳的钢琴声从楼上传来，我站在一间教室的后门向玻璃窗里看去，一群大概五六岁的小孩趴在桌子上照着黑板上的简笔画在练习，家长也跟在旁边，不知道哪个弯着腰辅导孩子的大人是老师，我忽然觉得这些孩子才是未来的人才，他们才是祖国的花朵，我什么都不是，我是以前老师说的那种社会上的闲人，净给祖国人民添麻烦，对社会没有一点贡献，整天恬不知耻地混日子还挺美……一股惭愧之情从心里蹿升到脑子里，继而转化成悲伤，我感觉我的眼泪都湿润了眼眶。这时背后有人说："你们是接孩子的吧。"我和胖子转过头，那个戴着眼镜的大叔说："你们可以进去，坐下等。"

　　"不用了，谢谢。"胖子说。

　　"不客气。"中年男人走过。

　　"哎，麻烦问下，办公室在哪呢？"

　　"怎么，你们有什么事吗？"男人停住，回头问。

"我们从报纸上看见的招聘启事，来应聘的。"我说。

"噢，那跟我来吧。"

男人坐到办公桌后的椅子上，让我们坐沙发。问我们："你们哪儿毕业的？"

"河北大学。"我信口胡嘞。

"毕业证书带了吗？"

"我是大四的，准备实习。他还在读，都没正式毕业呢。"

"你们是学的什么专业？"

"美术。"

"哦，我们这得先试用一段时间，你们有没有作品啊？"

"有，没带来。"我听这男人说话既啰嗦又没诚意，让我想到了学校的德育主任形象，让我心里十分厌烦，我便说："你们这儿都是教儿童，好像不适合我们，我看算了吧。"

男人见状，说："我们也有专业的青少年班，正需要一批老师，要不你们先填个表？"

"不用了，谢谢。"也没寒暄，我和胖子转身便走。

现在社会上的用人单位也越来越会钻空子，中国最大的特点就是人多，三条腿的蛤蟆不好找，两条腿的人满大街都有。没工作的大学毕业生比比皆是，我就订了一个试用期，试用期一过，看着你行就留下，工资使劲往低里压，你不干有的是人想干，排队的多了去了，再狠点的单位就直接铁打的职位流水的人，试用期到了，随便找个理由把你赶走，再接着试用下一个，一分钱不花，就能出效益，挣来的钱全归自己。你看不惯活该你也管不了，有本事自己当老板去呀。有便宜不占王八蛋，有空子不钻挣不来钱。商品社会，这就是现实。

出了少年宫，胖子笑着对我说："你真能编。"

"不编怎么着，上去就说我是辍学待业，无业游民，人家早就轰出咱们来了。"

"唉，不行你也办个假证去吧？"

"我倒想，现在太科技太先进，让人家从网上查出来不是更丢人啊。我省省吧。"

胖子慢悠悠地蹬着车子带着我在街上行进着，不时地有自行车、汽车超过我们，街两边的食品店、饭馆、澡堂子、琴行都开着门营业，属网吧门口停着的车子最多。公共汽车一边报站名一边跑，车身的大广告色彩鲜艳刺眼，与车后排出的黑乎乎的尾气相映成趣。走到十字路口，胖子问我："下一站到哪儿啊？"

"不知道。"

"裕华路吧，我想买双鞋，正好转转。"

"你转，我等着你。"

"你怎么这样啊？今天可是我先跟你去的少年宫，你看着办。"

"你行，真够能算计。走！快点！驾！"我拍拍胖子的像沙发一样柔软的大屁股。

我最烦的就是跟谁上街，不买东西干转悠。好东西买不起，看半天除了嫉妒就是生气，好心情也得变坏了。不好的东西还看不上，看也白看也不买。以中国人的性格还得损两句。所以要么就是生活中缺少必需品，去了就买，什么都不缺就干脆别逛。在商场里转来转去的不是口渴就是饥饿，就算不渴不饿闻到那香喷喷的烤香肠味儿，忍不住也想吃。商场里，大街上，卖小吃的摊点密密麻麻。吃，就得花钱。有人请还好，自己掏腰包趁早还是老老实实在家呆着。

裕华路是保定市最大的商业街，由西向东，过了体育场十字路口，从保定百货大楼开始，东至东郊的回民一条街，横穿大半个保定城。大大小小的购物商场，各种品牌的专卖店鳞次栉比，中间还穿插着三处历史名胜古迹，古香古色的直隶总督署，拜神许愿的大慈阁，风景优美的古莲花池。新华书店也挤在这条街上，我每次经过的时候都觉得不伦不类，但是大家都愿意在这人多的地方凑热闹，节假日就成了红男绿女欣欣向荣的繁华秀场。

胖子把车子扔在新华书店门口，我们俩就开始遛跶，跟他转到李宁店时我就知道他不买，他肯定得去旁边的阿迪耐克。胖子穿运动服就认国外的牌子，我说国内的做得也都不错，有的纯粹就是同一种材料国内的还便宜。胖子说那都是仿的人家国外的山寨货，穿出去都觉得丢人。

二十一世纪，奢侈之风便在祖国蔚然掀起，随着改革开放的日益深入，外国品牌忽如一夜春风来，千牌万店各地开。大家也越来越讲究品牌，男的知道要穿名牌，人家才高看你一眼，女的知道穿名牌好傍大款。言必称"哭泣"、"乡奶儿"、"挨骂你","哎呦喂"都让人看不起——基本全是国内出的假货。

我一直不明白我们国家的经济增长和消费水平是否真的那么高，不过这种专卖店是越开越多，我想还是生活一天比一天好了，证明消费水平真的上去了，人民应该是都挣到钱了，具体到每家每户是不是都有这个消费能力那谁也管不着，如我一般的家庭是买不起动辄几百上千元的外国品牌，反正我是看到报纸上说有吃不上饭的家庭就认为是胡说八道。

我还发现这些专卖店里的导购员和大商场里的不一样，他们都是一些年纪轻轻的少男少女，看上去也就和我岁数差不多，而商场里的导购一般都岁数挺大的阿姨之类。这些男孩女孩干净漂亮，身材匀称，相信他们也是中途退学或辍学的，她们青春靓丽，他们年轻懂事，既然学习不行就赶紧改行，他们也像我一样给好学生让路，进不了中科院可以进专卖店，都是一样为人民服务。她们因走入社会而成熟，他们因贡献青春而高尚，她们热爱本职工作，勤勤恳恳，创造着国家的税收；他们努力工作，踏踏实实，挣钱养活自己的父母，我为他们而骄傲，更为她们而自豪！

胖子的肥脚把人家好几个专卖店的鞋试了个一溜八开，看得我都头晕眼花，我出去点上根烟，快抽完的时候胖子也出来了，我说："你愿意哪儿买就去哪儿买去，我是不跟你转了，跟个老娘丫们儿似的，没完没了还！"我指着前面的新华书店，继续说："我去那里等你，你自个儿慢慢逛。"

"走走走，不买了。"胖子一边推着我一边说。

"怎么了，买去吧。我等着你。"

"不买了不买了。"

"哎，到底怎么了你？"

"刚过完年，太贵，等过一阵打折我再买。"

"醒悟了？还是没钱了？"

"醒悟了，这回是大彻大悟。"

胖子以前买东西可没怕过贵，只要他喜欢的，多少钱也得买，看来这次真是学会过日子了。

胖子在存车摊买了两瓶绿茶，把车子推出来。我们俩喝了一口，互相看看，胖子嘴里含着水哼哼了一句，就跟刚睡醒地猪打哈欠似的，我说你说什么呢，说人话。胖子把水咽了，说："走吧，快六点了，去饭馆吧。"

"你就知道吃，还知道别的吗？"

"我得早去收钱，AA 制。"

"一人多少钱啊？"

"一百。"

"那我先给你。"我从裤兜掏钱。

"你掏屁的钱啊。我组织，我联系的地方，我还有打折卡，还收兄弟的钱？凭什么呀，电话费我就花多少了！咱俩谁也用不着拿钱。"

"说的也是，你还有点良心对吧。"

"那是！大大的有。"胖子俨然一个翻译官。

35. 同学少年都不贱

张爱玲说同学少年都不贱。我想是因为大家好久不见，互相想念。高中时代的同学在人生中占个什么地位我确实不怎么了解。同学聚会也就是见个面，喝杯酒。老情人找个旧情复发的理由。以前不好意思开口的也可以借机会俩人互诉衷肠。相互留个电话以便日后单线联系一起浪。迹天涯，踏海角，有你我就心不老；贪俗世，恋红尘，只为与你夜销魂。省得在企鹅签名里写什么心意欠费，爱已停机，感情呼叫转移。让你一次爱个够，不用等到天长地久，以后说起来也算曾经拥有。遗憾的是我那个她高中没跟我在一个班，看来今晚只有举杯独自愁的份儿了。

我和胖子先回了趟他家，胖子把车子推进小屋，要走的时候他又想拉屎，我们只好又上楼，他把电脑打开，跟我说："你先玩着，我得多蹲会儿。"

四十分钟过去了，我在游戏上都赢了四盘象棋了，也听不见胖子在厕所里有什么动静，我喊了他一嗓子："你是拉呢还是吃呢？"

"等，马上！"胖子传过来回音。

又过了约五分钟，随着"哗——"一声，胖子一瘸一拐地走回来，我问怎么了，胖子说："腿麻了，麻死我了。"

"你们家不是坐便么？"

"是啊。"

"那你腿麻什么？"

"我不习惯坐着，还是蹲上边舒服。"

"真有个性。为吃顿饭也不至于都拉出去吧。"

"滚，我肚子不得劲儿。"

胖子腿脚缓过劲儿来，我们下楼打车，向着母校的方向奔去。

坐在出租车上，我问胖子："叫没叫老师？"

胖子说："除了老李，没别人。"

"你还叫老李了？"我看着胖子问。

"怎么了？老李也不行啊？"胖子也看着我问。

"行，老李应该叫上啊，我意思是你想得还挺周到。"

服务生帮我们推开雅间门。烟气如沙尘暴般扑面而来，呛得我倒退一步撞在胖子身上，直个劲儿咳嗽，胖子说怎么这么大烟啊，然后听见一片像菜市场似的嚷嚷声。

"来了啊！"

"谁呀？"

"呦！有城子没见了。"

"张胖子和耿楠。"

"……"

我探头往里看，围着两张桌子有二十来人，还有几个坐沙发上，男的女的都是老面孔，虽然有的我都没想起名字来，但还是跟张胖子进去，找空位落座。不知道谁转了一下桌上的圆盘，停在我面前两杯茶，胖子端下来。我喝了一口，看见墙上的排风扇使劲儿转着，吸二手烟危害更大，不如自己也点上。正想掏烟，一男同学笑着走过来，坐到我旁边："耿楠！多长时间没见了？"

"唉，你们都上大学去了，又不找我玩。"

"别这么说啊，谁找得着你呀，来——"说着他掏出盒万宝路。

"你们档次都够高的呀！"我叼上一根。

"瞎抽吧，你现在干什么呢？"

"在家闲着呗，养老。"

"哈哈，别逗了，你走了之后都说你混社会去了。"

"呵呵，你太看的起我了，是混社会去了，跟咱们党混。你们都上哪儿了？"

"我去了四川。"

"好地方呀，美女多。"

"是，那倒是。"

正聊着，"啪"有人拍我大腿，我抬头一看，是我原来的同桌钟亚，还戴着牙套，一口铁齿铜牙，咧嘴一笑跟变态杀手似的。钟亚是男性，上学那会儿跟我一起坐在最后一排。此君热爱文学，听轻音乐，爱上网，他总是用一些文学名著和一帮作家侮辱美术和画家，而我那时总看外国大师的画册，我就用一些名画和大师来反驳，我又喜欢听摇滚，上课的时候我们俩总是先由口舌之争，升级到武力战争，为这个老师多次把我们调开，过不了多长时间，我们就自己换回去，我从他那儿也看了不少书，到我辍学后，他借我的那些书我也没还他，直接摆我的书架上，占为己有。

"听说混得不错呀！"钟亚龇着钢牙笑着说。

"能换句别的么？你们都从哪儿听来的。"

"还画你的破画儿呢嘛？"

"当然画了，等着成名了好让你闭上臭嘴呀！你在哪儿上呢？"

"石家庄。"

"那小地方能容的下你钟大师么？"

"龙陷沙滩遭虾戏，虎落平阳被犬欺呀。"

"那可不行，一代文学大师哪儿能就这么没落了呀？"

"乘风破浪会有时，直挂云帆济沧海！"

"别讪了，先交钱！"胖子过来收钱，左手拿着一把钞票，活像一个人贩子。

我转着圈儿的和到场的每位同学都聊两句，并努力地回忆着他们的名字，那些花儿和那些草如果我没看到的话，他们就会像死去的英雄一般永远活在我心里，毕业之后都已四散而去，奔向他们人生的下一站，有的兴许以后还能见着，大部分估计以后就再也见不到了。

戴眼镜的假小子女生叫扈小君，学习好，英语作业都是抄她的；矮个儿的那个叫王玲，人好，在明知道我借钱不还的情况下还总借我钱；瘦得跟排骨似的那个男生叫王夏风，他老为同学做好事，是我们小组长，总催我做值日，不好不好；还有圆脑袋大的像厨师的家伙是班长，总记我迟到旷课，我也不怎么待见他……然而今天都到了，说明他们还是爱这个班集体的，那我就既往不咎，跟他们不醉不归，相逢一笑泯恩仇，虽然这个班集体不再跟我有任何关系。

在我和胖子到了之后，陆续又来了五六个同学，胖子点点人头儿，宣布："没别人了，我看咱们就开始吧。"

"不等老李了？"我问。

"给他打电话了，正往这走呢。"

"那就先让服务员上菜，咱们再等会儿。"胖子说完出去叫服务员。

前后脚儿的功夫儿，胖子出去没多长时间，姗姗来迟的老李就推开门了。我们都站起来打招呼："李老师！"

"哎，你们都来了啊，我学校有点事，晚了一点不好意思了。"老李对大家说。

"没事。"

"都等您那！"

大家争先恐后地给老李端茶递烟，老李说："好，好，谢谢。人来的够齐的啊。"

"听说您来，都等着跟您汇报呢！"我说。

"嗨，谈不上。你们都抓紧点儿，在大学里好好画。"

"大学没意思。"

"就是就是，太无聊。"

"整天上网，没事干。"

大家纷纷发牢骚。

"就是这样，大学里你们要培养自己画画的习惯，课业也少，大块儿的时间可以用来研究创作。"

胖子进来看见老李："老师你来了啊，我怎么没看见你进门？"

"我也没看见你，怎么样这阵？"

"还行，凑合上吧。"

"没事，好好学，以后毕业了出去有的是机会。"

"恩，谢谢老师，您上桌吧。"

说完，同学们纷纷围桌落座，边聊着服务员边上菜，大家倒酒，胖子提杯："咱们先敬李老师一个吧。"

大家一哄而起共同举杯，老李也站起来，端着杯说："谢谢你们今天能叫我过来，希望你们这个——大学阶段吧，都能把握好了，以后毕业了都有一个好工作，过上好生活！"

"好！"

"干杯！李老师！"

接下来就是一阵说说笑笑的大吃大喝，你敬我来我敬你，你方喝罢我登场，眼前满是乱晃的酒杯，筷子在圆桌上空来回穿梭。烟卷与酒瓶齐飞，调羹共佳肴一色。欢愉的气氛就在叮叮当当声中延续开来，大家互相把发生在自己学校的故事添油加醋地徐徐吹来，连比划带喊。菜汤儿和啤酒沫儿在桌面上缓缓交融流淌，吐沫星子和蓝色的烟雾在屋里弥漫横飞，我极易被这种充满无拘无束的自由主义色彩气氛所感染，不知不觉地便进入状态，迅速地从旁观者转换到领头人的角色，我招呼了几个人，分了几根筷子，人手一根开耍行酒令。从小吵小闹到大喊大叫，一路开怀畅饮，觉得嗓子哑了就抄起酒杯自顾自地闷一口，也不管输了赢了。一会儿又有人清了清桌子，几个吃完的空盘子摞一起，把汤匙放在中间开转。跟指南针似的，停了指向谁谁就得喝。喝完接着转。满桌人都参与到其中，跟着尖叫鼓掌。转了几轮下来，有男生开始为女生挡刀了，酒都顺着嘴角流到脖子里了也再所不惜，看着就痛快！不过这痛快劲儿没过多长时间男的便不行了，这时候又有女生挺身而出，干两杯跟闹着玩儿似的，比起男生有过之而无不及。

我也跟着叫好，紧盯着转动的勺子，看下一个是谁。这时坐过来一男同学一把搂住我脖子："嘿！耿楠，兄弟也有老婆了！"

"可以呀，你不是以前说工作之前坚决不找嘛？"

"嗨！别提了。上了大学一个人太没劲啦！兄弟这媳妇儿还是撬的别人的，怎么样，可以吧？"

"行。没看出来呀，你也是深藏不露呀！"我向他竖起大拇指。

"也就当个炮友玩玩儿，以后没戏！"他醉笑。

"真有一套。来，走一个吧。"我们碰杯。

看着我曾经的这些同窗，不知道他们在大学里专业学得都怎么样，但看样子诸如抽烟喝酒搞对象这些差不多都学会了。忽然我觉得上大学可真是件舒服事，要早知道大学生活这么美好打死我我也不辍学呀，哪怕弄个差点儿、没名没气的大学上上也行啊！怎么说出来以后也是大学生啊，脸上多有面子呀。不就是四年时间吗，别的没有咱就是有时间！十年寒窗都熬过去了也不差这四年。不说光宗耀祖，要是吃喝玩乐别说四年，就是四十年不过眨眼间。唉，悔当初不该目光短浅，不识大体。到头来遗恨终生。这也怪不得别人，路是自己选的，全赖自己。

其实话说回来，上大学有上大学的好处，不上学有不上学的自由。鱼和熊掌不可兼得还是有些道理的。家家有本难念的经，人人有条难走的路。经，难念也得念；路，难走还得走。死了张屠户，咱还得照样儿吃猪肉！我就不信了混不出个样儿来！

我看老李在另一桌抽着烟和同学们侃侃而谈，我还没单独敬他呢，于是我把酒倒满，起身端杯坐到他旁边说："李老师，我敬您一个。"

放下杯，老李说："走，跟我去下卫生间，我给你说句话。"

"走着，老师。"我抽开挡道的椅子，陪老李出了雅间。

走在餐厅的走廊里，老李把手搭在我肩头上，拍着问我："这几天怎么样小耿，找到工作了吗？"

"没有，没地界儿要我。"我叹口气说。

"嗨，你也别着急。"

我说是，这也不是着急的事儿。

进了卫生间，我们俩分别站在小便池前解开裤子，边走肾边聊。

"我给你找个地方，愿意去试试不？"

"敢情愿意！哪啊老师？"我立马来了精神。

"走，出去说去。"老李系上腰带出去。

我使劲抖落了两下提上裤子跟出去。

36. 保定夜未央

　　天色不知什么时候已经黑下来，街上的路灯都已亮起，不远处我的高中母校教室里也是灯火通明，这个时间应该是正在晚自习呢吧。老李掏出烟，递给我一根。

　　老李说他们学校一位老师叫着他一起开了个高考美术培训班。他本来不想干，也不缺那点儿钱，主要是嫌太累，又抹不开面子，就答应下来。现在他们学校已经开课了，画班儿这边照顾不过来，他们想各自找一位老师代课，老李便找到了我。

　　"你天天在家画也不是个事儿，你在我这先干着，在家呢也画着。等你找着好地方了你再走。"

　　听老李说完，我高兴地都不知道说什么好了，一时语塞。直说："谢谢李老师！太谢谢您了！"

　　"行了，跟我还客气上了。去了你好好教教他们，都比你小不了几岁，你们也好处关系，让他们多考上几个，家长高兴，咱们也踏实。"

　　"没问题，瞧好儿吧您！让八大美院全有咱的人！"

　　"呵呵，你小子呀——我信。"

　　"什么时候能上班啊？"

　　"明天能去吗？明天就行。"

　　"要着急今儿晚上我就报到去，地方在哪儿？"

　　"群艺馆知道吗？体育场那儿。"

　　"知道知道。"

　　"三楼，最北边那个画室。"

　　"好嘞！记住了。"

　　"明天八点过去就行。对，跟你说一下，一个月先给你两千，你呢也别嫌少，先凑合着。画儿也画着，挑着好的我还给你往外卖。"

　　"不嫌少，我嫌多。管我口饭吃您就是不给工钱我也愿意啊！"

　　"臭小子，又跟我贫是吧？"

　　老李返回雅间之后，自己倒上一杯啤酒，提起来说："今天谢谢你们，谢谢大家都还记着我。也不早了，我先走，你们这个以后有什么事就给老师电话，行吧，我喝了这杯。"

　　老李一口干了，张胖子说："别走呀老师！咱们出去唱歌儿去呢还。"

　　"就是，老师先别走呢。"

　　"老师不能走！"

　　同学们开始挽留，呼啦一下都站起来，靠近门的把门关上，围老李旁边的几个同学拉住他。

　　"别，别，我这个晚上得早回去，孩子在我妈那儿呢，我得接她们娘儿俩去。"老李被拉扯得站不稳，挣扎着说。

　　"要不咱们一块儿走吧，都吃饱了吧！我下去结账，你们都往下走吧，看住喽李老师。"张胖子说完出门。

　　同学们穿衣戴帽，唧唧喳喳地簇拥着老李出去，我在最后，说："拿好手机什么的，别丢落！"

　　我走到一楼前台问正在点钱的胖子："够吗？"

　　胖子把点好的钱交给吧员，对我说："绝对够。"

　　"先生慢走，欢迎下次光临。"

　　老李在餐厅外还被大家围着，我跟胖子走过去，胖子说："走吧老师，跟我们再呆会儿去。"

　　"今天真不早了，以后有的是机会呢，等你们再回来的时候。"

　　"真不去了，老师？"

　　"不去了不去了，你们也别太晚，都早点回家。"

　　"行，那您就先走吧，我们也留不住您。"

　　老李上了他的小汽车，摇开车窗向我们道别。

　　老李远走，张胖子冲众人喊道："走，咱玩咱的吧。"

　　大家伸手打车，一时停过来四五辆，我和张胖子还有钟亚上了最后一辆，钟亚靠在车座上便闭上了眼，胖子嘿嘿着说："钟亚到位了。"我也笑笑，看着车窗前的路像被风吹开，出租车忽快忽慢，马路两边的店铺镜头般往后撤，窗外霓虹，酒意正浓，灯火阑珊，佳人未见，城市晚上妆，保定夜未央，酒兴刚刚开始，顿时，我感到生活真美好。

　　我觉得 KTV 没什么新鲜可言，只是音乐的王国，啤酒的醉乡，想找刺激的人无非再加点黄赌毒，其实就是个供人撒野的地方。我在一间大包厢落座，畅饮着几种牌子的小瓶啤酒，不知道谁在唱老狼的校园民谣，也许是曾经睡在我上铺的兄弟，也许是同桌的你，熟悉的旋律在我两耳之间飘来飘去，忽忽悠悠地想把我带回到过去的时光。可惜我回不去了，也不想再回去，往事不堪回首，我从不怀念那声名狼藉的日子。不过我听得也是心潮澎湃，起伏跌宕，说不出来的那么股劲儿弄得我挺不舒服，既不是念旧，也算不上伤感。

我拎起酒瓶的时候，有个女孩凑到我旁边，跟我碰了一下说："不认识了？吃饭的时候也不说跟我喝一杯。"

我看看她，脑子里努力搜索了一圈才想起来，这是我们班一外地的姑娘，叫罗晗。忘了她家是哪儿的了，反正没出河北省。她在上学时候就抽烟，我们第一次一起抽是在刚上高二那会儿，我经常跑到四楼厕所抽去，那时四楼还没装修，全是毛坯房，也没人上课，晚自习经常有逃课跑那儿的教室里谈恋爱的，黑灯瞎火的只能听见脚步声和窃窃私语，有一回晚上我跑上去，见窗户那儿有人影晃动，她在楼梯上坐着划火柴，吓了我一跳，我问她坐这儿干嘛，她说没烟了，等着谁上来准备要一根。于是我俩点上开始聊天。之后每次上去抽烟她就叫着我，我去也叫她一起，只要有烟我们俩就分，因此变得非常熟悉。

还有一次我记得特别清楚，也是快上晚自习之前，她给我发了条短信，让我上楼。到了之后我看没有她便给她电话，她告诉我在左排第一间教室里，我进去给她递烟，她把我拉到讲台前，打着火机，借着亮儿看地下放着一堆罐装听啤，还有两个喝空的倒在地上，我笑着问她怎么想起请我喝酒了，她吸口烟，沉默了一会儿说："失恋了。"

罗晗长得还可以，瘦高个儿，尤其是她的高鼻梁和薄嘴唇，我们总一起抽烟，所以我印象比较深刻。她男朋友比他大一届，也是她老家那边的，没分之前每个月都过来看罗晗，他们是上初一就好上了。两人也是学美术认识的，我们上高二时他上高三，正值美术高考前夕，他去了北京一个高考速训班学习，跟那儿的一个姑娘好上了，继而与罗晗分手。

这些都是罗晗告诉我的，她说她为他付出了所有能付出的，几年来的感情就这么完了，她对男人绝望了。那天晚上我们不停地喝酒不停地抽烟，她不停地哭，我在一旁不停地安慰，也没什么新词儿，都是一些从书上看来的陈词滥调，说别的她也听不进去，我也不会说。只能说些"时间是最好的良药"之类的，我觉得让她尽快从阴影中走出来比什么都强。

最后她靠在我肩上，泪流满面，无声的抽泣。我也不知道说什么好了，就干脆闭上嘴，和她一起沉默，就那么自然地将她抱在怀里，从亲吻到抚摸，直至最后的野合，一切都显得那么从容，那么自然。那是一次平静的做爱，一次纯粹的发泄，我也不知道算不算是在安慰受伤的心。

　　我年轻气盛，我血气方刚，这一切发生的那么偶然，令我猝不及防，生活的善变如五月的天。我隔着衣服轻揉她的乳房，她没有反抗，反而呻吟迎合。我伸到她的衣服里抚摸下体，她颤抖的身子抓紧我狂吻，激烈回应着我。随着我们的动作慢慢加强，她渐渐地停止了哭泣，身体的愉悦让我们深深地陶醉其中。

　　事后，我们又各自点燃一根烟，她平静地对我说了句"谢谢。"让我倒倍感尴尬，什么也没说，自顾自地猛嗑烟。

　　那天晚上我们一直耗到第三节晚自习下课铃响，才下楼在楼道里混入放学的人群中，到了门口，我还没话找话地对她说了一句："想开点，回去好好睡觉。"

　　现在想来当时的我是那么可笑，后来还好，我们谁也没提过那天晚上的事，还是像原来一样，有烟大家一起抽，彼此聊聊心事。不过我能明显感觉到距离拉近了很多，暧昧的情愫也增添了许多，似乎如情人一般。

　　我承认我对那时我们之间的相处关系十分着迷，但是好景不长，我就退学了。此后便失去联络。抽烟的时候偶尔也会想起她，事欲静而人不止。我知道这一切终将会像水粉画的色彩一样慢慢淡去，留下的不一定是最美的画面，但它一定是最让人留恋的。

　　罗晗跟我碰杯后，我一口干了，抹抹嘴说："认识认识。"

　　"那怎么吃饭的时候不搭理我？"

　　"我看你们都围着老李呢。"

　　"切，是早忘了我了吧！"

　　"没有没有，忘谁也不能忘你啊！你看，我这酒都干了，这叫感情深，一口闷。"

　　"你就会耍嘴皮子。"

　　我掏出烟，给罗晗一支，我们互相点上。

　　罗晗看上去自信了许多，眼神也不像原来那么空洞了，橙色的 V 字领儿低胸毛衫，衬着黑色吊带衫，满身熟女的味道。

　　我问她："这两年怎么样？"

　　"就那样儿呗。"

　　"你在哪儿上呢？"

"我早不上了。"她喝口啤酒说道。

"你也不上了？挺好，现在干嘛呢？"

"给广告公司干设计呢。"

"嗬，混得真不错。"

"凑合呆着吧，别老说我了，你呢？"

"我不行，还在家闲着呢。"

"专心搞艺术呢啊？"

"搞屁吧，都快饿死了。你也不拉扯我一把？"

"拉你你又不跟我走。"罗晗吐口烟说。

"唉，我恋家。"

"多大了还恋家。"

"嗨，没办法啊。"

我又拿起一瓶啤酒："来吧，敬你一个。"

听女同学唱了一首《很爱很爱你》，我放下酒瓶就变成了迪曲，节奏轰鸣而至，胖子把屋里灯全灭了，打开屏闪，音量调到最大，音响里传来他的声音："来来来，一起噪会儿！都快睡着啦！"

包厢里人影交错，瞬间乱成一团，热闹非凡，"咚呲哒呲"的声音震得我心脏都觉得要跳出来，弄得我一阵目眩，罗晗扔掉烟头，拉起我的手也融入其中，在汗水与酒精的刺激下，蹦了不久，我就感受到了她的气息——我们黏在一起。不知亲了多长时间，我想起冯丽，忽然对罗晗产生了一股莫名的恶心，我一把推开她，跑出包厢。

我站在街上，耳朵嗡嗡作响，我深呼吸两口，双手使劲儿地揉搓两只耳朵，缓解了一下，我掏出电话，看表已经十点半了，有三个未接来电都是冯丽，赶紧拨回去。

"宝贝你在哪儿呢？"我着急地问。

"在家呢，怎么啦你？"听见冯丽的声音，我轻松了很多。

"哦，没事！忘了告诉你，今晚上我们同学聚会，太乱，没听见电话响。"

"噢，没事。你早点回来啊。"

"嗯。那你呢，你吃了吗？"

"吃过了，和原来的室友一起吃的。你少喝酒啊。"

"嗯，没喝多少，我马上回去。"

兴许是喝了太多酒，挂了电话后我感到一阵眩晕，于是慢慢蹲下，用手拍拍头,我看到罗晗歪歪扭扭地向我走过来,搀住我问:"怎么了你?"

"可能喝多了,有点难受,头晕。"

"先回里边吧,别冻着。"

我跟罗晗回到包厢,灯都亮了,几个人继续嘶吼着唱歌,有的在喝酒聊天,仿佛刚才的一幕是幻觉。

罗晗给我倒了杯茶水,递给我,说:"一会儿去我那儿吧,我在工艺美院那边的宾馆开了房间。"

我喝口茶,冲她笑笑,说:"行,你先走,免得让人说三道四。"

罗晗走后,我给胖子说了一声,便打车回家。

37. 梦想照不进现实

我进门，冯丽正坐在沙发上看电视，头发盘成一个箍，她困得接二连三地打呵欠，我把门锁好，坐到沙发上抱起她亲一口，她耍着小性子问我："谁让你这么晚回来的？"

"去了好多同学，多喝了几杯。"我嬉皮笑脸地说。

"你一点也不想我，接着喝去吧。"冯丽甩开我的手。

"想啊，这么不想，撂下电话我就往会跑。"

"你还有理了，躲开，不理你了。"说着冯丽转过身去，身子蜷起来，两手抱着小腿，下巴顶在膝盖上。

我从沙发上移开，蹲到冯丽面前，她故意不看我，我逗她："生气啦？"然后用手指刮了一下她的鼻子。

"起开！"她用手扇我的手，没扇着，我躲开了。

我又摸了一下她脸蛋，她又扇，又没扇着，我再摸，她还扇，还是没扇着，逗得我嘿嘿直笑，她却"哇"一声哭了，两只手攥成小拳头雨点般向我身上袭来，"你讨厌！呜——"

我把冯丽揽进怀，任她哭，任她打，我哄着她说："不哭，都怪我，不哭了啊宝贝，都怨我不好。"

我好像心里有病似的，打上小学的时候就喜欢看女孩子哭，我经常以把女生逗哭为乐，她们哭得越是伤心，我心里就越是高兴，她们哭泣的声音越大，那种无法言喻的兴奋感就会越让我满足。看着他们悲伤的哭泣，我会感到她们的可爱所在，会让我愉欢地心疼，甚至得到娇宠。尤其是学校那些女生，她们会用哭来躲过老师的责怪，骗得老师的关心，凭着这个小把戏，她们变得更加冷傲，在同学面前显得不可一世。我非常讨厌这种女生，她们长大之后参加工作还会继续用这种方法骗同事的同情，上司的垂怜，太让人恶心了这种女人，可能是我太过偏激，但却无法否认这类女生的存在。正因为我分辨不清，因而把接触到的女孩一个接一个地弄哭，落下了这个习惯，我把它归结为轻度的心理变态。

我哄着冯丽，轻轻摩挲着她湿润的脸蛋，帮她拭去晶莹的泪，我说："不哭了昂，再哭该有黑眼圈了，有了黑眼圈就变成大猩猩了，整天这样——"

我用手扒拉住我右眼的下眼睑，吐出舌头冲她做了个鬼脸儿，冯丽脸上出现了一丝没憋住而蹦出来的笑容，她自己揉揉眼睛，闪动着睫毛对我说："讨厌，学得真像。"

"不光像，咱们都是猩猩变的，你别笑，你也是。哈哈。"

"是就是呗，反正比你强，你还没进化好呢。"

"那你还跟猩猩在一起呢，还亲嘴。"

"你讨厌，你恶心，就你是猩猩！"

"对啊，我就是说我是猩猩，哈哈。"

"你欺负我！烦人！"她晃悠我撒娇。

"好，好，再烦一句，你晚上吃的什么？吃饱了么？"

"跟以前在一起住的室友吃的，心情不好，没怎么吃。"

"怎么心情不好？闹别扭了？"

"没有。就是大家都舍不得分开。"

"唉，傻丫头，又不是生离死别，以后还能见着呢。"

"嗯，可心里就是不舒服。"

"Very 理解，以后想她们就给她们电话。现在饿不？咱们出去吃点儿去？"

"刚才不饿，被你一气我就饿了。"

"以后一定改，给个机会吧。快，穿衣服。"

我们也没走远，我家胡同北口出去，先进卫生科旁边有一家四川饭馆，我见还亮着灯，便拉着冯丽进去。

我们俩点了仨菜，冯丽要了鱼香肉丝和醋溜土豆丝，我要了一个葱花炒鸡蛋。开始都说不饿，只要了两小碗米饭，吃完后都没什么感觉，又要了两小碗，吃完后我还感觉不饱，冯丽说她够了，我又要了一小碗，放下第三个空碗后打了个饱嗝，我点上支烟，说："这次是真饱了。"也不知道我是冲自己说呢还是冲冯丽说呢。

三个菜让我们俩打扫个精光，冯丽用餐巾纸擦擦嘴，手放在自己肚子上说："都圆了。"

"跟怀上了似的。"冯丽听了也笑。

结完账，我们相拥着走在半夜的大街上，与街旁小树做伴的路灯温暖地亮着，伟岸而孤独，四周空无人来，马路上偶有车辆过往，白天的喧哗与噪音都归于夜的宁静。

我说："咱俩今天怎么跟逃难似的，吃这么多？"

"饿的呗。"

"没吃之前我没感觉那么饿呀？"

"你准是喝酒喝的。"

"嘖，对哈，肯定是。"

回到家中，我们先后倒在床上，也懒得洗澡了。躺下后，冯丽钻进我怀中，说："明天下班我得回家。"

"为什么？"我捋着她散开的长发问。

"我妈给我打电话了。"

"哦，那什么时候回来呀？"

"过两天吧。我妈让我跟她去大慈阁烧香。"

"那你不上班了？"

"上啊。耽误不了，前几天我不是替别人上夜班了嘛，明天是上午班，后天有人替我。"

"哦，回去好好陪陪你妈。"

"嗯！我也想爸爸了。"

"唉，我又孤独了。"我叹口气，把一只手垫在脑后做深思状。

冯丽捧起我的脸，她双手用力把我的嘴挤成麻花状，说："你去陪你姥姥两天，晚上我给你打电话。"说到这，她亲了我一口，又说："回来了我就有钱啦，嘿嘿。"

"甭管你妈要钱了，我找到工作了，能养活你啦！"

"嗯？什么工作？"

"人民教师。怎么样，光荣吧？明天正式上岗。"我骄傲地说。

"就你？"冯丽揪着我鼻子，夸张地说。

"那是！比你强点吧？"

"强什么？我们是救死扶伤的职业，多高尚！"

"你们救的是人们的肉体，而我救的是人的灵魂，比你们还高尚。"

"嘿嘿，就会吹牛。教什么呀你？"

"美术呗！考前班，就是美术类的高考生。"

"哦，你那两下子行么？别误人子弟呀，哈哈。"

"你又不是没看过我的作品，咱水平在这摆着呢啊，我只能把他们往高层次上带。"我伸出手，摆了个像盘古开天地那样托起来的姿势。冯丽哈哈笑着说："行了，你要努力好好教呀！"

"那你得鼓励鼓励我呀。"

"怎么鼓励？"

我翻身把冯丽压在身下，坏笑着说："用行动呗。"

"真讨厌！"冯丽轻声回道。

　　我有时候也很讨厌自己，甚至是厌恶、鄙视。尤其是在夜深人静之时，我的自卑感就像点燃的香烟冒出的袅袅青丝升腾而至。我不知道我算是个悲观主义者还是乐观主义者，或者是既不悲观也不乐观的凑合主义者。但我知道我肯定自卑，而且还受我姥姥的影响有自我怀疑的焦虑感，睡不着觉的时候我压抑不安，在床上滚来滚去，使这种感觉窜遍全身上下，抑郁得像孙悟空掉进太上老君的炼丹炉。怪不得姥姥家大院里的老人们说："活着真不如死了舒服，俩腿儿一蹬，一了百了，爱怎么着怎么着咧！"可我怕死，我也不想死，这时候我又会变得积极起来。我还年轻呢，我还有追求美好生活的热情呢，我还想开保时捷坐宾利呢，我还想住别墅喝洋酒呢，我还想参加世界三大双年展呢，我，我才不死呢！在大是大非的问题上，我的头脑还是相当清醒的。

　　梦想归梦想，现实是现实。我觉得梦想永远也照不进现实，还是把它放在梦里，失落的时候想想就得。我讨厌自己完全是因为现实，跟梦想一点都没关系。

　　比如说在面对家人的时候，很多事情帮不上忙，反倒添乱。在以前，我唯一能为家里做的事就是上学，好好念书，不惹事，不捣蛋，让家人省心。将来考个好大学，光耀门楣，给家里长长脸，将来再找个好工作。可我不愿意上了，我自认为看透了教育，就是老老实实地混上个大学，毕业了也怎么样不了。如果继续上下去，不但学上不好，还得糟蹋了家里辛辛苦苦挣来的钱。在对不起家人的同时又加上了对不起自己，到那时我没准儿会因此而疯掉，成为精神病。要是像梵高那样画的画儿值钱也行，我就认了。可惜我不是梵高，所以只能给家里添麻烦，给社会增加不必要的负担。

　　鲁迅从中国历史中看出了历史"吃人"，我看当代社会也能"吃人"。只不过是吃的方式有区别罢了。前些日子在杂志上看到一条老百姓对"三改"的评价："房改"把你腰包掏空；"教改"把你二老逼疯；"医改"为你提前送终。实在是太形象了。我不想被社会吃掉，就得赶紧跳出来。我不知道日后我的那些同学能有多大本事，现在看来，我暂时比他们强。人活着还是实在点儿好。谁也别说我没远大理想，别想往我脑袋上扣帽子，这不是贴大字报的年代了。我就是个普通劳动人民的孩子，批判我就是针对最广大人民群众。

　　原先我对自己一感到恶心我就不敢再往下想了，赶紧给老海他们打电话，出来随便找个地方聚在一起喝酒。我怕我精神崩溃了，和他们聊聊我心里就会好很多，再回到家借着酒劲儿掉头便睡，睡着了也就没事了。醒来后则又不可避免地陷入激烈的思考之中，那简直让我感到绝望！我想方设法地找事情做来转移注意力，看书或是画画，可无一例外的，看着看着或画着画着便又陷入思索之中，无法自拔。

在绝望面前，无非两条路：其一，硬挺着，坚持与它做斗争，找机会绝处逢生。其二便是逃避。

我现在明白了，以前都是一味地逃避，那显然不是办法，任何困难都要勇于面对！敢于跟它斗争！人是矛盾的，事物也是矛盾的。这我早就懂，忘了是跟老子还是跟罗素学的。我只要敢于面对它，我首先就赢了一步，再想办法克服它，最终的胜利肯定是属于我的！但这个过程非常之痛苦，幽默的是这仍然得通过数遍的思考而获得。昆德拉会说：人类一思考，上帝就发笑、无所谓，让它笑去吧，反正智慧是自己留下了。他要再笑，回过头来我看那就是傻笑。我想明白了我也笑，嘿嘿——笑笑还有利于身心健康呢。

早晨冯丽醒了就折腾我，她推我两下，我一动没动，她见我没动静又伸过腿来搭在我身上，用手"啪啪"地拍我脸，一边拍一边有节奏的说："快起！快起！"我被拍得生疼也装不下去了，转过身抱着她哼哈着："我实在太困，再让我躺两分钟。"

"你不怕晚了是么？"

"就两分钟，你先起来洗澡。"我挣扎着睁开惺忪的睡眼。

"行，那就给你两分钟，你不许睡着了，一会儿我叫你。"

我闭上眼想继续睡，无奈尿憋得我够呛，翻来覆去也睡不着，终于忍不住我翻身下床跑到卫生间，见冯丽裸着身子在梳头，她见状问我怎么了，我指着下身直挺挺的枪说："憋不住了。"

"憋死你！"冯丽冲我皱眉挤眼地说。

我下身尿着，上身侧搂冯丽亲了一下，说："你够狠那。"

"谁让你不起床。"她往我身上靠。

我连忙推开她，"别尿你一身。"

38. 混进教师行列

胡同里的地皮儿湿不拉叽的，好像夜里下过小雨。脚下黏乎乎的，我跟冯丽走路发出"吧唧吧唧"的声音。日头高照，对面楼的窗户玻璃反射出如激光般的数道阳光刺得我眼睛不开，空气中有一股潮湿的泥土和垃圾的混杂味道，拐出胡同，阳光洒在我们身上，天空晴朗，看来今天是个好日子。

把冯丽送到医院门口，冯丽让我去看看我爸，我说不去了怕晚了。第一天上班就迟到不好。冯丽说也是，嘱咐了我两句后进了医院。我径直去往群艺馆。

群艺馆坐落在体育场对过，河北电影院的后身，依护城河边而建，就是两幢楼房，靠西的一幢是灰砖旧式楼房，年久失修，墙皮都掉了一大半，很像建设中的土坯房，靠东的一幢还比较像点样子，普通的红砖平顶楼房。一楼是一排向外的沿街铺面，南侧是入口，入口处挂着"保定市群众艺术馆"的镏金字，镏金字下边也有群众提的字：市内办证、各种证件、联系电话……我走进门洞，就有人喊："嘿！前边那师傅，干什么的？"

我停下脚步，转过身，看见一位披着军大衣的老同志在门房台阶上招呼我，我走近他，说："我是这儿学画画的。"老同志抬高头往下点了两下，咧着嘴露出两颗黄牙说："噢——学美术的？我说怎么大长头发呗。"

"呵呵，头发是有点长。"我笑着拨拉我的头发说，然后从兜里掏出烟来递到老头面前，颠出一根。

"哎，好好，谢谢喽。"老头儿伸出缩在军大衣里的手接过烟。

"我今天是头一天来，那我先上去咧。"我指指房顶说。

"好好，上去吧。美术班是三楼。"

楼道旁侧的硬塑料车棚下紧凑地排满了歪七扭八的自行车，靠着车

181

棚铁柱子放的两辆锈迹斑斑的自行车上搭着两把长布条大墩布，下边扔着一把大扫帚和簸箕，老李的车也停在车棚旁边。楼梯每蹬台阶上都粘着一些脚印踏过的碎泥沫，我尽量躲着往上走，每层楼梯的墙壁上都挂着名人肖像，有音乐家、画家、文学家、书法家、诗人等等，这让我想起了我的高中，也是墙上挂着画家的肖像和代表作，都弄得挺有艺术殿堂的味道，像那么回事。这些名人肖像大部分我还能认出来，中国的好认，外国的全是一脸大胡子，长相都差不多，莫奈、海明威和柴可夫斯基要是没下边黑体字的简介，我看那就是亲哥儿仨。

我敲门，轻轻地拧开门把手探进头，学生们分为两组，在画室的前后门两端分别围着一个模特画，我一眼便看到老李，他坐在靠近暖气片附近的一个座位上，周围站着几个学生看着他画，他应该是在给学生改画。我倾脚进去，学生们基本全都疑惑地看着我，直到我蹑手蹑脚地移步老李身后，和他们一起看老李画。

老李十分认真，边画边讲："还是要注意整体大关系，大的形体、比例把握好了，别急着上调子。"说完，他用手顶了一下架在鼻子上的眼镜，又抹去画板上擦废的像洗澡时身上搓出的泥卷似的橡皮沫，然后站起来，把画板从画架上拎到地下，靠在凳子腿上往后退几步看，我和看画的几位学生也跟着往后退，老李歪着头，伸手比划说："大关系的黑、白、灰，再给它拉出来，然后再往细里找。"学生们点头称是。

"行，先让模特休息一下，一会儿继续。"

学生散开，模特起身晃动脖子，一直在画画的同学们也都放下笔，摘下耳机，站起来伸懒腰削铅笔的，凳子被扭动出的嘎吱声、聊天声、哈欠声四起，画室顿时热闹起来，跟我上学时一模一样，不一样的是我原来所在的画室上课和下课都一样热闹。

老李拿起窗台上的茶杯，转身看见我，我说"李老师好。"

"哟！来了啊。"

"嗯，看您改画呢，就没打招呼。"

"好，来来来，同学们先静一下。"老李拍着我后背，做了个类似拥抱的手势。

"我给你们介绍一位新老师。"学生们"呼啦"都蹿到跟前，把我和老李围起来。目光全都落在我身上，期待的表情挂在他们每个人的脸上，有的张嘴愣神，有的交头接耳，有的抓耳挠腮，还有的看样子想笑又没笑出来。

"这是耿楠。我原来的学生，画得相当不错，现在他在搞创作，素描水粉有的比我画得好，以后大部分时间由他来带你们，你们有什么不明白的就多问他。"

"噢——"学生们看起来挺兴奋，腼腆地笑着发出一阵唏嘘。

"来，咱们让他讲两句。"老李带头鼓掌哄我，一片掌声中我都被夸得不好意思了，无奈地笑笑。当然，我也打心眼儿里高兴。

我非常有礼貌地低头向大家鞠了一躬，脑袋扎得很深，跟鸵鸟吃屎似的，抬起头来我都有点眼晕，我甩了一下遮住脸的头发说："大家好！恩——那个我没有李老师说的那么有能耐，我也就是画的年头儿比大家长点，李老师是谦虚，把我夸满了，也是希望大家能好好画画。以后呢我给大家上课，希望大家能配合，我做得不足的地方，大家多指点，有什么不明白的地方就问，如果我也不清楚的，咱们再请教李老师。咱们一起努力，一起进步，共勉吧，谢谢大家。"我再次欠身致意，很有那么点英国绅士的感觉。

我说这些话的时候紧张得都哆嗦，我明显感到脸部肌肉一直在抽搐，好几次说着话差点咬到舌头，心里蹦跶蹦跶直个劲儿跳，浑身起鸡皮疙瘩。我第一次和女孩发生性关系时也没紧张成这样。我倒不是因为人多，而是因为受不了自己说话时的那股绷着的劲儿，冠冕堂皇地像领导讲话似的，让我觉得既恶心又可笑。就是这样我讲完后还是掌声四起，我则用微笑粉饰内心泛起的一阵尴尬。

等模特坐定，学生们继续画，老李带我去了另一个画室，那小老师也是个大小伙子，体格比我壮实，个头比我高出半个脑袋。老李给我们引见了一下，我与他点头握手，互相寒暄一番。从画室出来，我随老李走进办公室，里边摆的棕色皮沙发、办公桌、靠椅、书柜，一样不少，地面干净，屋子收拾得也整洁规矩，老李坐沙发上，给我递了根烟："那小伙子也是刚毕业的，工艺美院的学生。他是另一个老师找来的，专业课不错，家是县里的，也挺不容易。"老李吸口烟。

"唉，都不容易呀！在这干就挺不错了。"

"你们还年轻呢，先凑合着干，以后都前途无量。"

"得，我记着您这句，等以后发达了我先孝敬您。"

"嗯——凭咱们这张嘴也差不了。"老李指着饮水机："这儿有开水，累了就过来歇会儿。这有个管理教室的主任，平时不坐班，白天也不在这。"

"噢，那课是怎么安排的？"我问老李。

"一周素描一周水粉，按星期排。素描还是头像为主，半身像偶尔穿插一张。水粉还是静物为主，跟你们那会儿一样。晚上让他们画速写。"

"记住了，静物往哪儿拿？"

"找这主任。每天晚上他得过来锁门，用什么提前一天晚上就找他取，我都是给他们买点水果摆上，画完了他们就分着吃了。"

"挺好，也省事儿。"

"这些孩子都挺踏实，底子也不错，你好好教教他们。"

"您放心，只要我会的，我是不会国画，要不啊，我全给他们培养成徐悲鸿。"

老李拧开水杯喝了口水，把烟头掐灭，说："有这份心就行。"

"用不用我跟你一天，熟悉熟悉？"

"不——用！"我翘起二郎腿说。"我您又不是不知道，到哪儿不是跟自个儿家一样啊，见谁都自来熟。您跟着我倒放不开手脚了，影响我发挥。"

老李笑着起身，说："行，那我就走了。"

"该忙忙您的。"

"臭小子，有什么事再打电话吧。"

"慢走吧您。"

我也算平生第一次当老师，没想到我竟然堂而皇之地能混进教师行列，虽然我也厌恶曾经小学、初中、高中教过我的那些老师。老师跟老师还不一样，我讨厌的是教文化课的那些，也不能全怪他们，他们也是人在江湖身不由己。学校要升学率，老师也得养家糊口，都知道填鸭式的教育模式落后，谁也没办法。有良知的敢怒不敢言，没有的连想都不想，只管当天老师上天课，多培养出几个书呆子考上重点，自己能多拿奖金就得。从我学美术算起，我就没讨厌过专业课老师，陆续教过我的算上老李一共三个人，都不错。第一个是女老师，对我们要求极为严格，作业也留得巨多，除去白天上课，余下的时间都要画速写，虽然我对此反感，但无可否认，打下了坚实的绘画基础。第二个老师是位年过六旬的老教授，这个老师在保定市名气很大，老李也是他以前的学生。这老先生从来就没架子，看着我们画不好他就着急，经常给我们做范画。即使这样我们还是不怎么开窍，我们那班虽然没笨蛋，但是也没像莫里迪亚尼那样的天才，理解能力有限。老先生带我们时间不长，却从他那儿学到不少东西。最后一个就是老李。

我说自己是老师纯粹是自美。说白了不过是个野路子的小助教，职业名词都管我们叫"临时工"。话虽如此，可是当学生们一口一个"耿老师"叫我的时候，唉，那心里就甭提多美了。

我在画室里来回转悠，学生们画得都很认真，只能听见铅笔在纸上摩擦发出的"哗哗哗"的声音，偶尔有两声咳嗽，可能是有学生感冒。我看画得还都不错，便没有给哪个学生指点。我怕打搅了这种安静的良好气氛。我站在窗户前，伸伸胳膊，看看窗外，行人依旧。我搬了把椅子放到窗前，坐下晒太阳，我看窗台上放着一摞素描之类的书，便拿下来翻看，其中还有几本艺术类的杂志，我一本本翻阅起来。

现在我都懒得看杂志上的文章。要是在以前我就是晚上不睡觉也得把那里边的每个字都读完了，不是我变懒了，而是这些杂志上的评论写得都太差劲了。没接触之前，在老李那儿借一本就跟宝贝似的，看到那些文章我就像看见真理一样，如饥似渴字斟句酌地细细品读。读了几本之后，才发现根本不是那么回事，千篇一律地弄着那些词来回拽，凡是评画的文章无一不是在吹捧。说是批评，根本就是变相的赞赏，作者全都表现出一副过来人的样子，通篇洋溢着欣慰之感。研究美术问题的论文更是让人咋舌，从头至尾不仅一点个人观点没有，处处引经据典，而且满篇的"舶来品"，一句话后缀十句旁征博引别人的话，尽其能地炫耀自己的博学多识，拿来主义被他们发扬得淋漓尽致，最让我恶心的是，在署名的下边还加以小括号，括号里写上所谓的职称："某某美术学院教授"、"某某大学艺术学院副主任"等字样，生怕别人小看了自己，见缝插针地显摆自己的身份。

画家们出名后一个个也是不亦乐乎，画几个少数民族的农民就叫写实主义，画一群矿工民工就叫现实主义，画几座名山描几块草坪就是自然主义，画一批红卫兵就叫波普艺术，勾几条线的静物就叫解构，往画布上瞎抹乎就叫抽象，实在诌不出来词的作品全叫后现代！

在杂志中，理论家和画家的关系就像性爱姿势中的"69"式。你说我画儿画得好，我就说你文章写得棒；你把我捧到天上，我就把你吹到云上；你说我是一代名家，我就说你自创一派；杂志社也都是自己人，咱们就敞开了扯，往大里吹。谁都不吃亏，咱就一起往上飞。中国的评论家的工作就是溜须拍马，艺术家工作就是瞎涂乱画，这就是号称中国的当代艺术？我呸！要都这么搞倒不如去日本拍毛片了，市场大，挣钱还多，活儿好的还能多给钱。

什么《美术》、《当代美术》、《中国美术》、《艺术市场》、《美术研究》、《美术观察》等等这些无论是官方的还是在野的杂志，无一例外地都在吹，在外国有市场的画家就往国内贴金，冲不出国门的就自己人捧，都是耗子扛枪窝里横，吃铁丝尿罩笠——硬编，掩耳盗铃的游戏永远也玩不腻，自个儿骗自个儿找心理安慰，手淫就是不犯法，天天儿来谁也受不了呀！

我手里的第一本杂志尾页赫然登着两张陈逸飞的油画作品，评论家给人家定义成"新古典主义"流派，现在老先生已经与世长辞，不知道他喜不喜欢这个称谓。

反观这两年，在艺术界两个较大影响的事件主角都是陈姓画家。其一是陈逸飞先生的突然离世，其画作在市场上的价格飙升。其二便是清华美术学院教师陈丹青的辞职。我记得这事是因为中央电视台有个栏目专门做了一期陈老师的采访，看到老陈也对现行的艺术教育制度不满，我是打心眼儿里支持。这说明教育制度不好不光是学生有意见，老师也有意见。人家陈老师还是大学教授呢，在知识分子里也得算是精英吧，画儿画得也好，早在1980年就凭着《西藏组画》成名了，业务上谁也挑不出毛病。得承认了吧，就是教育制度本身有问题。

再回过头来看几位名声大噪的中国画家，冠以"新现实主义"之称的刘小东，还有中国当代艺术里油画最贵的四位：方力钧、王广义、岳敏君、张晓刚。艺迷们管这哥儿四个称为"中国当代艺术的F4"，这个称呼听着倒是挺有意思，他们虽然都是学院派的出身，但作品可全都是以出奇创新而闻名。方力钧的"光头傻小子"、王广义的"群众大批判"，岳敏君的"不羁笑脸人"，张晓刚的"血脉大家庭"，说是出奇创新，其实细想来，全是中国人的生活里的那点儿事，一点儿不新鲜。

国外的华裔咱就不提了，意思点到为止。赵无极、朱德群等老炮儿的画儿也没什么可羡慕的，即使有，我也不过是嫉妒他们作品卖的那点钱罢了。说句公道话，他们的画儿不是不值钱，而是不值拍卖得那么多。当然，你非要说我是妒火焚身我也认。

长时间低头看书让我后脖梗子分外疼，放下书，我站起来仰起头来回扭动，也用手捏两下。有两位同学过来说让我看看画儿，我拿出手机看看表，说："这样吧，模特休息。你们也活动一下，我出去抽根烟，回来大家伙都把画板靠墙，咱们一起讲好吧。"学生说行，我说那就歇会儿吧，男生有抽烟的都到外边抽。

我出了门，胳膊肘支在走廊的铁栏杆上，腾出只手掏烟。

"老师，抽我的吧。"一盒烟递到我面前，我转头看围过来的男同学纷纷递烟点火。

"不用不用,谢谢你们啊。"我客气地把我的烟盒打开,抽出一把来说:"来,你们的都拿回去,今天都抽我的。"

"…老师,这…"

"快来吧,自己点自己的吧,没什么客气的。"

我猛嘬两口,倚着栏杆看着他们,这要是在马路边围这么一圈,俨然是小混混们聚会。

"老师你是哪儿毕业的?"一个男生问。

这一句问得无地自容,我呼出口中烟雾,说:"我没上过大学。"

提问的男生有些尴尬,愣了一下说:"那您画儿肯定好。"

我笑笑,说:"唉,就那么回事。你们得好好画,我争取让你们都考上美院。"

"那您看我们画得行吗?"

"这怎么说呢。谁能考上谁考不上这事没人能说准。你觉得不行,我看也不行。你要觉得能行,我觉得就没什么问题。你得问自己'我努力了吗?'首先要有自信,其次多干活。心不能慌,笔不能放,稳扎稳打,解决问题。一路这么走下去,你说行吗?"

他们摇头晃脑地琢磨了一会儿,又一个说:"您说的跟李老师真一样!"

"是么?"我把烟头扔地下踩灭:"那咱们就干活去,走!"

画室里同学们的画板都沿着墙根一面排开,他们站在画前三五成组地议论着,有的还拿着铅笔橡皮蹲在那儿涂改,我像模像样地仔细阅观每一幅,画室里也渐渐安静下来,两个模特在门口窃窃私语,我过去说:"两位大叔,上午就到这儿了,回去休息吧,下午正点过来就行。"

我在给他们评画的时候,也看到了自己的不足,有很多地方就是以前我画上的毛病,仿佛这些就是我以前的同学,这些画儿也是我曾经的同学们的画儿,我身在其中游刃有余地对着这些画儿滔滔不绝,站在同学们中间泰然自若。结束以后还以为放学有些早,一看表,都快十二点了,若不是中间接了一个电话我估计能讲到一点。

39. 谜一样的女人

中午艳阳高照，街上车流滚滚，行人川流不息，亚太通讯的广场上又在搞手机促销降价打折之类的宣传活动，临时搭起的演出台上站着打扮得光鲜亮丽的主持人，大冷天的穿着连衣裙握着话筒呜哩哇啦地卖力喊着，台下却没有几个人，音箱里还不时传出劣质舞曲的衬托声，与来往车辆的喇叭声交相呼应，噪音充斥在骚动的城市中，让人耳鸣心烦。

我走过人行横道，前边有人喊我："耿楠——这儿呢！"我看半天只听得其声不见其人，又向前走两步才瞅见颜梦莎的脑袋伸在一辆白色轿车的车窗外，走至近前看，是辆奥迪。

电话是颜梦莎打来的，说是有点事让我帮忙，问我有没有时间。我说只要不是上刀山下火海，能帮的我再所不辞，她问我在哪儿之后，让我到体育场门口等她，见面细说。

"上车。"
我钻进车里，靠在座位上双手交叉抱在脑后，问她："什么事啊？这么兴师动众，跟外国人谈判？"
"什么呀，我男朋友结婚——以前的。"
"噢，闹婚场啊！说吧，这事我喜欢，咱是暴打新郎还是劫走新娘？"
"哈哈，没那么严重。就是想让你陪我去参加婚礼。"
"就光吃饭？"
"嗯。"
"那我去就不大合适吧？"
"怎么了，没事。我不想一个人去。"
"我跟人家无亲无故的——"
"为难吗？"颜梦莎打断我，抬起搭在方向盘上的胳膊看了一眼说："要不愿意就算了，我赶时间。"

　　我看她脸色失望的沉下来，凝视着前方。"有什么不愿意的，不就吃饭么，免费的午餐天天有才好呢！走吧。"

　　"系好安全带。"

　　一路上我贪婪地靠在副驾驶的位置上，美滋滋地跟颜梦莎神侃。她的表情也转僵为融，跟我聊得喜笑颜开。我摸着车里雅致的内饰说："你都开上 A4 的人了，还当什么服务员啊？"

　　"车是我妈买的，我喜欢当服务员，领班也不累。"

　　"你们总经理真没品位，要是我就让你当秘书，自个儿觅下。"

　　"哈，当秘书是要学历的。"

　　"也对。现在暴发户都知道包大学生了。"

　　"你怎么不找？"

　　"我？我一不是暴发户，再者我往哪儿找去呀。"

　　"你没女朋友吗？"

　　"好几个呢，但都不是大学生，现在大学生也可能装了，没钱的都不考虑。"

　　"钱确实是个问题。"

　　"那你呢？是找有钱的还是没钱的？"

　　颜梦莎把车拐进停车场，刹住车，优雅地转过头向我莞尔一笑，说："你猜呢？"

　　女孩的心思男孩也别猜，猜来猜去也猜不明白。她们的思绪就像随风飞舞的蒲公英，飘忽不定，难以琢磨。不过这些小聪明无不透露着她们与生俱来的机灵与可爱，这也正是她们吸引我的原因，我想这就像吸毒的人为什么会上瘾而无法自拔一样。由此我认为姑娘的魅力大于毒品，有戒毒的地方却没戒爱的场所。

　　谜一样的女人是上苍献给男人最珍贵的礼物。

　　婚姻对于我应该还尚有一段路程，我倒不怕成家，主要是还没立业呢，没有成家的经济基础。大部分人到了一定年龄肯定要有个归宿。婚姻也没有小资情调的杂志上说得那么可怕，什么婚姻是爱情的坟墓、自由的枷锁之类，纯属痴男怨女们的爱之伤吟。今天看来，解放思想之后结婚证对现代男女关系除了法律效力之外，也没什么重要的，更有年轻之辈认为那就是一张固定性关系的证书。话是没错，就是听起来不怎么好听。

　　单身主义者也不在少数，单身不等于禁欲，不繁衍下一代对现在的中国人口情况来说也许是件好事。

结婚似乎也不像以前在人生中那么有地位了，一次不行就再来一次，二婚三婚满意为止，好聚好散，再聚不难。从人文主义来看这倒是符合人本精神，人的自主意识都提高了，道德就只好先靠边站站了。

和结婚相比，我更乐意参加婚礼，我觉得中国人的婚事是世界上操办得最好的。它不仅是促成一对爱人喜结连理的庆典仪式，还能促进亲戚朋友间的感情，最让我自豪的就是这简直就是"AA制"的典范，既能吃饱又吃得好，而且还有节目看，热闹的气氛美味的佳肴，你好我好大家好，这才是真的好！

地球村门口站着的一对新人格外乍眼，新娘身着白色婚纱，手持一束艳丽的鲜花。新郎西服革履，英姿勃发。两人频频向往里走的客人微笑着点头致意，如古时的街头妓女揽客一般。虽然寒风不时吹过，但两人脸上被阳光洒满的笑容依然灿烂夺目。我随着颜梦莎走到他们跟前，不知什么时候颜梦莎的手已经挽到了我抄着裤兜的胳膊上。

"来了啊，里边请吧。"新郎彬彬有礼地说。

"祝你们白头偕老——""永结同心！"颜梦莎没说完，我抢着默契地接上下半句。

"谢谢，谢谢，这位是？"新郎问。

"我男朋友。"颜梦莎痛快地答道。

"你好，你好。"新郎与我握手。

"你也好！祝你们幸福！"

"谢谢！"新娘款款替正在掏烟的新郎答道。

新郎给我点上支喜烟，说："快进屋坐吧。"我道过谢，牵着颜梦莎的手走进饭店。

走廊入口的隔断屏上贴着硕大的红双喜字，屏后有一铺红布小桌，桌后坐二三人，桌上笔墨纸横列，一看便知是账房。我们移步桌前，桌后先生喊："客到——"我们互相问好，颜梦莎把早已备好的红包交给先生，报上姓名后，只见先生打开红包，轻点红钞，起手执笔，如书法家题字般挥斥方遒地书写至账簿。大厅里已是人声鼎沸，高朋低友满座，空中张灯结彩，此情此景让我想起了小学时每逢元旦的联欢会。几串纸花的交叉处吊着红彤彤的灯笼，在温暖的灯光照耀下显得蓬荜生辉。就坐的人们都在聊天喝茶，有的桌上几位西服大汉在甩膀子大嗓门地叫唤着炸金花。圆桌上、地上早已狼藉成堆，花生壳、瓜子皮、烟头糖纸零散其中，几个凳子腿高的小孩攥着糖来回走着咿咿呀呀，把身后把持的大人们累得狼狈不堪。前礼台的音箱里不时传来嗞啦嗞啦喂喂喂的声音，时大时小，我拉着颜梦莎穿梭于其中，我不时对她说："真热闹呵！"颜梦莎会心地笑笑，红红的脸蛋好像也被喜庆的气氛所感染。

　　我们在大堂角落中的一张还没人占的桌上落座，我拿起茶壶倒水，说："哎，你看没看新娘子的婚纱？"
　　"怎么了？"
　　"胸前那块蕾丝布都没洗干净，褶上都脏兮兮的。"
　　"呵呵，是么？你怎么尽往人家胸上看？"
　　"离那么近，我想看别处都看不了。"
　　"你看的够仔细的啊。"颜梦莎呡口茶说。
　　"就这还是余光瞥见的。"
　　"新郎呢，怎么样？"
　　"人挺精神的。"
　　"他当过兵，长相呢？帅吗？"
　　"跟一般人比帅，要跟我比还差点吧，哈哈。"
　　颜梦莎也跟我一起大笑。

40. 一场没有硝烟的战争

"亲爱的大爷大娘叔叔阿姨哥哥姐姐弟弟妹妹小朋友们——你们好！"

"哗——"一阵雷鸣般的掌声。

"欢迎各位在百忙之中来到这里！婚礼即将开始。让我们为两位新人祝福，一起见证这个重要的时刻：十、九、八、七……"

台下的人也跟着倒记时，我和颜梦莎也扯着嗓子喊，数到一之后，响起了婚礼进行曲，我怎么听怎么像鬼子进村。随着音乐的响起，新郎新娘相依缓缓走上脏了吧唧的红地毯，后边还跟着伴郎伴娘，地毯两旁的哥们儿扬手挥洒晶晶亮的塑料纸片，摄影师杠着摄像机像跳舞似的晃来晃去地紧跟着，两位新人走到台上，主持司仪又开始嘚吧，极尽搞笑之能事，耍着新郎新娘及他们的父母玩了老半天，我肚子里也咕呱地跟着叫，一直等到开吃的环节。

我们坐的这桌也不知什么时候挤满人，得有十来位，我低声问颜梦莎有认识的吗？她摇摇头，我说那就好办了，等我上趟厕所，回来可敞开肚子吃了。

在小便池前意外地碰见了许冰，我用肩膀挤了他一下，他回头："擦，你干嘛来了？"

"跟别人蹭饭来了，你呢？"

"我战友结婚，叫我给他开婚车来了，我以为让我开奔驰呢，来了开个破广本。"

"你坐哪儿呢？"

"西南角上那桌，呆会儿你过去喝两杯。"

"少喝点！"许冰洗着手说："赴席要喝酒你什么也吃不上，谁筷子都得比你快！多吃少喝记住喽！"

"还有这讲究儿呢？"

"你以为呢，我吃过这亏——喝半天拿起筷子来就剩菜底儿了。"

"哈哈，这次吃回来补上！"

许冰回到他们战友那一桌，我看到新郎新娘在轮着桌子向客人敬酒，下一桌就到我坐的那儿了，我转身去了服务台，让服务员用酒杯帮我倒了一杯白开水端过去。等我回去，新郎官儿已经红光满面地被新娘搀扶着站在桌前，所有的桌围客人都站起来共同举杯，嘴里叙叙有词地对来宾表示感谢，新娘给新郎的小酒杯满上，新郎半晕状与大家碰杯，我离他比较近，端起那杯白开水一饮而尽，新郎感动地拍我胳膊："兄弟，谢谢了！"

坐下后颜梦莎给我夹了只虾剥好皮放到我嘴里，说："别喝那么猛。"我咽了虾贴到她耳边小声言语："那不是酒，是白开水。"顺便亲了她一口。

颜梦莎顿时粉面桃花，捂着嘴笑起来，直用手拍我。

食客们果然如许冰所言，一双双筷子像螃蟹腿儿似的张牙舞爪的在空中挥舞，夹粉条的女士把粉条挑到半米高，像是在拍方便面的广告。爱吃鱼头的先生恨不得把整条鱼都夹到自己的盘子里，一时间，碰杯声此起彼伏，仿佛大家都像是在人民公社大食堂吃免费大餐。歌手在礼台上嘶吼助兴，随着传来的《青藏高原》的声音，饭局到达了高潮，观众们顾不上鼓掌一边吃着一边叫好儿，菜汁儿混着酒精味的吐沫星子满场喷，我见势不妙，再不吃快点没准儿菜汤儿都喝不上。我赶紧给颜梦莎夹了几片肉，也不知道是什么菜，是荤的就行。她说不用管我，你吃吧。我仿佛听到的是冲锋前战友的鼓励，于是便甩开腮帮子加入了大嘴嘛牙的行列。

婚宴就跟抗击非典一样，是一场没有硝烟的战争。碗筷就是武器，比的是速度拼的是牙口儿。牙好不见得胃口就好，要想取得最后的胜利，一定要有一个好胃。

上学时我的胃口还行，因为喜欢运动爱踢足球，见天下课踢，放学踢，有足球踢，没有足球做个纸球也要踢。老海为我们的足球事业贡献了三个足球。第一个是在学校踢的时候，陈琢一脚射门击碎了主任室的一块玻璃，球被没收；第二个是在老海他们家门口的便道上踢到马路上，被过往的汽车轧爆；第三个是在红二师的大操场上，老海自己的一记凌空抽射射进了墙外的护城河中。我们眼看着那个老海买的最贵的足球随着青绿发臭的浑浊河水缓缓向南流去。没足球之前我们都撕作业本，把揉皱的纸用透明胶带层层包裹，最后成一个球体，这个球体往往是个椭圆形，然后渐渐被我们踢烂，撕成小碎片，最后在教师窗台上玩个天女散花什么的。

运动量大所以吃饭就多，也消化得好。我爸那时常在饭桌上说："半大小子，吃死老子。"

等我们慢慢长大，对足球的兴趣逐渐转移到酒瓶的时候，我们的胃便每况愈下，陈琢喝得发过烧，许冰输过液，老海最猛，有次喝成胃出血，还住了一个月的院。我没他们那么严重一是因为我爱喝水，二是我喝大了之后到厕所不是上吐就是下泻，一定得把废物排出体外。

颜梦莎送我到群艺馆门前，我靠在座位上迷儿马糊地问几点了，颜梦莎说还不到一点半呢，我伸开胳膊耸耸肩说："吃饱了就想咪一觉。"
"那就睡会儿吧。"我的座椅后靠背缓缓下降。
"你下午不上班？"
"不上，今天休息。"
"那我就不客气了，实在是困。"
"睡吧，一会儿我叫你。"
我闭上眼，歪头躺下，一只胳膊弯曲成小于号的样子枕在脑下，耳边传来悠扬的小提琴声，没两分钟我就进入了梦乡。

醒来的时候我胳膊麻木得一点知觉都没了，颜梦莎紧靠在我身边，手环抱着我，我们俩身上搭着她的风衣，我抱着她慢慢坐起来，可能惊动了她，也醒了。我摸出手机看两点半了，我说："我先走了，你再歇会儿吧，路上开车注意点。"我推开车门，她说："晚上去我家吃饭吧。"我回头看她，向她微笑着点头。

41. 是金子就揣起来

下午课进行得还比较顺利，可能是我给他们讲得更通俗，一张张素描的画面效果都不错，天色逐渐暗下来的时候，同学们就坐不住了，有的画不进去了，我让他们都停笔，又给他们讲了深入刻画时需要注意的几个问题，看他们一个个倦怠的神态，我深深地能够理解。我说："还得往下画啊同志们！深入不进去怎么办？要不休息十分钟画速写吧，素描就是枯燥啊。"

"我们都是晚上画速写。"一个戴眼镜的学生说。

"晚上就接着画呗，现在你们的状态画素描，效果也不会很理想。这样吧。你们先休息，我给你们找些资料，一会儿咱们临摹，晚上的时候再写生。"

集体通过我的意见之后我回了趟家，把以前买的那些大师速写集找了七八本扔进塑料袋里，返回课堂。

我让他们把书都拆成散页，我说拆不下来就往下撕吧，同学们觉得太可惜，我说没事，都是我自己的书，你们只要能学着东西比什么都强。几本书一会儿时间便成了一摞纸，真是人多力量大，从他们每人挑出的速写便看出个性的不同，有人喜欢珂勒惠支，有人喜欢荷尔拜因，有人看着马蒂斯的笑着说真简单，有人捧着席勒说还可以这么画呀！我说你们喜欢谁的就临摹谁的，在过程中体会用笔的乐趣，向他们学习技巧和智慧。

少顷，隔壁画室的周姓老师进来，我和他打个招呼，他转悠着看我这屋的学生临画，过来与我聊天，我起身说："走，咱们出去抽根烟。"

闲聊中，他问我："现在他们临那些东西不好吧，容易使他们走歪了呀！"

"嗨，没事。接触一下无关紧要，太闭塞眼界不开阔。"

　　"高考他们要那么画，恐怕通不过。"
　　"只是让他们学习一下，他们的画面没那么容易改观。"
　　"嗯，也是。多见识也有好处。"
　　"对，利大于弊。"
　　"你喜欢谁的画？"

　　我们就这么一路聊下去，有些艺术青年相见恨晚的感觉，到兴头儿上非要拉我喝酒去，我一推再推都不好意思了，只好以家父有病在身为托辞，他也不好再说什么。我说等日后我请你，他忙说不用不用，只是有事想让我帮忙，我心说今儿是怎么了，好事一桩连一桩，都让我赶上学雷锋。我说尽管说便是，只要我能做的。
　　"明天正月十五，今天家里我妈给我打电话，想让我今明天回家，在家呆一天。我家是——"
　　"行！你回去吧，我在这盯着。"我想起了他家是县里的。
　　"那谢谢你了，等回来——"
　　"哎！有什么呀，你安心地回家，不行就多呆两天，陪陪父母。"
　　"不用不用，一天就够了。"
　　"对，说起来我还得麻烦你，今天晚上我有点事，你先帮我盯一晚，明天你就走你的。"
　　"行，行行，没问题！"小周痛快地答应。

　　晚上我如约去了颜梦莎的家。
　　进门，简洁大方的室内装修，暖色调的家具组合与装修风格既统一又不失风雅，旁边的衣架上还挂着一串天蓝色的纸风铃，关门的微风吹动风铃响起，叮叮当当的声音在房间里回荡，令我心情愉悦，倍感温馨。
　　我拘束地站在门口地毯上说："你家太干净了，我都没敢下脚的地方。"
　　"不至于吧，地板都两天没擦了。"颜梦莎从鞋架上取了拖鞋，扔到我面前："可能我这没人来过。"
　　"一看你就是特爱干净的人。"
　　"这倒没错，先去洗手。"

　　"尝尝我的手艺。"我与颜梦莎在餐桌前对坐，颜梦莎说。
　　"看着就好吃。"我看着盘子里摆放精致的肉说："我也享受一回西餐。"
　　我拿起刀叉准备开吃，又放下，端起高脚杯说："谢谢你请我吃饭。"
　　颜梦莎轻轻碰了一下我的杯说："应该我谢你，中午帮了我的忙。"

保定狂欢 Bao Ding Kuang Huan

196

"嗨，那算什么帮忙啊，下回等他二婚的时候还叫我。"

"哈哈，行！"

饭后我帮颜梦莎收拾桌子，主动要求刷盘子。她抢着我手里正冲洗的酒杯说："我来吧。"我用胳膊肘往外支她："你甭管了。"我俩争执不下，"啪"的一声，酒杯掉在水池里摔碎，我们俩同时动作停止，只剩下自来水静静流的声音，我往衣服上蹭蹭手上的水，拿起颜梦莎的手摩挲着："没扎着吧。"她什么也没说，只是顺势倒在我怀里。

颜梦莎洗澡的时候我把电话关机了，翻看她 CD 架上的摇滚唱片。良久，颜梦莎穿着一件丝绸质感的吊带睡裙出来，让我去洗。

浴室中透着淡淡的清香，我泡在浮着泡沫的浴缸里像被热水冲开的茶叶，四肢放松无力，脑袋让热气蒸得昏昏欲睡，解乏至极。

出浴后，我坐在沙发上先点上根烟，颜梦莎到厨房取来一个崭新的白瓷烟灰缸，说："我在家已经很久没闻到烟草味了。"

"要不我掐了吧？"

"不用，你抽吧。"她又端来两杯咖啡。指着音响，问我："猜猜是哪个乐队？"

"Aerosmith。"我果断地回答，其实洗澡时我就听出来了。

"果然是摇迷。"

"那是，这首歌是《Idon'twanttomissathing》，翻译过来是'我不想错过你'。《世界末日》的主题曲，对吧？"

"知道的真不少。"

"摇迷嘛——'发烧友'说的就是我这种。"

"我最喜欢这首歌。"

"别说你，外国姐都迷倒了成千上万，他一天睡一个都睡不过来。"

"你睡过多少？"颜梦莎笑着向我挑眉毛眨眼。

"我？听真话还是假话？"我掐灭烟。

"你好意思骗我就骗呗。"她往我身上靠。

"我也记不清了，超不过十个。"我喝口咖啡，问她："你呢？睡过多少帅哥？"

颜梦莎走到我面前，胸前乳沟若隐若现，白皙的胳膊，光滑的玉腿，芙蓉出水楚楚动人。她抬起头靠在我身上，用食指轻触我鼻尖："你是第二个。"

　　我想我没理由拒绝，明知美事不可能发生在自己身上还整天盼着奇迹发生呢，有一天这份从天而降的好运就不偏不倚地砸在了你脑袋上，你怎么办？我肯定和大部分人一样，是馅饼就消灭，是金子就揣起来。我不怕骗局更不怕危险，就怕错过应该浪漫的瞬间。我不知道颜梦莎的话是真是假，反正我是受宠若惊，即便是假话我也乐意当真话听。两个人谈得来，彼此没有任何图谋。只是单纯的喜欢，这种情感基础上发生的一切我认为都再正常不过，因为它纯粹而彻底，偶然而热忱，相反，要是没发生点什么我才觉得不正常。

　　我一把抱起颜梦莎，向她的闺房走去。老男人史密斯的歌声继续在屋子里低空旋绕，那声音尖锐、神经，令人迷蒙而陶醉。

42. 十七岁的时光

　　教室外面的鞭炮声时远时近，一阵阵地响起，画室里的学生们早就坐不住了，都在小声嗡嗡地聊天，不时来回走动，削削铅笔呀，上趟厕所呀干什么的都有，老实地拿着本书坐在一边看起来，认真画画儿的一个都没有，坐在那儿画的也是心不在焉地时而看看窗外，我看都这样了就让他们先休息。

　　姥姥说正月里没过十五就不算过完年，三十儿晚上是大年，十五是小年，一家人吃了元宵这个年才算是过了。

　　我给老李打电话请示了一下，老李同意我的想法。

　　我把两个班的学生聚到一起，宣布下午放假。这一政策得到了同学们的广泛欢迎和积极响应，他们尖叫鼓掌，我看看表说："但是现在还是上午，离下课时间还有一个多小时，你们踏踏实实地画三张速写，二十五分钟到半小时一张，时间自己自由把握，要求务必认真。"

　　我又把徐悲鸿先生的"十二字决"告诉他们：宁方勿圆，宁拙毋巧，宁脏勿净。说完给他们讲解了一遍。他们这才分别回到画室，静下来安心画。

　　临近下课时，我拨通了冯丽的电话。
　　"干嘛呢宝贝？"
　　"刚到家。跟我妈去烧香了。还许了愿。"
　　"许的什么愿呀？"
　　"不告诉你，呵呵，说出来就不灵了。"
　　"哈哈，想我了呗？"
　　"想了呀，你都没想我，电话还关机。"

"怎么没想啊？我在梦里想来着。"

"呸，你就会说。"

"好了昂，等回来慰劳你。哪天回来呀，我等的花儿都谢了。"

"流氓！明后天就回去，今天晚上得去我奶奶家过十五。"

"好的，你行李什么时候拿，我去接你。"

"嗯，我再给你打电话吧。"

我才挂断，又接到我妈的传唤：我爸出院了，在姥姥那儿，让我晚上回去吃饭。我听电话里有哗啦哗啦的声音，不对劲儿，我问："你打麻将呢？"

"昂——这不你大姨他们都在呢，就乘上了。"我妈笑着说。

"您可真行，真是我亲妈。可算是'解放'喽！"

"哪儿啊，你爸这不还躺床上支招儿呢。唉！对，你给你爸交住院费了？"

"是啊，怎么了？"我自豪地说。

"嘿！你哪儿来的钱呀？"我妈疑惑。

"你儿子长出息了呗！画儿卖钱了！"我倍感自豪地说。

"嗬，真不错，可得好好谢谢你们那李老师！"听口气我妈也倍儿高兴。

"这不用你操心，工作也给我安排了。"

"哎哟！那你得请请人家呀！让你干点什么呀？"

"在他画班教学生。行了，没事我不跟你说了，正上课呢。"我装正经道。

"好，好，对！你下午去医院把你爸的病历本拿回来。"

"哦，行。"

"找那个王主任……"

我手机合上盖，我也长舒一口气，我爸可是出院了，真是好，这病总算是过去了。

中午我没耽搁，下了课就跑去医院。我把病历本揣在棉服的内兜，站在电梯门口时，我看着来往的医生护士，顿时心生敬意——这是多么可爱可敬的人啊！乘电梯往下走时，我还热心地帮几位护士抬送病人用的病车。到了一楼，电梯门开，我愣住了一下晃晃脑袋在确认没有认错人之后我喊出了她的名字：林瑶！

44. 无尽的绝望

　　我一直没有放弃对冯丽的寻找，她放在我那儿的行李箱我从没动过，偶尔会擦一擦浮灰。虽然她的电话号码已经成为空号，但我一直没有删除，有时当我想起她还是会忍不住拨出去那串熟悉的数字，就是听听那个空号的提示音我心里也踏实。

　　直至现在，我仍然期待，有一天我能在这个城市的某一隅碰见冯丽，她能不能回到我身边我不知道，我只想告诉她：我想她，并真心深爱着她。我要说清楚，我想我一定能说清楚。我相信我一定能碰到她，就像我们最初的相遇。我知道这并不简单，我希望不能好好活着，我要得病，就医，就有戏。我不能跟人家说我没病，我想冯丽，无论如何我要找到她。

　　我有病，虽未至膏肓，但已落入无尽的绝望。